# 大学生行为指导与训练

主 编 俞 涛

副主编 赵 猛 竺 剑 陈民骅

上海大学出版社

·上海·

**图书在版编目(CIP)数据**

大学生行为指导与训练/俞涛主编. —上海：上海大学出版社,2006.6
ISBN 7-81058-971-7

Ⅰ. 大… Ⅱ. 俞… Ⅲ. ①德育-高等学校-教材②思想政治教育-高等学校-教材 Ⅳ. G641

中国版本图书馆 CIP 数据核字(2006)第 054461 号

责任编辑 傅玉芳 王悦生
封面设计 柯国富


**大学生行为指导与训练**

主编 俞 涛

上海大学出版社出版发行
(上海市上大路 99 号 邮政编码 200444)
(http://www.shangdapress.com 发行热线 66135110)
出版人：姚铁军

＊

上海华业装璜印刷厂印刷 各地新华书店经销
开本890×1240 1/32 印张10.75 字数268千
2006年6月第1版 2006年6月第1次印刷
印数：00001-16000册
ISBN 7-81058-971-7/G·389
定价：20.00元

# 目录

## Mu Lu

# 绪　论
## Xu Lun

　　这是一门关于认识人生和认识自我的课,可能刚开始时不能全部领会,但是随着时间的推移,你会感到收获颇丰。

　　这是一本协助你走好大学生涯的宝典,而且读了它你可能就不会轻易地放下。

　　你也许会说:"我从小学读到大学,什么课没上过?"你也许会想:"德育课,很枯燥的。"

　　可是,我说:你错了。德育课应该是这样的——

　　她是一段特殊的经历。你在其他课程中不会拥有,你在其他场合也难以拥有。

　　她是一种特殊的体验。你是课堂的主人,老师成为你学习的助手。

　　她是一份特殊的感受。为什么一堂课的时间会如此短暂,我希望每一门课都这么有趣。

　　她是一笔特殊的财富。伴随你的一生,永不过时,而且越积越多。

## 一、大学生行为指导课是怎样一门课程

　　回答这个问题需要从大学培养什么样的人这个问题出发。

　　尊敬的钱伟长校长很早就提出了"培养全面发展的人"的教育理念,他指出上海大学培养的学生首先应该是一个全面的人,是一个爱国者,是一个有文化艺术修养、品德高尚、心灵美好的人,其次才是一个拥有学科、专业知识的人,一个未来的工程师、专门家。所以,培养

以德育为核心的综合素质成为了学校教育的重要内容,同时也是行为指导课所希望达成的目标。

考察一名大学生的德育素质,必须从两个方面入手:一个是他的思想观念和道德境界,另一个是他的言行举止,缺一不可。而学生在自身道德修养方面,总是依据思想和行为相互转化、相互促进的规律螺旋上升的。长期以来,学校比较重视学生的理论教育,并且取得显著成效,但在学生日常行为指导和训练方面的重视相对不足,尚不能形成双管齐下的综合效应。

从2000年起,学校把50个学时的大学生思想品德课(思想道德修养),在教学方式上作了适当的分解,其中30个学时仍旧按照传统的班教模式开展理论教学,另外20个学时作为行为指导和训练课(思想道德修养实践课),以小组团队的方式由辅导员组织教学。通过几年的尝试,已经形成了基于学生宿舍社区和基于校园团队修身的两种教学方案。这门课程将通过小组交流、模拟竞标、情景小品表演、团队游戏、宿舍内务技能训练等形式开展互动式教学,从而帮助学生面对日常学习、生活中特定的情景场景,以正确的观念形成主动判断的意识和遵循正确判断做出行为模式选择的意识。

## 二、《大学生行为指导与训练》究竟是怎样一本书

首先我们必须说明,知识包罗万象,经历各有不同,不可能在一本书中将所有方面罗列穷尽。为此,我们确立了如下三个原则:第一,本书只涉及青年大学生在四年大学生涯中可能碰到的比较典型的问题;第二,本书只涉及我们已经形成探讨思路的问题;第三,本书强调对问题的思维逻辑,不追求所谓的"标准答案"。

本书的内容是这样分布的:

第一章　走进大学生活

本章是关于走入大学校门后,如何面对离开父母,独立面对社区生活、经济生活和网络生活的问题。

第二章　适应大学学习

指导学生探索大学学习规律,掌握学习方法和技巧,特别是自学能力的养成等问题。

第三章　设计大学生涯

大学生活的目标是什么? 如何规划? 如何制定? 是本章想要讨论的内容。

第四章　保持健康心态

用积极的心态面对大学生活、面对不断变化的环境,如何培养和保持良好的心态是本章的具体内容。

第五章　学会交往协作

如果想了解如何在社会交往中感受朋友的力量、在集体环境中体会集体的魅力、在团队中发现自己的价值,你能在这里找到答案。

第六章　理解爱的意义

亲情、友情、爱情是人生最重要的组成部分,如果你在这些方面有困惑的话,请阅读此章。

第七章　参与社会活动

多彩的校园,多彩的生活,本章将为你介绍参与各类社会活动的方法。

第八章　提升人格魅力

你是一个高尚的人吗? 你是一个有魅力的人吗? 如果你想成为这样的人,推荐你阅读此章。

第九章　培养职业素养

你了解你的职业潜质吗? 你知道如何准备个人职业规划吗? 你想学习一些择业的技能与方法吗? 请关注此章。

第十章　激发创新潜能

创新意识培养、创新思维的训练、创新创业的准备是本章想要告诉你的。

此外,本书在编著过程中,强调理论与实践的结合、书本与生活实际的统一,因而采用案例教学的论述逻辑,每一章节均分为以下若干部分:

（1）引文。简要介绍每一章节的主要内容

（2）案例导入。本书涉及的十个专题,各选取二至四个侧面,从在大学校园中真实发生的事件案例展开。案例中的人物都隐去了真实的姓名和身份,有的案例为了突出典型性,也进行了适当的艺术加工,但基本人物和情节都是真实的。同时,分析导致事件结果的各种因素,并从中找出关键因素,供学生思索与借鉴。

（3）理论分析。详细介绍若干行之有效的处世法则,并提供这些法则的适用范围,作为学生今后解决问题的思维逻辑出发点。

（4）思考与练习。光知道这些抽象的法则是不够的,也不符合本书"通过知行转换达成知行统一"的指导思想。因此在每个章节的最后,我们还提供了一些修身方案,或是训练方法,或是思考题和自测题,作为学生的修身途径。

## 三、如何使用这本书

在这本书中始终贯穿着两条主线,即"知行转换"的原则和"自我修身"的法则,掌握了这两个要点,就可以充分地使用本书,使其成为大学生活的"百宝箱"和"智囊团"。

### （一）知行转换——贯穿全书的理念

"知行转换"是从人的心理学角度出发,遵循道德思维形成——意识强化——行为实践的一般规律,以知、情、意、行四个阶段的发展过程为研究对象的行为方法。

所谓"知",就是认识,也是道德认识。人对于客观事物的道德认识是人们对所处社会的道德体系及其理论、原则、规范的感知、理解和接受的能力与程度,是人们明辨是非、善恶的水平。这种认识能力越全面、越深刻,则认识水平越高,其道德观点也就越明显和坚定。对于大学生而言,"知"不是难点,经过长期系统的学校教育,每个人在其道德规范的最深层面上已经建立起了社会所要求的道德高度。

所谓"情",即情感,也就是道德情感。道德情感是人们对客观事物和现象爱憎、好恶等一系列具有价值取向的个体态度体系。在个体的社会化过程中，社会的价值取向不断地与个体的意识领域发生联系，个体在观察、理解、内化的过程中，逐步接受许多社会的价值取向，个体的心理世界也积极地参与意识领域的这一活动过程，在对自身利益关切的前提下，逐步形成并不断丰富具有明显价值取向的感情，即态度体系。当代大学生面对多元的社会文化，应该要懂得取舍，形成高尚的社会道德情感。

所谓"意"，即意识，也就是道德意志。个体的道德意志是个体调节其行为的内在的强大精神力量。道德意志，可以来源于个体深刻的理性认识和坚强信念，也可以来源于个体在现实生活中与各种挫折和困难作斗争而得到的磨炼。大学生要注重道德意志方面的培养，这是"知行转换"过程的关键。缺乏坚强的道德意志是很多学生"知行不统一"的症结所在。孟子云"天将降大任于斯人也，必先苦其心智，劳其筋骨，饿其体肤，空乏其身，行弗乱其所为，所以动心忍性增益其所不能"就是这个意思。

所谓"行"，即行为，也就是道德行为。道德行为是我们衡量一个人道德水准、思想觉悟的惟一尺度。学生所表现出来的道德行为是评价学校教育成功与否的依据，也是社会对于学生接受程度的判断标准。现今社会已从以往"唯才论"的思维模式中走了出来，而更为关注学生的综合能力，特别是道德水准。从"知"到"行"是一个过程，但只有"行"是关键所在。因此，当代大学生不应该仅仅停留在"知""情""意"的阶段，关键是要忠实履行"行"的外在体现，获得社会的认同。

要做到"知行转换"必须遵循"知一行一、身体力行"的原则，不仅把知识停留在理性认识的层面上，而是在内化、升华的基础上付诸具体实践，并在实践中弘扬真理。设想若没有这样的精神，人类社会对于客观世界的认识将永远停留在空想阶段，即使知道"火"的存在，也不会用来烧烤食物；即使知道"电"的存在也不会有电灯、电视。人类社会不可能发展到现在如此发达的程度。知行统一，知行转换，符合当代大学生思想品德形成的规律,它可以让学生将获得的理性认识与感性认识较好地结合起来,增强对理性知识的认知和认同。"知行转换"也成为德育教育的重要环节。

正是基于这样的想法,本书将更加注重对学生行为实践的指导,而不是理论的灌输。重实践轻理论,培养知行统一的当代大学生是本书的最大的特点。

### (二)自我修身——贯穿全书的方法

自我修身是一种能力,更是一种技巧,也是本书倡导的一种态度。

下面是一些发生在我们校园中的真人真事,看一看,想一想,如果你是他们,结果会怎么样?

● 小张的"抉择"

小张是一位品学兼优的好学生,学生党员,系团总支副书记,曾经被评为市"三好"学生。可是由于英语基础较差,一直未能通过CET-4考试。毕业前的最后一次CET-4考试,将直接影响他是否最终能获得直升研究生和留校的资格。在这"抉择"面前,他终于失去了理智,请人代考,被查出后,落得个勒令退学和党纪处分的结局。

● 小李的"出走风波"

小李是一位勤快的女孩,每天都要去泡两次热水。而同寝室的其他女孩就比较懒惰,经常不去泡水,用她的热水。久而久之,小李觉得不公平,在言行中时有表露。其他同学觉得她小气,关系就渐渐地疏远了。在一个中秋节的晚上,其他同学存心撇开她到外滩去看灯,回来后故意在她面前议论玩得怎样开心。当天半夜里一位同学起床上厕所,发现小李不见了,赶紧报告辅导员。师生们立即动员起来寻找,直到早晨才发觉她一个人坐在校园角落的石凳上发愣。

● 小刘的"打工心情"

小刘天资聪颖,在高中时代就是一位高才生。当她以高分考入计算机专业后,一方面以为大学阶段的学习不会很紧张,另一方面想体现自己的独立性,就应聘到麦当劳快餐店打工。由于时间分配不合理,成绩一落千丈,"红灯"高悬,打工的收入还不够支付重修课程的费用。后来她痛定思痛,辞去了工作,专心学习,终于迎头赶上。

● 小杨的"护花倾情"

小杨交上了一位女友,两人几乎形影不离。一次,当两人在一间教室内卿卿我我时,恰逢其他系的学生进教室上课,对他俩的亲密举止嘲讽了两句。他送走女友回到寝室后,觉得扫了女友和自己的面子,越想越想不通,操起一个写字台的铁质桌腿,就去找那些同学"算账"。结果把一名学生打伤,受到勒令退学的处分。

● 小王的"就业遭遇"

小王以优异的成绩完成了大学学业,并且获得了一份待遇优厚的工作。在工作中,由于自身业务素质较高,业绩显著,得到了上司的器重和同事的尊敬。同时,隐藏在身上的傲气和没有时间观念的弱点也暴露出来了。一次,由于睡懒觉误了飞机航班,使公司丢失了一个重大项目,经济利益受到惨重损失,公司老总在盛怒之下,将他辞退了。而他正式工作还不到一个月。

大学生活是绚烂多姿的。每一位过来人,都会对这段经历留有一个难忘的回忆。这些事件中的主人公都是悲剧人物,他们几乎都碰上了一个"两难问题",而且都没有选择好。其实质是修炼得不够。

在大学阶段或多或少都会碰到一些类似的"两难选择",你都能做出正确的选择吗?前人的教训,应该成为宝贵的财富。

对大学生的行为指导和训练,最终是要将教育效果辐射到大学生的整个人生。因此,课程训练是给学生自我修身的一个原始动力,大学阶段的行为指导是对学生自我修身的一种习惯养成,而教育的最终目的是学生踏上社会后能不断地自我完善。三者环环相扣,具有紧密的内在联系。而本书的内容和方法或许能成为学生自我修身的最好方案。

好了,就让我们把学习这门课程、阅读这本书当成一次远足,从而来探索丰富多彩大学生活的真谛。

Diyizhang

Zoujin daxue shenghuo

经过高考的洗礼,那些脱颖而出的幸运儿们怀着对大学生活和对人生未来的美好憧憬,步入了向往已久的大学殿堂。

然而,当他们走进美丽的大学校园,面对陌生的集体生活时,常常感到既新鲜又茫然。同时,大学和中学截然不同的生活和学习方式,也使得这些"天之骄子"们感到束手无策:这里不再有家长的悉心呵护、不再有老师的千般嘱咐,自己的路从此都要靠自己去走。可以说,不管是在经济上,还是在生活上、学习上,大学新生都处在一个"断乳"的状态。如何面对这种状态,如何尽快地实现角色的转变,如何顺利地开始大学生活,这些都成为新生迫切需要解决的问题。

大学校园是未来社会的一个折射点,大学新生离开父母的"襁褓",投入社会的怀抱,真正走自己的路,正是从这里开始的⋯⋯

# 第一节　新的生活家园

寝室门口，前来排队登记的学生家长们已经陆续赶到，记者发现，一名穿着时髦的大学生两手插在口袋里，耳塞耳机，旁若无人地直奔寝室，嘴里还嚷着"快点快点!"跟在后面的一位老奶奶则急匆匆地询问起一边的同学："这里是新生报到的地方吗? 我让孙子先去看寝室了，你知道该怎么办报名手续吗?"这位老奶奶身背书包，弯着腰，手提旅行箱，行走极为不便。

在寝室外面，校园的里里外外还停满了前来送孩子的车辆，由于道路狭窄，这些车辆严重干扰了校内交通，以致老生的自行车也无法通行。一名学生的"亲友团"阵容颇为豪华，祖父母、父母、舅舅阿姨等一行十多人包了一辆"依维柯"面包车来校，全家人分头出动，为他排队报到、取钥匙、整理房间。

新生报到才三天，已经回家三次。在某大学，这几日里有不少学生寝室、家里两头跑;还有一些学生由于一下子脱离父母"掌管"的生活，兴奋之余，这两天天天打牌到深夜。

新生小顾昨天早上9点已回到家。"都说大学宿舍生活很自由，从小盼着上大学，但是真正开始宿舍生活，却觉得不适应。"小顾说，星期天上午报到，中午整理好床铺，下午就回家了，洗个澡、吃顿饭，晚上再回宿舍睡觉。这三天里，除了学校活动，凡是空着的时间他都在家里呆着。"我还算好，还有不少本市学生晚上都回家睡觉的。"一名同学埋怨:睡上下铺太难受了，无论谁有"动静"，另一个马上就会有"感应"! 此外，宿舍里没有空调，到浴室洗澡要排队，室友睡觉打呼噜，室友打牌聊天到深夜……都让他不适应。

摘自2005年9月2日《新闻晚报》:《新生报到现场见闻:怎一个"娇"字了得》

## 一、此社区非彼社区

简而言之，大学社区就是大学生们集中生活的地方。

大学社区既像一个大家庭，能给莘莘学子带来温馨、带来兄弟姐妹般的关爱和友谊；又像一个小社会，它可以告诉学生人际交往的错与对，也可以揭示出人生旅途的喜与悲。

社区生活既是家庭生活的延续，又是社会生活的前奏。社区生活是家庭生活和社会生活的纽带，但社区生活就是社区生活，它既不同于家庭生活，也不同于社会生活。在这里，我们可能会与讲着不同方言的人头靠头，也可能会与自己的老乡脚对脚；在这里，我们会因为共同的志趣而欣喜若狂，也会因为点滴的小事而关系紧张；在这里，我们也许会枕着被泪水浸湿的枕头睡去，也可能会抱着朋友送的玩具熊醒来……这就是社区生活。

父母的精心收拾变成了阿姨每天敲门后的叮嘱；柔软的席梦思变成了硬邦邦的平板床；一个人的小房间一下子多了五六个人；以前喜欢看的电视突然变成了一排排的课本；原来躺下就睡的习惯渐渐被同伴的卧谈给打破……这就是社区生活。

以自己的口味选择食物有时是一种奢望，取而代之的是整齐划一的集体行动；原本是和爸爸妈妈一块过生日，现在得到的却是兄弟姐妹们的礼物和祝福；以前从来没有擦过玻璃窗的人，在别人的带领下，竟然会主动去刷厕所……这就是社区生活。

一进入大学，我们就有了一个响亮而好听的名字：大学生。大学生就意味着不再能够天天享受父母的呵护，这种状态我们暂且称之为"断乳"。社区生活是"断乳"的开始，这种开始，在入学之初主要表现为以下两个角色的转变：

### （一）从中学生向大学生的转变

与中学生活相比，大学生活的一个显著的特点就是行为自由度和自主度增加。在习惯了条条框框的约束之后，突然有了充分的自由度和自主度，很多大学新生都觉得茫然不知所措：原来自己日夜憧憬的东西一下子出现在自己面前时，竟没有做好接纳的准备。地要自己拖，水要自己打，课要自己选，决定要自己做，活动要自己参加，不会再有老师在屁股后面告诉我们什么该做，什么不该做，一切由自己做主。就是那句话：我的地盘，我做主！

### （二）向"社会人"的转变

上大学以前，我们都在心安理得地享受着天底下最无私的父爱和母爱，在我们的意识里，我们的一切所得都是理所当然的。直到有一天，衣服要自己洗，被子要自己叠，物品要自己管，闹钟要自己定，我们才醒悟过来，原来大学生活和家里不一样，我们要开始逐渐学会承担责任。以前，我们习惯了依靠父母生活，现在，我们要学会依靠自己生活。我们不再是什么小孩子，我们是实实在在的独立个体，是世界上独一无二的生命存在，我们要靠自己的力量，承担社会赋予我们的责任，并用自己的力量贡献社会。

## 二、社区生活小贴士

社区生活可以用两个词语概括：独立、自主，针对这两个特点，我们在社区生活时可以采纳以下建议：

### （一）培养良好的生活自理能力

社区生活的自理，主要表现为内务的自理。洗衣、叠被、擦桌、扫地，都应该真真切切地行动起来。好的卫生习惯和生活环境会给我们的学习和工作带来好的身体、好的心情。想像一下这样的场景：卫生大检查过后，某同学从床底下掏出一大包没洗的衣服，里面还有一个星期前脱下的袜子；另外一个同学则把昨天晚上剩下的饭菜从自己的柜子里拿了出来，这样的环境，我们愿意呆多久？至于如何做，当然是学着做了。向父母学，向同学学，向社区阿姨学，千万不要鄙视这样的体力劳动，往小里说，它会给我们带来舒适整洁的生活环境，往大里讲，它会帮助我们树立一种责任心和使命感。

自理，从第一次洗衣、叠被做起！

### （二）养成健康的生活习惯

生活习惯代表着一个人的生活方式。良好的生活习惯可以成就一个人，不良的生活习惯也可以毁掉一个人。大学生精力旺盛，又处于长身体、长知识的阶段，良好的生活习惯是确保顺利、成功度过大学阶段的重要基础。那么，如何培养良好的生活习惯，并防止不良生活习惯的形成呢？

首先，要合理地安排作息时间，有规律地生活。因为有规律的作息能使大脑和神经系统的兴奋和抑制交替进行，天长日久，能在大脑皮层上形成动力定型，这对促进身心健康是非常有利的。

大学新生刚刚入学，有些学生由于不适应大学的学习节奏，经常开夜车学习；有的则对身边发生的事物感到新鲜和好奇，喜欢晚上卧谈，一谈就是两三个小时；还有的则是忙于社团的工作，常常很晚回宿舍；更有的则是无节制地通宵玩电脑游戏，结果第二天上课的时候疲惫不堪，根本无心听课。长期如此，不仅影响学习和工作，还容易引起失眠，甚至引发神经衰弱等疾病。研究表明，大学生的睡眠时间一般每天不得少于 7 个小时。如果条件许可，午饭后可以小睡一会儿，但最好不要超过 40 分钟。因此，我们要养成早睡早起的习惯，每天在社区统一熄灯后，按时上床休息，保证每天 7~8 个小时的睡眠时间。早晨不赖床，和同学们一起晨跑，一边呼吸新鲜空气，一边收听广播台播放的新闻，给崭新的一天一个自信的微笑。

其次，要进行适当的体育锻炼和文娱活动。"文武之道，一张一弛。"学习之余参加一些文体活动，不但可以缓解刻板紧张的生活，还可以放松心情、增加生活乐趣，有助于提高学习效率。

听音乐、跑步、做广播体操、踢足球等等都有助于增强体质、提高对疾病的抵抗力，这不是"不务正业"，而是一种积极的休息。实践证明：7＋1＞8。在这里，7＋1 表示 7 个小时的学习加上 1 个小时的体育文娱活动，8 表示 8 个小时的连续学习。也就是说，参加体育活动的 7 个小时学习比不参加体育活动的 8 个小时学习效果要好。因此，每天下午下课之后，不妨放下书包，跟同学们一起去舞蹈房、篮球场、羽毛球馆出一身汗，放松身心，强身健体，这样才能更好地为祖国奋斗50年！

再次，要保证合理的营养供应，养成良好的饮食习惯。大学生"饮食不良"现象主要表现在两个方面：一是饮食没规律，很多人早晨起床较晚，来不及吃早饭便去上课，有的索性取消了早饭，有的则在课间饿的时候随便吃些零食；二是暴饮暴食。学生们主要在食堂就餐，但食堂的就餐时间比较固定，常有学生由于学习或其他原因错过了开饭时间，于是就吃点饼干、方便面对付一下，等下一顿吃饭时再吃双份。营养学家们的研究证明：早餐吃饱、吃好，对维持血糖水平是很必要的；用餐时不能挑食偏食，要加强全面营养，还要多吃水果和蔬菜。

最后，要改正或防止吸烟、酗酒、沉溺于电子游戏等不良的生活习惯。

### （三）营造温馨的宿舍氛围

大学生们来自五湖四海，是为了读书学习，寻求知识走到一起来的。相聚在同一社区的屋檐下，理应平等相处，彼此关爱。随着大学生活的愈加丰富多彩，宿舍文化也呈现出"多元化"。

作为宿舍的主人，身上自然而然地会留有宿舍的"味道"。比如，从学习气氛浓厚的宿舍里走出来的学生们，个个谈吐高雅、知识渊博、有涵养；从有"怪怪的味道"的宿舍里走出来的学生们，常常衣着邋遢，令人敬而远之；从喜欢音乐的宿舍里走出来的学生们，常常打扮前卫，是班里的文艺骨干；而从"游戏专业户"宿舍里走出来的学生，常常精神萎靡，双眼充满血丝。我们希望自己的宿舍有怎样的文化？每一位新生希望自己今后成为一个怎样的人呢？今天回去，马上开一个寝室家庭会议，找到寝室的特色，给自己的寝室一个定位，或设计一句口号，或构思一个室名，努力地创造一个寝室品牌。

当然了，社区生活就像锅碗瓢盆交响曲，有和谐的音符，也有不和谐的声音。大学生往往是最富有想法的群体，所以难免有一些生活上的磕磕碰碰，面对这样的磕磕碰碰，最忌讳的就是回避问题。回避问题的结果是出现更大的问题,沟通才是惟一有效的途径。人都是有问题的,那我们为什么要对别人的问题耿耿于怀、抓住不放呢?遇事保持一份宽容,播下爱的种子,就有爱的回报。

## 课后小练习

### 大学生健康生活方式自测表

1. 如果需要早起床,你会:

A. 上好闹钟　　　　B. 请别人叫　　　　C. 自己醒来

2. 早上睡醒以后,你会:

A. 立即起床学习　　B. 不慌不忙,起床后做操锻炼,然后学习

C. 在被窝里能多躺一会儿是一会儿

3. 你的早餐通常是:

A. 去食堂吃　　　　B. 吃零食　　　　　C. 不吃

4. 每天到教室上课,你总是:

A. 准时到教室　　　B. 或早或晚,但都在10分钟之内

C. 非常灵活

5. 吃午饭时,你一般:

A. 急匆匆地　　　　B. 慢吞吞地

C. 从容吃饭,饭后休息一会儿

6. 尽管学习很忙很累,也和同学有说有笑:

A. 每天如此　　　　B. 有时如此　　　　C. 很少如此

7. 对校园生活中出现的矛盾,你会:

A. 争论不休　　　　B. 反应冷漠　　　　C. 明确表态

8. 在课余时间,你一般:

A. 参加社交活动　　B. 参加体育活动或文娱活动

C. 参加家务劳动

9. 对待来客,你会:

A. 热情,认为有意义

B. 认为浪费时间

C. 非常讨厌

10. 晚上你对睡觉时间的安排是：

A. 同一时间上床　　B. 往往凭一时高兴

C. 等所有的事情做完了以后才睡觉

11. 如果你自己能控制假期,你会：

A. 集中一次过完　　B. 一半安排在夏季,一半安排在冬季

C. 留着,有事时用

12. 对于运动,你一般：

A. 喜欢看别人运动　　B. 做自己喜欢的运动

C. 不喜欢运动

13. 最近两周,你是否：

A. 到外面玩过　　B. 参加过体力劳动或体育运动

C. 散步 400 米以上

14. 你是怎样度过暑假的：

A. 消极休息　　　　B. 做点体力劳动　　C. 参加体育活动

15. 你认为自尊心的表现方式是：

A. 不惜代价要达到目的

B. 深信经过努力会有结果

C. 要别人对你做出正确的评价

请参照下列标准将各题的得分相加,计算出总分：

第 1 题　　A. 3 分　　B. 2 分　　C. 0 分

第 2 题　　A. 1 分　　B. 3 分　　C. 0 分

第 3 题　　A. 2 分　　B. 3 分　　C. 0 分

第 4 题　　A. 0 分　　B. 3 分　　C. 2 分

第 5 题　　A. 0 分　　B. 1 分　　C. 3 分

第 6 题　　A. 3 分　　B. 2 分　　C. 0 分

第 7 题　　A. 0 分　　B. 0 分　　C. 3 分

第 8 题　　A. 1 分　　B. 2 分　　C. 3 分

第 9 题　　A. 3 分　　B. 0 分　　C. 0 分

第 10 题　　A. 3 分　　B. 0 分　　C. 0 分

第 11 题　　A. 2 分　　B. 3 分　　C. 1 分

第 12 题　　A. 0 分　　B. 3 分　　C. 0 分

第 13 题　　A. 3 分　　B. 3 分　　C. 3 分

第 14 题　　A. 0 分　　B. 2 分　　C. 3 分

第 15 题　　A. 0 分　　B. 3 分　　C. 1 分

如果你的总分在 37～45 分之间,说明你的生活方式良好,你是一个善于学习、生活和工作的人,有较高的工作效率和学习效率。

如果你的总分在 25～36 分之间,说明你的生活方式比较好,能在繁忙的工作中掌握回复活力的艺术,有提高效率的潜力。

如果你的总分在 13～24 分之间,那就表明你的生活方式的健康程度中等,你应该努力改善自己的生活方式。

如果你的总分在 12 分之下,说明你的生活状况不佳,应该下定决心彻底改变有害的生活习惯。

(本测试的结果仅供参考)

## 第二节　做好理财规划

　　饮食、日常用品在大学生的每月支出中已不是大头，所占比例不到一半。一些大学生穿衣要名牌、吃饭要高档；手机、电脑，一个都不能少；生日会、老乡会、欢送会、庆祝会，要参加就得付钱。更加令人震惊的是，如今的大学生情侣，特别是一些男生为了恋爱一掷千金，导致债务缠身。大学生被"财政赤字"缠身，作为"过来人"的我其实并不感到奇怪。因为已经获得"财政权"的大学生们正处于接触时尚、追求时髦、渴望浪漫的时期，但又大都没有理财经验。正是由于缺乏对消费的理性认识，所以许多大学生片面追求远高于自身能力的消费水平。这种无计划的消费行为，正折射出大学生"财商"的欠缺。

　　所谓财商，指的是一个人在财务方面的智力，主要包括：① 正确认识金钱及金钱规律的能力；② 正确运用金钱及金钱规律的能力。正如社会学者所说，21 世纪的大学生不应该只有智商，还应该具备一定的"财商"。不过话又说回来，大学生之所以欠缺"财商"，也有一定的历史原因。由于受传统的"重义轻利"思想的影响，长期以来学校教育中对钱的教育是回避的，甚至把"钱"与"义"、"信"放在对立的位置上。因此，在大学生的成长教育中，无疑就缺乏理财和规划教育。近年来，不少大学生在金钱面前表现出来的心理失衡，与金钱教育的缺乏不无关系。

　　众所周知，现代经济是货币经济，钱起着至关重要的作用，与每个人休戚相关。"理财"这一以前闻所未闻的新鲜事物也如雨后春笋般的遍地开花。正所谓"今天你不理财，明天财不理你"，只有在大学时代就养成很好的理财习惯，才能为自己的现在和将来精打细算，为日后奠定良好的基础。在一些发达国家，以从小就学会赚钱、花钱、

第一章　走进大学生活

011

有钱、与人分享钱财、借钱和让钱增值为主要内容的理财教育,已经融入到整个教育之中。例如美国,把理财教育称之为"从3岁开始实现的幸福人生计划"。我国高校应该加强超前过度消费的风险意识教育,通过系列个人理财教育,向大学生传输合理的理财观念。毕竟,大学生的理财实践,将直接影响到他们将来的生活方式和生活态度。理财高手,往往都是那些懂得筹划的人。相反,那些理财不当,花钱如流水者,则往往缺乏宏观的计划。因此,大学生要懂得生活,学会生活,应该先从学会如何管理自己的钱开始。

摘自2005年9月2日《中国青年报》:《"赤字"缠身折射大学生"财商"缺憾》

的确,如何正确管理自己的金钱是我们都需要面对的问题。管理方式不同,结果也截然不同。1 200元的生活费对于一个城市普通大学生而言已经绰绰有余了,但就读某管理学专业的静静对此却仍有抱怨。原来,她一天之中起码要下两次馆子,名牌服装、佩饰和护肤品等奢侈品消费也是她与同龄女友们必不可少的精神慰藉品,如此一番折腾之后,原本鼓鼓的钱包瞬时就干瘪下来。而某英语系的海燕虽然每月只有父母寄来的200元生活费,但细心的她总会分配好每一分钱的用途。因为海燕有着自己的理财方式,使得原本看似"拮据"的生活也一样过得很"滋润":海燕通过勤工俭学每月获得额外的200元收入,并在每次消费时都记账,此外,她认为消费开支应当分出一个轻重缓急,因此,她把多余的资金存放在校园卡里,按她的话说,那是"天晴还需防雨天"。就这样,海燕不仅不用担心基本生活费,而且还能"月月有余"。

## 一、你是"月光族"吗

### (一) 大学生多元的经济来源

一项针对全国34个城市126所高校的10 000名大学生进行的调查中表明,大学生平均每学期的经济来源总量为4919元,其中的一半来源于家庭供给,两成来自助学贷款。除了这两种方式,在大学校园里,形形色色的勤工助学也为大学生提供了广阔的经济来源,这些勤工助学的形式主要有:

(1) 做家教。这是大学里最为流行的方式,大学生可以通过自身所拥有的科学文化知识为中小学学生提供辅导,收取劳动报酬,这是知识转化为生产力的标志之一。

(2) 做兼职。大学学习往往有很多可以自由支配的时间,很多大学生就利用这个时间,在社会上做一些兼职,如导游、导购、餐厅服务、市场调查、商品直销等,以此来赚取一定劳务费。

(3) 在假期中到企业或公司打工。许多大学生在假期中会到公司里临时打工一两个月,虽然辛苦一些,但收入较多。这种形式受到越来越多学生的青睐,因为一来他们可以接触社会,为以后的就业做准备;二来还有一些经济收入,是个一举两得的事情。

(4) 协助老师搞研究。这是名副其实的"助学",大学生可以利用自己的专业和专长来协助老师和研究生进行科学研究,获得一定的劳务费。这是一种层次比较高的"勤工助学"方式,它不仅可以给大学生提供一个经济来源,更重要的是它可以培养和锻炼学生的动手实践能力,深化理论学习,为将来的学习打下基础。

(5) 在学校各行政部门担任学生助理。这是一种很好的助学方式,学生可以通过在学生工作办公室、教务处、成才服务中心等行政部门担任学生兼职助理,一方面亲身实践各类行政工作,一方面获得一部分工作津贴,绝对"物有所值"。

这种多元的经济来源使得有些学生手中掌握了一定数量的"闲钱",如何正确合理使用这些"闲钱",成了一个亟待解决的问题。

### (二) 大学生多元的消费需求

面对市场经济大潮的冲击,人们的需求越来越多元化,大学生也不例外。

(1) 种类多样的基本物质生活需求。吃喝拉撒睡,行立坐卧走,没有一样不需要消费,这种消费是保证基本生存权所必需的消费。

然而,就是在这个消费层面上却有着不同的消费层次:一顿饭吃 3 元是吃,吃 10 元也是吃;喝饮料显然要比喝白开水来得爽快;用 2 000 元的手机比 1 000 元的就上一个档次;有了 MP4 就不要 MP3 了;鞋子当然是耐克、阿迪的够味……同样是基本物质生活的需求,在需求的层次上却存在着多样的选择方式。

(2) 形形色色的精神生活需求。为女朋友买一朵花,为哥们儿送一份生日礼物,给自己买一本喜欢的书,去观摩一次展览,去进行一次远游,去参加一次歌友会,去听一次音乐会,去看一场电影……没有一样不要花钱。随着社会的进步,社会物质和精神产品大大丰富,人们的思想越来越自由,人们的精神需求也就越来越多元。大学生正处在这样一个思想活跃的阶段,具有形形色色的精神需求是必然的趋势。

### (三) 大学生理财中存在的诸多问题

(1) 无计划性理财导致月末"断粮"。理财有一个很重要的原则就是"花的钱千万别超过你所拥有的钱",可是由于很大一部分学生并没有意识到这一原则,因此,往往没有理财的计划性,总是很随意地消费。这种毫无约束的消费很容易在月初埋下"隐患",最终使自己在月末尝到了"没钱吃饭"的苦果,前文中所讨论的静静同学就是这么一个例子。

(2) 不理性消费产生"负翁"。大学生虽然有着多元的经济来源,但毕竟数量不大,因此,经济独立性差,消费没有基础。经济的非独立性决定了大学生自主消费经验少,不能理性地对消费价值与成本进行衡量。大学生没有形成完整的、稳定的消费观念,自控能力不强,多数消费都是受媒体宣传诱导或是受身边同学影响而产生的随机消费、冲动消费。这也正是大学生消费示范效应的结果。拿手机来说,目前,大学生中一部分是有通信的需要,且家庭经济条件允许;另一部分也是有通信的需要,但是在家庭经济条件负担不起的情况下"超前"消费;还有一部分是既无通信需要,家庭经济条件又负担不起的"奢侈"消费。而"奢侈"消费则是由大学生消费的示范效应、攀比心理导致的。部分大学生对品牌的忠诚度也很高,在一定程度上会相信品牌的知名度，而不在乎其价格和真正价值，因此，往往会不顾一切地追求名牌产品，但往往这些产品的价位比较高，因此占去了大学生们很大一部分消费，最终导致了大学生"负翁"的产生。此外，大学生又非常侧重时尚性消费，对新事物有强烈的求知欲，喜欢追求新潮，并敢于创新，消费的趋附性强，娱乐消费占全部消费额的比重很大。

（3）安于现状导致生活拮据。有些大学生家庭状况不是很优越，家里所能提供的生活费很少，有一部分学生就只会怨天尤人、安于现状。其实，还是有很多较好的方法去改善自己的生活状况的，如可以去勤工助学中心参加一些勤工助学活动以获得一些工作津贴，可以做一些家教以增加自己的收入等。

### （四）理财是自己的事

大学生经济来源和消费需求都是多元的，多元就意味着选择，有选择就有管理。离开父母，独立生活，一切都只能靠自己，理财一样如此。怎么花钱，花多少，都是自己的事。也许有人说："没关系，我老爸有的是钱。"那么，将来呢？老爸的钱能一直花下去么？理财是一生的事情，如果不具备这个能力，钱总是会花完的。

我们将来会无数次地碰到资源稀缺的问题，解决这个问题的惟一办法就是通过管理，让这些资源得到充分、合理、有效的利用。学理财，就是在学这种管理。在提倡"节约型社会"的大背景下，学会理财就显得尤为重要。

## 二、你不理财，财不理你

### （一）财不理不生

我们来看两个洛克菲勒的小故事：

美国的石油大王洛克菲勒是美国19世纪的三大富翁之一。洛克菲勒享有98岁的高寿，他一生至少赚了10亿美元，但他深知过多的财富会给自己和子孙带来灾难，所以一生中总共捐出了10.5亿美元。他虽然热心公益，乐于捐钱，但事先必定要弄清款项的用途。有一次在下班途中，一个陌生人拦住他，先诉说自己的不幸，然后恭维他说："洛克菲勒先生，我从20英里外步行来找您，在路上碰到的每一个人都说您是纽约最慷慨的大人物。"陌生人的这一番话，就是要他捐钱。洛克菲勒不喜欢此种募捐方式，但又不便使对方太难堪。他想了想，问对方说："请问待会您是否从原路回去？"

陌生人答："是啊。"

洛克菲勒幽默地说："那太好啦！请您帮我一个忙，告诉你刚刚碰到的每一个人，他们所说的都是谣言。"

于是，那个陌生人只好知难而退。

还有一次，他下班想搭公车回家，缺10美分零钱，就向他的秘书借用，并说："你一定要提醒我，免得我忘记了。"

秘书说："请别介意，10美分算不了什么。"

洛克菲勒听了正色道："你怎能说算不了什么，把一块钱存在银行里，要整整两年才有10美分的利息啊！"

洛克菲勒为什么富有？除了他卓越的头脑以外，还有他非凡的理财能力。资源是有限的，钱财也是如此，要想让有限的资源发挥无限的作用，就需要管理。金钱的管理大致有两方面：一是计划性投资，一是计划性消费。大学生的金钱管理主要是第二种方式，即如何在消费过程中合理使用金钱。这种管理虽然不能让钱再"生钱"，但可以用同样的钱办更多的事，这是另一种意义上的"生钱"。

**（二）大学生如何理财**

1. 理财小窍门

针对大学生的消费特点和经济情况，我们提供两种个人理财小窍门：

（1）量入为出。量入为出是一种最简单的理财方法，就是根据自己的收入状况来决定自己的消费行为，即通常所说的"有多少钱办多少事"。表1—1是基本的收入状况表，我们可以简单地根据自己的收入状况计算出财务收支状况，进而统计出结余，根据结余决定消费。

表 1-1

| 时间 | 收入 | | | | | | 支出 | | | | | | | 结余 |
|---|---|---|---|---|---|---|---|---|---|---|---|---|---|---|
| | 父母给予 | 个人打工 | 奖学金 | 个人投资 | 学校补贴 | 其他收入 | 学杂费 | 书籍费 | 服装费 | 生活费 | 交通费 | 同学交往 | 其他 | |
| | | | | | | | | | | | | | | |
| | | | | | | | | | | | | | | |
| | | | | | | | | | | | | | | |

把自己每天(周)的收入和消费如实填入,就可以清楚地了解自己的经济状况,明白应该用多少钱、怎么用。

(2)量出为入。量出为入是一种积极的理财方式,主要方式是根据自己的消费计划进行适当的节约和收集,控制个人的资金流量,以保证正常的消费(见表 1-2)。主要目的是为了解决非常规大额消费,如购买贵重物品、参加校外辅导班以及假期旅游等,掌握了这种理财方法,不仅能保障个人学习生活的正常进行,还能养成做个人财务计划的习惯,有助于适应今后的经济生活。

表 1-2

| 时间 | 项目预算 | | | | | 现有资金 | | | 差额资金 | 特殊收入 | | 争取收入 | |
|---|---|---|---|---|---|---|---|---|---|---|---|---|---|
| | 日常支出 | | 特殊项目 | | 总计 | 固定收入 | 已有资金 | 总计 | | 来源 | 金额 | 来源 | 金额 |
| | 名称 | 预算 | 名称 | 预算 | | | | | | | | | |
| | | | | | | | | | | | | | |

操作时要根据自己的学习生活计划,科学地安排支出,计算每个时间点的资金差额,积极探索增收之路,通过勤工助学等方式保障消

费的正常进行。

## 2. 树立健康良好的消费观念

除了具体的理财操作外,更为重要的是形成一种正确健康的消费观念和消费习惯。简单地说就是:该花的重金不惜,不该花的毫毛不拔。

汪中求说:"避谈金钱是一种虚伪,只谈金钱是一种浅薄。"同样,大学生满足基本的物质需求无可厚非,但过分追求物质享受就成为一种浅薄。尤其还有一部分人为了满足自己的虚荣心而进行超过自己消费能力的消费,这更是一种不健康的消费观念。在这个一切以物质为上的经济社会里,更需要保持一种积极健康的消费心态,避免攀比、浪费的消费行为,使自己的消费更趋理性、科学。

## 课后小练习

### 测测你的理财指数

1. 你会不会在学期初、月初时做支出计划?

A. 不会

B. 一般会想像,想过就忘了

C. 曾经做过,但是没能坚持

D. 我一直做计划

2. 你会不会经常觉得钱不够花?

A. 是的,总是不知道钱都到哪儿去了,从来就不够用

B. 经常会出现

C. 一般不会出现,我基本能安排好开支,不超支

D. 我一直都有计划,自己的收支都打理得很好,保持一点节余

3. 你知道股票、债券吗?

A. 不知道

B. 我知道,很黑的,远离股票、远离毒品

C. 我家里人做,不过做得不好,亏了

D. 我（想）做过，还看过一些书

4. 有没有在月末、年末的时候回忆这段时间的收支？

A. 从来没有，不晓得钱都到哪里去了

B. 不够花的时候会想想

C. 偶尔会做

D. 我有记账的习惯

5. 你认为你未来从事何种职业？

A. 谁知道！工作难找，能找到就不错了

B. 我希望做本专业

C. 我的专业不是很理想，我想多学点东西，将来工作好找一点

D. 我已经想好了要做什么，现在已经在找相关的地方实习，也做了这方面的兼职，自己平时也多看这方面的书

6. 你有没有尝试过兼职、勤工俭学或业余时间打工等？

A. 没有，我觉得还是以学业为主吧

B. 勤工俭学学不到什么东西

C. 我去做兼职，也赚了不少钱

D. 我是有选择地做，主要为未来的工作积累经验

7. 你的余钱一般如何存放？

A. 哪里有余钱？父母给得那么少，放在口袋了

B. 银行、活期，方便存取

C. 我一般放在银行，2～3月内不用的存定期或者定活两便，其余活期

D. 曾经（想）买过国债、股票

8. 你怎么看待学生创业？

A. 不知道

B. 我哪里有那么多钱搞创业

C. 听说过，参加过学校的一些讲座和社团

D. 和几个哥们想试一试

9. 如果你想买个电脑、手机等大件，你怎么筹集资金？

A. 先找朋友借,再做兼职、拿奖学金或者找父母要了还

B. 找父母要

C. 向父母要一点,自己省一点,兼职赚一点

D. 先做准备,积累足够资金后再买

10. 你如果(已经)谈了女(男)朋友,你的开支状况如何?

A. 大量增加,谈朋友哪能不多花钱

B. 很难控制啊

C. 我们都比较节制,虽然比平时多,还在控制之内

D. 增加不多,有些地方两个人的开支还比一个人的少

对应分数:

A型1分　B型2分　C型3分　D型4分

答案分析:

17分以下,说明你的理财潜力非常的大,只是目前还不具备基础知识,要多努力。

18~24分,说明你具有一定的理财潜能,可能自己还没有意识到,可以多开发。

25~31分,说明你已经具备了相当的理财意识,需要做的是把理财意识转化为行动。

32分以上,据说比尔·盖茨当年的得分还没有那么高,如果你创业,我买你公司的股票。

## 第三节 共享互联网络

越来越多的大学生从电子商务中看到商机。记者从易趣网获悉,该网站上的一万多个"个人店铺"中,40%由在校大学生所开,这一数字还在不断增长中;而且学生开店规模也在不断扩大。有些大学生一人拥有好几家店铺,像模像样地当起了小老板。

据悉,网上个人店铺是指卖家利用网上交易平台,与买家进行实物和现金的交易,只要店主拥有的实物达到一定规模,个人店铺就可开张。由于开店简单,又不需要缴纳任何费用,受到了大学生的青睐。

华东理工大学工商2002级管理专业丁旭菁在网上有三家店铺,分别是丁当时尚铺、丁丁时尚行、古典风情专业旗袍店,主要卖流行服饰。"网上开店最大的好处是零成本。"她说,开店铺不一定要先进货,只要有货源就行。通常逛街时,把看中的衣帽、饰品、鞋子等物品用数码照相机拍下来,然后传到网上。买家看中某件物品会在网上留言,双方简短沟通后,由买方汇钱,她去拿货,再寄给买家,自己不需承担任何风险。

网上个人店铺有赚头是吸引在校大学生的重要原因。上海外国语大学新闻专业季晨近日打算加入这一行当,原因是"想赚点零花钱"。她告诉记者,她的不少朋友都在网上有店铺,每个月能赚到500~1 000元。此外,开店铺还可以卖掉自己用不着的东西。这样能贴补些零花钱。据了解,个别大学生毕业后专职从事这一行业,由于不要缴税,月收入超过万元。

对此,复旦大学勤工助学中心主任张珣老师指出,网上开店虽然不需要金钱成本,但是要投入时间成本。经营者需要花费大量的时间在信息、货源、供应等程序上,并不像外人想的那么轻松。在校大学生干这行要因人而异,合理安排时间,以学习为主,不要投入太多精力影响学业。

摘自 2005 年 8 月 4 日《新闻晚报》:《40％网络店由在校生所开 大学生网上店月赚千元》

## 一、掌握网络技能

随着信息技术的飞速发展和互联网的日益普及,对新事物和新思想充满无限热情的大学生们,在短短几年内已发展成为我国网络大军的主流甚至中坚力量。2000 年 7 月,中国互联网络信息中心(CNNIC)发布的"中国互联网络发展状况统计报告"的调查结果显示:目前我国网络用户已达 1 690 万,其中在校大学生占 21％。不难看出,高校学生已成为我国名副其实的第一上网群体。今天,网络已成为大学生生活的重要组成部分。调查显示,88.2％的学生有过上网的经历,35.7％的学生"网龄"在半年至一年,26％的学生"网龄"超过一年,9.5％的学生几乎天天上网;每周上网所花时间在 7～14 小时的学生占 17.4％,高于 14 小时的占 6.1％;68.6％的学生拥有自己的网页或电子信箱,48.9％的学生尝试过网上交友。这些数据表明,大学生的生活已经从现实世界延伸到网络空间。网络空间这个虚拟的世界对大学生的学习、生活甚至情感产生了极大的影响,这已是不争的事实。

在这样的大背景下,如果对网络知识和技能一无所知或知之甚少,就显得有些不合时宜。信息时代无情地到来,无纸化办公的口号越来越响,网络的运用空前广泛,不了解网络就意味着落后,意味着被淘汰。网络让我们的知识获得变得简便快捷,让我们的彼此交流方便畅通,再远的物理距离都像近在咫尺,我们的学习和生活已经变得离不开网络,掌握一定的网络知识和技能变得必要而且重要。

## 二、体验网络生活

### (一) 网络之于日常生活

网络信息技术已经一点一滴地渗入我们的生活,从 BBS、电子邮件到主题网站的出现,各式各样便利的互联网工具逐渐走进了我们的日常生活,甚至对社会的整体面貌和人们的观念意识都产生了潜移默化的影响。让我们看看网络在我们的生活中是多么重要吧:

(1)通过互联网可以收看新闻、收听在线广播、查阅报刊、查询电视节目、查询天气预报、查看网上地图和万年历、查询政府信息等等。以查询天气预报为例,我们不需要每天在固定的时间守候在电视机或收音机旁等待天气预报,更不需要花钱打收费服务电话查询第二天的天气情况,只需要连接气象局的网站,当天和第二天的天气情况就会立刻出现在眼前,这不但节省了时间和金钱,而且还方便了处于紧张学习中的同学们灵活地获取信息。

(2)众多的健康咨询网站可以帮助远离父母的大学生在相对独立的生活中保持身心健康。健康咨询可能涉及个人隐私,在网上进行既快捷也更加适合。健康网站提供的有关饮食、穿衣、疾病预防、急救以及心理健康方面的咨询都有助于大学生养成注意自身健康的好习惯,并有助于其选择健康的生活态度和生活方式。

(3)网络是大学生联络故地旧友的工具。自从有了 OICQ、MSN、ICQ 等一系列聊天软件以后,亲朋好友的交流不再受制于各种地理、经济因素,通过互联网便可直接与远在异国他乡的朋友取得最直接的联系。

(4)网络为大学生就业提供了极大的便利。网上就业咨询和网络招聘的兴起,给面临毕业的大学生带来了最实在、最实惠的便利。各种单位、部门或者企业、公司常通过自己的网站或是在公共网站上以张贴广告的方式进行公开招聘,将其自身性质、特色、招聘方向、择员要求等信息通过互联网公之于众,以吸引更多更好的人才加盟。网上招聘区别于面对面招聘的最大优势在于,它打破了传统地域上的限制,给广大学生创造了平等的择业机会;再加上一些信息服务机构针对就业问题开办的专门咨询网站以及专题咨询,更为学生乃至社会提供了非网络方式所无可比拟的特色服务。

(5)网络使大学生应考报名更加方便,极大地提高了办事效率。

与毕业生就业一样,如今的出国考试和研究生入学考试基本上已采用网上报名的方式了。网上报名和相关信息的网络服务都为有志在国内外继续深造的同学提供了相对方便的途径。随着很多考试的报名费可在网上缴纳,网络报名的一条龙服务可以让同学们基本足不出户就能实现过去出远门、排长队、着大急才能实现的考试报名。

(6)网络为大学生进行社会实践提供了便利。以大学生经常访问的家教网为例,大学生家教网的登场,为鼓励大学生进行社会实践、培养自食其力的能力、解决部分生活学习开销提供了一个有效的渠道。不少大学生不仅在从事家教的过程中解决经济问题,还更好地认识了社会,这为他们今后走向社会、走上工作岗位做了必要的心理准备。而家教网更是大学生与社会交流的另一个特别的平台,在这个平台上,大学生可以体味到自己未来择业的一些感受。

### (二) 网络之于学习生活

通过学科网站的建立,互联网为大学生提供了广阔的学习空间和有针对性的教学方向以及大量高质的参考信息,尤其为课外异步学习提供了可能,并且便利了师生之间、学生之间以及教师之间的信息交流。广大师生可以通过网站开展教学、问题讨论,网上学习便是这样一种重要的远程学习方式,网络对培养学生的逻辑思维、判断力以及解决问题的能力等都有着积极的作用。

#### 1. 丰富的网络学习资源

目前,广大高校图书馆信息中心已经实现了不同程度的数字化,各色图书馆主页已成为高校网站的不可或缺的组成部分。其中,最直接的受益者,当然要数在校大学生。查阅纸质卡片图书目录,在浩如烟海的藏书中苦寻几本小书,由于副本数量的限制而造成借阅上的障碍,图书更新的信息无法及时通告个人,图书资料在内容、数量上普遍受到的因纸质载体体积大、保存难造成的限制,这些不便利因素随着网络技术与图书馆工作的结合发展将逐步成为历史。

学生可以通过图书馆的网页,查阅数字化的馆藏目录,只需轻点鼠标,便可将翻阅繁冗的卡片目录的过程在以秒为计算单位的时间内完成。再加上不同级别、不同方式的检索途径，使得图书检索变得愈发轻松便利。此外，大多数高校的图书馆都提供了网上预约、续借图书的服务，并通过电子邮件等方式通知借阅期满和预约图书可借等服务，这些都给处于紧张学习、生活中的我们提供了极大的便利。随着馆藏图书数字化进程的加快，部分图书已脱离了物质载体的局限，可以同时为大家共同浏览。

不仅是电子图书，对于我们而言，电子期刊恐怕是最具有使用价值的网络资源。互联网将各式各样、不计其数的学术期刊、论文汇总编排，并提供多种检索途径以方便使用者检索查阅，这对于迫切需要广泛地吸取科学技术、人文社会各方面知识的大学生来说，不仅是一种便利的工具，更是一种新的学习方式。对于需要做某一方面科学研究的大学生来说，电子期刊更是必不可少的了解当今该领域科学研究进展和最新研究动态的理想平台。很多高校都在大量引进国外学术期刊电子版的基础上，把这些期刊上的最新研究成果作为课堂教学的一部分，这种与时俱进的教学方法是以往难以想像和无可比拟的。

很多在线数据库都是过去大型的商业数据库网络化后的产物，所以这些数据库有着非常丰富的数据资源。作为一种网上参考咨询工具，在线数据库的价值也日益凸显出来。一方面，在线数据库可以作为相对散乱的学术期刊（尤其是国外学术期刊）的必要补充，学生可以利用在线数据库查找某一科研领域的期刊论文和学位论文而不必盲目搜罗过多的期刊论文。另一方面，很多在线数据库还提供了期刊所不能提供的信息，如全球金融、财务分析、各国宏观经济指标等工商业信息，期刊引文、会议纪要、书目、书评等学术和科研信息及专利、政府报告等参考信息等等。

2. 便利的远程教育

从程序教学的理论和实践开始，用计算机辅助教学就一直是不少教育工作者努力尝试的领域。今天更有各种教师教学、学生学习专用的软件可以在离线环境下给老师和同学们提供方便的学习支持服务。与教学软件相似的还有一种交互性更强、教学效果更好、教学指导个性化更强的学习方式，那就是基于网络的远程教学。随着全国高校示范课项目的进行，已有不少学校把自己的示范课录像全部放到网络上，还有不少学校也把大量的精彩课程与讲座录像放到网上供大家点播。这些不但是课堂学习的补充，也是大学生拓宽眼界、开阔思维的最佳途径之一，同时还为由于时间安排冲突而不能到现场聆听的学生提供了方便。通过相关网页、BBS和电子邮件发布的学术讲座、报告等信息更能让同学们提前安排好时间，尽量不因错过与学术大师近距离接触的宝贵机遇而造成遗憾。这类网络课堂和网络教学的内容不仅仅是学校课堂教学的简单再现，现今流行的出国、英语、考研等课外学习和培训大多也都可以通过网络实现，这对于不在大城市上学且经济情况不是太宽裕的学生来说的确是一个明智的选择。

### 3. 更方便的学习交流

电子邮件和BBS对于方便师生之间的交流可以说具有举足轻重的意义，它不仅可以方便作业的收发，而且也为学生、老师之间联系往来提供了最直接、最便捷的工具。学生再不用为老师难找而发愁，老师在必要的情况下也可以轻而易举地与学生取得联系。由此可见，打破地域局限、提供充足信息的互联网络，对大学生校园生活方式的影响不容小视。而且，网络对大学生的思想观念也产生着潜在的影响。互联网，尤其是校园网的开通，对大学生的学习生活发挥着特有的积极作用，当然也带来了深刻的变革。

### （三）网络之于休闲娱乐

传统的商业贸易，常常是面对面地一手交钱一手交货，而如今在社会上悄然兴起的网上贸易或电子商务这种新型的交易方式，尤其是网上购物在这些年的成熟发展，已向我们展示了未来商务的基本模式。校园网已经普遍满足了大多数学生上网费低廉、带宽较宽、数据传送速度快这些基本条件，而网上结算、商品配送等方面也已得到比较妥善的安排，因此，电子商务在大学的蓬勃发展已不足为奇。电子商务不但能够满足大学生的现实需要，而且对于松弛、缓解紧张的学生生活无疑也会起到非常重要的作用。

现在网络上已经建立起为数不少的我们自己国家的网上书店、网上商城，人们可以利用相应的搜索引擎、分类目录或者其他各种便利的查找手段，从商品目录上直接预定所需要的商品。由于网上商品一般没有经过多重商家转手，所以价格较一般商店要便宜，这对于普遍没有收入或收入甚微的高校学生而言，意义重大。网上购物实行送货上门，送货人一般只收取少许手续费用，这比起出门跑商场的车票钱，或许是微不足道的。

除了在网上商城购物，不少网站还提供了二手商品的竞拍和跳蚤市场等服务。通过这些服务，我们可以用十分低廉的价格购买到自己心仪已久而难于找寻或经济上承担不起的学习、生活用品。更有不少同学通过这些方式找到了一些志同道合的好友、知音，真可谓一举两得。

除了网上购物，互联网为人们提供的休闲、娱乐方式可谓举不胜举。尤其在大学校园网中，同学们可以通过多种工具，在网上收看电视节目，并使用 ftp 等网络协议共享着各式各样的娱乐资源。电影、电视剧、音乐、动画、漫画，还有休闲图书甚至 Flash 等，在大学校园网上均可以享受，而且从下载速度、使用费用来看，这些项目对所有学生来说都是物美价廉的。

此外，大量丰富的旅游网站不仅可以作为大学生暑期游览祖国大好河山的导航，而且网站上的一些具体信息还可以帮助同学们提前计划行程、预算开支甚至节省一些不必要的开销。那些没有条件外出旅游的同学也可以通过浏览这些网站感受我们国家深厚的文化底蕴和优美的自然景致。

## 三、遵守网络规范

随着计算机互联网络的迅速发展和日益普及，在互联网已走进大学生生活圈的今天，在大学生们尽情地享受着高科技带来的种种便利和现代文明带来的各种愉悦的同时，我们也应该看到，危害人类安全和计算机犯罪问题也日益凸现，网上金融诈骗，虚假广告，侵犯商业秘密和信息产权（版权），盗取国家机密，散布电子谣言，宣扬反动、迷信、色情、暴力等网络犯罪时有发生。凡此种种，对当代大学生的价值观、人生观带来了许多不良影响，这就迫切需要大学生遵守网络道德规范，以确保网络信息系统的安全运行和信息的安全传输。

### （一）关注网络道德，理性地利用网络

从目前情况来看，网络道德主要牵涉到以下几个问题：一是知识产权问题。信息技术的发展，使得下载、复制文件变得轻而易举。一些软件开发商任意复制他人的源码，作为自己开发的软件出售，这使大学生的科技创新受到挫伤。二是信息网络安全问题。未经授权闯入网络的黑客，从开始的恶作剧到有意识的犯罪，再次告诫人们必须用道德和法律的双重手段规范人们的思想行为。三是个人隐私问题。在网络信息时代，个人隐私权受到信息技术系统采集、检索、处理和重组等信息能力大大增强的挑战。四是信息产品开发商对社会的责任感问题。有的开发商把渲染暴力和色情等垃圾信息编入程序，对大学生的身心健康危害极大。网上交流的虚拟性导致网民年龄、性别、身份等与事实上的角色反串，一旦见光就死，使上了圈套的大学生在感情和心理上极易受到伤害。同时因担心见光死，借助于电脑交流的双方缺乏真诚和责任感，使感情的创伤难以抚平。过度上网还会导致上网成瘾，出现情绪低落、生物钟紊乱、思维迟缓、行为古怪等现象。

网络上信息丰富，对于大学生来说不仅能丰富知识，而且能获得更多的信息、学习技巧和技能，其巨大的积极作用已为大学生们所广泛称赞，但网络上一些不健康内容和信息污染也会对大学生产生消极的影响。网上交往对大学生的心理健康影响较大，虚拟的网络世界突破时空的限制，缩短了人与人之间的距离。人们借助于电脑有力地促进了双方交流，正处于情感黄金时期的大学生，在紧张、繁忙而又充满竞争的学习环境中，往往会忙里偷闲，上网聊天，寻找精神

寄托。为此,大学生应该认真关注各项网络道德规范,理性地使用网络,做到"取其精华,去其糟粕",通过网路生活,使自己的身心向着积极、健康的方向发展,避免出现"网络上瘾症"、"网络虚假恋情"、"网络孤独症"等不良症状。

### (二) 遵守网络道德规范,约束网络行为

由于网上世界的虚拟性,网络道德行为失范的现象时有发生,比较突出地表现在三个方面。

(1) 网络犯罪的滋生。在网上世界,传统道德的约束力、法律的权威性均被弱化,网络侵权行为在大量重演。在现实生活中遵纪守法的大学生一旦成为网民就有可能目无法纪,传统道德意义上的社会舆论、内心信念和传统习惯对大学生的约束,在网络世界中形同虚设。据报道,湖北省黄石高等专科学校计算机专业的学生王群在2001年8月,以"花花公主"的网名,先后侵入"中国大冶"、"科技之光"、"黄石热线"等网站,涂改网站主页,导致这四家网站无法正常运行。而由校方提供给司法部门的材料却称:"王群同学入校两年,学习刻苦,专业能力强,为人忠厚诚实,团结同学,尊敬师长,无违纪记录。"从王群一案中可以看出,制订切实可行的网络行为准则和规范显得尤为重要。

(2) 黄色信息的传播。信息内容一般来说带有地域性,而因特网的信息传播是全球性的、超地域性的,色情信息在有些国家是合法的,这就使得一些黄色信息随着因特网在世界范围内无障碍地传播开来。据有关专家调查,网络上非学术信息中47%与色情有关,每天约有2万张色情照片进入互联网。由于文化传统、社会价值观和社会制度的差异,对我国青少年的危害更严重。

(3) 西方文化的侵略。因特网信息的开放性,使多元文化、多元价值观在网上交汇,特别是西方国家借助于网上优势,倾销西方文化,宣扬西方的民主、自由和人权观念,这就加剧了不同意识形态的国家间道德、文化的冲突。一些国家还通过因特网发布恶意的反动信息,攻击社会主义国家的政治制度。为了减少上述问题的出现,大

学生应该自觉遵守相关网络道德法规,如我国政府相继颁布的《中华人民共和国信息网络国际联网管理暂行规定》、《计算机信息网络国际联网安全保护管理办法》、《关于信息网络环境下著作权保护的暂行规定》、《计算机信息系统国际联网保密管理规定》等一系列法律和行政法规。我们要促使自己形成良好的、自觉的网络道德观(包括网络信息价值观、网络信息商品观、保护知识产权观、合法利用网上信息资源观、尊重他人隐私权观、网络环境保护观、网络社会观以及同情和合作精神、契约精神等),自觉约束自己的网络行为,切实履行维护网络空间秩序的社会(包括现实的和虚拟的)责任和义务。

**思考与练习**

1. 试着创建一个自己的网络空间(可以建在 MSN 免费空间内),通过这一空间展示一下自我。

2. 你怎么看"博客"?跟大家分享一下你喜欢的"博客"。

大学生行为指导与训练

第二章

# 适应大学学习

Dierzhang

Shiying daxue xuexi

学习是大学生丰富多彩生活的中心内容,也是大学生最重要的职责与使命。大学的学习不再有老师的叮嘱和鞭策,不再是安排得没有空隙的课程,也不再是指定的几本教科书,大学的学习具有了空前的自由性和自主性。这对于已经适应了中学学习模式的学生来说,无疑是一个新的挑战。

"活到老,学到老。"在这个终身学习的时代,不会学习就意味着被淘汰。当我们无法改变环境的时候,惟一的办法就是去适应它。面对大学学习的巨大环境变化,我们要做的就是学会学习,学会适应学习。

"吾生也,有涯;而知也,无涯。"以有涯之生,求无涯之学,从大学开始……

## 第一节　探索学习规律

一名机械学院的大一学生说:"大学的教学方式和高中相比有很大不同,现在还不太适应,不过我想我会很快转变过来、尽快进入状态的,要不然我会落在别人后面的。"一名大一女生说:"以前总听别人说大学的学习最重要的是找到适合自己的学习方法。可是,刚刚来到这里不知道应该怎么调整学习方法,万一在起步的时候落下了,怎么办呢?"而有些学生则不这么认为,信息学院的一名男生就很有自信地说:"我觉得大学的教学方法挺适合我,今天老师讲的东西我全都弄明白了,我还给同学讲解了很多问题呢!"在他洋溢着笑容的脸上,我们可以充分感受到他对未来四年的大学生活充满着信心,而且已经做好了迎接挑战的准备。

摘自北京科技大学学子在线网

面对向往已久却又"突如其来"的大学生活,很多新生感到茫然无措,这其中,又以对学习生活的适应最为头疼。如何尽快地从原来高中学习的惯性模式中脱离出来,适应大学学习的变化,找到大学的规律,成为非常紧迫的事情。

## 一、大学学习的特点

### (一) 大学学制

现在的大学,主要采取两种学习制度:学分制和学年制。

学分制下的学习更强调一种自由性和自主性。说自由,是因为我们可以自由地选择课程、自由地选择老师、自由地安排自己的业余时间;说自主,是因为没有了老师的叮咛和家长的嘱咐,一切都要自己来安排、来管理。

这种自由性和自主性对学生的自我管理、自我约束能力提出了比较高的要求。中学都是学校安排好课表，学生无条件执行，现在是课表由自己安排，这种变化似乎是颠覆性的。学分制下的学习，安排得好，将收获知识和能力，安排得不好，就会得不偿失。因此，学分制下的学习，既是一种机遇，更是一种挑战。

学年制在制度上基本是中学时代的延续，它同样为大家安排好课程，但不同的是，它所开设的课程内容与中学不同，开设的频率也不同。学生拥有相对充足的自由时间，这就为进一步学习创造了条件。这种学制同样强调自主、自由，不过它强调的主要是课余时间的自主、自由。

无疑，大学学制与中学学制的不同在于前者更自主、更自由。

### （二）学习活动

除了制度上的不同，大学学习较之中学学习，学习活动本身也存在着诸多差异，这些差异主要表现在学习目标、学习内容、学习资源等方面。

#### 1. 学习目标由单一转向多元

中学时候，大家脑子里大概只有一个想法：好好学习，考个好大学。至于考大学以后的事，根本不愿去想，甚至也没有时间去想。

进入大学以后，原本单一明确的目标被一种多元的价值取向所代替：有人是为了找一份安身立命的工作，有人是为了培养一己的兴趣，有人是为了实现学术的梦想，也有一些人仅仅是为了毕业……这种多元的目标取向有时候在一个人身上就体现为一种游移性，这种游移性就与中学的确定性形成了鲜明的对比，这无疑是大学生要面对的一个巨大变化。

#### 2. 大学的学习内容更广、课程更多、难度更大

就学习内容的广度看，中学阶段，我们一般只学习十门左右的课程，而且都是一般性的基础知识。而大学里所开设课程分公共课、基础课、专业基础课、专业课四个层次，每一个层次又由许多门课程综合而成。一般说来，大学四年需要学习的课程在 40 门以上，每一个学期学

习的课程都不相同，内容量大，因而学习任务远比中学时重得多。

就学习内容的深度来说，大学的学习更加专业化，也就更加深入化。大学学习，一方面是基础知识的学习，一方面更是研究拓展的学习，这在学习的难度和深度上都是对中学学习的深化。

### 3. 大学学习要求的主动性更高

正因为大学学习的自由性和自主性，也正因为大学学习的高难度和高强度，所以，我们在大学的学习中才有了更高的主动性要求。

没有主动性，学习就会得过且过，就会一知半解，就会止步不前。任何一个学有所成的人都具备良好的学习主动性。著名科学家林家翘先生早年在读书的时候，每次下课时都要比别人晚出来5分钟，他的同班同学，也就是后来成为我国著名科学家、教育家钱伟长先生问他为什么，他说他用这5分钟把老师上课讲述的内容梳理了一遍。不是这种主动，怎么会有卓绝的成就？

早起的鸟儿有食吃，如果我们没有聪颖的天资，那么，积极主动、刻苦勤奋恐怕就是我们惟一可能的优势了。大学的学习环境是宽松的，但如果没有了主动性，将会荒废掉一切好时机。

### 4. 大学的学习资源更加丰富多样

学习资源一般分两部分：软件的师资和硬件的设施。

就师资力量而言，大学教师的知识储备相对更加专业、广博，他们的教学方式也更为多样。他们会借助计算机、投影仪以及各种实验设备来配合教学，形成丰富多样的授课形式。而且，大学老师在授课过程中，更侧重一种思路和方法的传授，而非一般性的知识灌输，学习由以前的"老师背着走"变成了"老师领着走"。

就硬件设施而言，大学里有丰富的藏书，天文地理，无所不包；大学里有先进的实验设备，物理化学，无所不有。这些都给学生提供了广阔的学习空间和实践场所，学生可以在这里充分展示自己的兴趣和才华。但机遇往往伴随着挑战，面对浩瀚的知识宝库，我们又常常会有一种不知如何下手的感觉，这对我们的学习来说无疑是一个新的难题。

虽然大学学习和中学学习相比，发生了巨大的变化，但是大学的学习也同样是有规律可循的。

## 二、探索科学的学习规律

### (一) 学习活动基本规律介绍

规律是事物内部固有的、本质的、必然的联系及其发展趋势。万事万物都有规律，学习活动也不例外。学习活动的基本规律，反映的是学习活动诸要素与学习过程各阶段之间的本质联系及必然趋势。下面，我们为大家介绍一些学习活动的基本规律。

#### 1. 记忆遗忘规律

早在古希腊时期，著名学者亚里士多德就对记忆现象有较多的思考。他在《记忆和思想》一文中，提出了一些有价值的理论，如记忆与回想的定义、记忆的特点、操作方式与心灵功能的关系等。他认为联想有助于回忆，为此提出联想的三大定律：接近律、相似律和对比律。这些虽是凭借日常生活的观察经验而理论的，但却对以后记忆的研究起了推动作用。17世纪英国的联想主义者J.洛克和D.休谟等对记忆作了较完备的解释。19世纪末，德国的H.艾宾浩斯才真正开创了对记忆的实验研究，他对实验的结果进行数量分析，从中发现了保持和遗忘的一般规律，这些研究在一百多年后的今天仍有不可磨灭的价值。

艾宾浩斯首先对遗忘现象作了系统的研究，他以自己为被试，用无意义音节作为记忆的材料，用节省法计算出保持和遗忘的数量。式样结果见表2-1，用表内数字制成一条曲线，称艾宾浩斯曲线（见图2-1）。

遗忘发展的一般规律：遗忘进程不是均衡的，在记忆的最初时间遗忘很快，后来逐渐缓慢，而一段时间过后，几乎不再遗忘了，即遗忘的发展是"先快后慢"。也就是说，遗忘是在学习之后急速进行的，要想防止和减少遗忘，就必须尽早地加以复习。

表 2-1　不同时间间隔后的记忆成绩

| 时　间　间　隔 | 从学时节省诵读时间的百分数 |
|---|---|
| 20 分钟 | 58.2 |
| 1 小时 | 44.2 |
| 8～9 小时 | 35.8 |
| 1 天 | 33.7 |
| 2 天 | 27.8 |
| 6 天 | 25.4 |
| 31 天 | 21.1 |

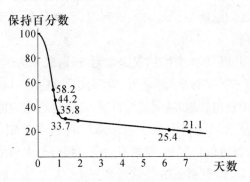

图 2-1　艾宾浩斯遗忘曲线

## 2. 序进累积规律

序是任何知识结构都必须具有的层次序列,它包括纵横两个方面。纵是指知识的积累和深化,横是指知识的触类旁通、互相渗透。不按照故有的层次序列去学习知识,就不会有长进。同时,人类认识世界是从简单到复杂、从现象到本质逐步深化的渐进过程,只有按照知识的逻辑系统有序地学习,才能符合学习的认识规律和思维发展规律。

学习是一个循序渐进不断积累知识的过程,绝不是一蹴而就的。"不积跬步,无以致千里;不积小流,无以成江河。"学习过程还是知识经验不断积累、从量变到质变的过程。

3. 学思结合规律

孔子曰:"学而不思则罔,思而不学则殆。"知识、信息被认知后,还需内化理解、编码、贮存和加工,从而获得升华,以改善原有的智能结构或形成新的智能结构。学,是指信息的输入,学习新知识、新技能以及社会行为规范等。思,是指信息处理加工。学与思也是一对辩证统一的矛盾,有了思考参与的学习才是有意义的学习。

4. 知行统一规律

知行统一规律揭示了学习是知识改造主客观世界这一问题。知,是对知识信息的输入、理解和掌握;行,则是把知道的知识信息用于实际、见诸行动,产生意识行为效应,改造主客观世界。显然,该规律揭示的主要问题就是学习的本质问题,也就是学习发展的必然趋势和最终归宿。

人的学习,既是学习生活,又是学习实践;既是为了知,更是为了行;绝不是为了"学"而学,而是为"用"而学。概括一句话,学习就是在学习实践中获得知识,从而到知行统一,指导后来的再学习。

知与行是学习过程中的一对矛盾,"行而可兼知,而知不可兼行"。就是说行可以包括知,而知不完全包括行。人们的学习不只是为了单纯获知,而更重要的是落实到行上,落实到改造世界的实践上,因为学习的目的全在于应用。

5. 环境制约规律

人作为学习的主体,是受环境制约的,其学习也必然受到环境的制约。认识社会和自然的统一体,其环境制约也来自社会和自然两个不同的方面。当然,人和动物不同,人具有独特的能动性和创造性,人不但能学习适应环境,而且还能学习利用环境、改造环境。环境对学习有明显的制约作用,但是良好的学习环境要靠人去争取、创建。顺境可以使人学习成才,但如果身处顺境不勤奋、不进取,也会成为庸碌之辈。而身处逆境奋斗不息、追求不止、终成大业伟才者也举不胜举，哥白尼、伽利略、贝多芬、诺贝尔、马克思……都是杰出的范例。

### （二）合理运用规律进行学习

规律的认识从来就不能停留在认识上，我们认识规律是为了运用规律。针对以上规律，结合大学学习的自由性和自主性特点，我们对大家的学习提供几点意见：

（1）书要反复读。"书读百遍，其意自现"，说的就是要反复读书的道理。一本好书，值得反复去读，随着阅历的增长，每读一次，我们都会发现以前没有发现的东西。而且，这样可以在一定程度上克服遗忘的毛病。至于功课上的东西，也是要经常复习的，不复习就会很快遗忘，一旦遗忘，再想记起，那就难了，因为那也许是一次新的学习过程。

（2）读书切莫贪多求快。"欲速则不达"，就是这个道理。没有一天造就的智者，就像没有一天长成的胖子一样。学习好像煲汤，要小火慢烧，着急是不会有好东西出来的。一夜暴富尚有可能，一夜博学却绝无可能。有些人觉得自己什么都不会，又什么都想学，结果课选得满满当当，周末还要外出补课，最终，一无所成的挫折感让他把所有的东西都放弃了，他重新回到了起点。这是何苦？我们的精力和时间是有限的，我们不可能学习所有的东西，我们只能在一段时间里，认认真真干一件事。一件一件的事情都干好了，不就是所有的事都干好了么？千万不要把自己当超人！馒头要一个个吃，书也要一页一页读。

（3）在思考中学习。学习绝不仅仅是记忆，否则，我们连一台最原始的计算机都不如。大脑，生来就是用以思考的，所有的知识和发明都是思考的结果。思考才能深刻，思考才会进步。我们的中学教育太缺乏一种"问题教育"了，这堂课要在大学里补上，再难也要补，否则就是先天发育不良。害怕和逃避问题是可笑的，我们不就是学生么？学生不是有问题才来学习的么？如果不想和动物一样，那我们就思考吧!

(4) 带着自己的知识走出去。实践是检验真理的惟一标准,书本的知识永远是书本的,我们只有通过一定的实践,才能体会到"知识就是力量"的深刻含意。大学生就要充分利用每一次社会实践的机会,将自己所学的东西带出去,让铁一般的现实来检验,这样的知识才是经得起推敲的!

(5) 不要让环境成了我们的绊脚石。古人云:"生于忧患,死于安乐。"其实只说对了一半。世人忙忙碌碌,其实都是在追求一种安乐,没有一个人以忧患为喜的。我们的忧患,也许不是我们的过错,最多是我们的不幸。贫困从来就不是什么财富,只是有些人把握得好,他成功了,别人才认为是贫困带给他的品质。君不见,有多少人是被贫困压垮了、埋没的!所以,对待逆境,应该客观冷静。当一个人承受不了困难时,就向身边的人求助,因为没有什么能够阻挡我们追求知识的步伐!顺境也同样不应该阻挡我们追求知识和自由的步伐。既是顺境,就该乘势而发,更上一层楼,一味贪图享受,那当然是祸患之源。

顺也好,逆也罢,只要我们追求真理、追求自由的理想不变,我们就是坚不可摧的!

**思考与练习**

一、和同学探讨一下大学学习和中学学习的不同之处。

二、结合自己的学习实践,总结一下对学习基本规律的认识和体会。

三、测试你的学习风格

如果你对某一陈述持同意的程度超过不同意,就打个"√";如果你对某一陈述持不同意的程度超过同意,就打个"×"。

1. 只要我觉得合理,我经常做适当的、有理由的冒险。　　□

2. 我倾向于循序渐进、脚踏实地地解决问题,而避免任何怪诞的想法。　　□

3. 我有开门见山、直接点题的作风。□

4. 我经常发现感情上的行为与那些经过认真思考分析后的行为是一样的正确。□

5. 判断一个建议性想法或解决方法的关键因素是它是否应用于实践。□

6. 当我听到一个新主意或办法时，我便开始思考怎样尽快将它应用于实际。□

7. 我喜欢遵循自律的态度，制定清晰的程序、符合逻辑的思考方式。□

8. 我以做事周到、有计划而自豪。□

9. 我与有逻辑分析能力的人相处得很好；与冲动、不理智的人相处得不那么理想。□

10. 我仔细分析所有我可利用的数据，而避免直接跳到结论。□

11. 我喜欢在权衡很多选择后作出决定。□

12. 新的、不寻常的主意比注重实际的更吸引我。□

13. 我不喜欢那种我无法切入其中的情形。□

14. 我办事喜欢遵循一般原则。□

15. 我有个名声——开会时，不顾别人感受而直击要点。□

16. 我更喜欢有尽可能多的信息来源——更多的数据有助于更好的思考。□

17. 处世轻率的人常使我恼怒。□

18. 我更喜欢顺其自然地解决问题，而不是事先计划好。□

19. 我非常讨厌迫于时间限制的压力而作出推论，否则，我可以花更多的时间思考问题。□

20. 通常我评价他人的观点主要是看他实践的成效。□

21. 我讨厌那些做事莽撞的人。□

22. 把握现实比沉迷过去、幻想未来更重要。□

23. 我觉得经过周全分析所有资料而作出的决定比依赖直觉而作出的决定更好。□

24. 在会上我喜欢一有想法就提出。 ☐

25. 总的来说，我说得太多，我应该多听。 ☐

26. 在会议上我对那些无视主题的人很不耐烦。 ☐

27. 我喜欢与别人交流我的想法和观点。 ☐

28. 在会议上人们应该从实际出发,紧扣主题,避免沉迷于不切实际的空想。 ☐

29. 我喜欢在作决定前慎重考虑。 ☐

30. 比起同学们在会议上的反应,我认为我更客观、冷静。 ☐

31. 在会议上我喜欢坐在角落,而非积极参与发言。 ☐

32. 总的来说,我更喜欢听而不是说。 ☐

33. 大多数情况下,我相信结果能验证方法。 ☐

34. 团体的目标应该高于个人情感和目标。 ·☐

35. 对完成工作有必要的事,我都去做。 ☐

36. 我很容易厌烦有板有眼、细致的工作。 ☐

37. 我热衷于探究事务背后的基本假设、原理及理论。 ☐

38. 我喜欢会议有条理地召开,遵守定下的议事日程。 ☐

39. 我避开主观或模棱两可的主题。 ☐

40. 我欣赏冒险的戏剧性和兴奋性。 ☐

打"√"的得 1 分,打"✕"的得 0 分,将你所得分数填入下表并分项计算总分。

| 1 | 4 | 12 | 18 | 22 | 24 | 25 | 27 | 36 | 40 | 总分(行为主义者): |
|---|---|----|----|----|----|----|----|----|----|---|
|   |   |    |    |    |    |    |    |    |    |   |

| 8 | 10 | 11 | 16 | 19 | 21 | 23 | 29 | 31 | 32 | 总分(反省主义者): |
|---|----|----|----|----|----|----|----|----|----|---|
|   |    |    |    |    |    |    |    |    |    |   |

| 2 | 7 | 9 | 13 | 14 | 17 | 30 | 37 | 38 | 39 | 总分(理论主义者): |
|---|---|---|---|---|---|---|---|---|---|---|
|   |   |   |    |    |    |    |    |    |    |   |

| 3 | 5 | 6 | 15 | 20 | 26 | 28 | 33 | 34 | 35 | 总分(实用主义者): |
|---|---|---|----|----|----|----|----|----|----|---|
|   |   |   |    |    |    |    |    |    |    |   |

将你的得分乘以2,并在下表中找出对应的数据,判断自己的学习风格。

| 行为主义者 | 反省主义者 | 理论主义者 | 实用主义者 |       |
|---------|---------|---------|---------|-------|
| 13～20   | 18～20   | 16～20   | 17～20   | 分数很高的 |
| 11～12   | 15～17   | 14～15   | 15～16   | 分数高的 |
| 7～10    | 12～14   | 11～13   | 12～14   | 分数中等的 |
| 4～6     | 9～11    | 8～10    | 9～11    | 分数低的 |
| 0～3     | 0～8     | 0～7     | 0～8     | 分数很低的 |

下面是每种学习风格的特征:

行为主义者:能完全地投入新的体验中,开朗、并不多疑。这种倾向使你热衷于任何新的事物,总是先行动而后考虑结果。合群、爱不断地与别人交往,但这样你总能使自己成为活动的中心。

反省主义者:喜欢退后去仔细考虑事情并且会从各种角度去观察它。你会尽可能地收集和分析与事情有关的各方面数据,所以你更倾向于尽可能地延期作出最后的结论。你的理念:谨慎。你会在发表自己的观点前先听听别人的想法并把握讨论的要旨。

理论主义者:适合于把自己的观察结果与复杂的理论结合,喜欢分析和综合。热衷于基本的假说、基本原理的理论、模型和系统的思考。你的理念是合理性和逻辑性。

实用主义者：热衷于在工作中实践观点、理论和技术，积极地找出新的观点并在实践中寻找机会去检验它。在课堂上吸收新观点并把它应用于实际。充满自信但不耐烦于深思熟虑的讨论。

作为一名学习者，应该批判地看待上述描述并且根据自己的知识找出适合自己的分析。这并不是人固有的品格——你可能具有不只一种风格且你的品格可以改变，你也可以在不同的情况中采用不同的风格。

# 第二节　掌握学习方法

周密（外国语学院 2002 级学生，甲等奖学金获得者，校"三好"学生）：学习是一个循序渐进的过程。不能急于求成，也不能临时抱佛脚。有同学总喜欢抱着"临阵磨枪，不快也光"的态度，在考试来临之前一两个星期搞突击复习，也许这招对某些同学十分管用，但真正的学习必须一五一十，一步一个脚印。

李小芒（应用护理 2001 级学生，校优秀团干部，校"三好"学生，甲等奖学金获得者）：对于学生而言，任何理由都不是逃避学习的借口，大学生也不例外。入校以来，我一直担任干部，工作几乎占去 3/5 的时间，在这种情况下，我处理好了学习与工作的关系。主要的学习体会是：牢牢抓住上课时间，准确把握课堂内容，然后课后消化，平时常温习，考前系统复习，这样每门课程就顺利通过了。对待工作则是先理清头绪，按其轻重排好队，一件一件做，认真做。

王晓凤（经济管理学院国贸 2000 级学生，连续三年获得甲等奖学金，校"三好"学生，"三好"学生标兵）：我一直信奉一条格言："我不想是否能够成功，既然选择了方向，只顾风雨兼程。"不管干什么，只有积极地投入热情，正如尼古拉所言：人若不能燃烧，便只能冒烟。大学生活面临各种机遇和挑战，选择中务必保持自己的特色与个性，这样才能对学习产生浓厚的兴趣，对前途充满信心。因此，我认为，无论是在工作中还是在学习中，都必须保持清醒的头脑，明确的目标。

周同（经济管理学院 2000 级学生，甲等奖学金获得者，全国青少年英语口语大赛三等奖获得者）：兴趣是学好英语的关键所在，要遵循"学之——好之——乐之"的过程。只有对英语产生了兴趣，把英语当成朋友，而不是敌人，才能有所突破。

吴起清（临床医学 2000 级专升本学生，校"三好"学生，乙等奖学金获得者,曾获校英语竞赛三等奖):学习贵在勤奋、刻苦。天上是永远也不会掉馅饼下来的,我们必须主动地去争取、创造机会,"逆水行舟,不进则退",学习还贵在持之以恒。

摘自百步梯学生创新中心网(www.100steps.net)

对于学习,每个人都有自己的一套方法,但这些方法是不是科学有效,就不得而知了。虽说方法是极具个人特色的,但是,我们同样需要学习和借鉴别人的一些好的东西,这叫"取其精华、弃其糟粕"。

## 一、好的方法让你事半功倍

首先让我们来看一个关于制度和管理的经典故事,从中我们不难领会到方法的重要性。

七个人曾经住在一起,每天分一大桶粥。要命的是,粥每天都是不够的。一开始,他们抓阄决定谁来分粥,每天轮一个。于是每周下来,他们各自只有一天是饱的,就是自己分粥的那一天。后来他们开始推选出一个道德高尚的人出来分粥。强权就会产生腐败,大家开始挖空心思去讨好他,贿赂他,搞得整个小团体乌烟瘴气。

然后大家开始组成三人的分粥委员会及四人的评选委员会,如此一来,在互相攻击扯皮之后,粥吃到嘴里全是凉的。

最后大家想出来一个办法来:轮流分粥,但分粥的人要等其他人都挑完后拿剩下的最后一碗。为了不让自己吃到最少的,每人都尽量分得平均,就算不平,也只能认了。大家快快乐乐,和和气气,日子越过越好。

同样是七个人,同样是分粥,好的方法就能"快快乐乐、和和气气",差的方法只能是"乌烟瘴气"。饭菜合口就会狼吞虎咽,方法对路就会势如破竹。

学习更需要方法。理论玄妙得高不可攀,历史悠久得令人生畏,知识浩瀚得一望无边,要想学有所得,学有所成,非要有恰当的方法不可。人的精力是有限的,怎样用有限的精力去做无限的事情,靠的就是好方法。

人类的前行就是问题不断解决的过程,那么,又是什么解决了这些问题呢?

## 二、寻找适合的学习方法

### (一)十大学习法介绍

寻找就是一个挖掘搜集、去粗取精的过程,为了方便大家寻找,我们介绍一些系统的学习方法,以供参考。

1. 善于控制自己的学习行为——目标学习法

掌握目标学习法是美国心理学家布卢姆所倡导的。布卢姆认为只要有最佳的教学,给学生以足够的时间,多数学习者都能取得优良的学习成绩。

教学内容由许多知识点构成,由点形成线,由线完成相对独立的知识体系,构成彼此联系的知识网。因此,明确目标就要在上新课时了解本课知识点在知识网中的位置,在复习时着重从宏观中把握微观,注重知识点的联系。另外,要明确知识点的难易程度,应该掌握的层次要求,即识记、理解、应用、分析、综合、评价等不同层次,最重要的就是明确学习重要目标,即知识重点。有了目标能增强我们学习的注意力与学习动机,即为了目标必须好好学习。可见,明确学习目标是目标学习法的先决条件。目标学习法的核心问题,是必须形成自我测验、自我矫正、自我补救的自我约束习惯。对应教学目标编制形成检测题,对自己进行检测,并及时地反馈评价,及时矫正和补救。

学习目标与人生目标不同,它比较具体,可以在短时间内实现,它可以使我们比较容易地享受成功的欢乐,增加我们的信心。因此,目标学习法也是成功教育的主要策略之一,同时,实现学习目标也是实现人生目标的开始,只有使大小、远近目标有机地结合,才会避免一些无效劳动的发生。

2. 善于钻研与创新——问题学习法

带着问题去看书,有利于集中注意力,目的明确,这既是有意学习的要求,也是发现学习的必要条件。心理学家把注意分为无意注意与有意注意两种。有意注意要求预先有自觉的目的,必要时需经过意志努力,主动地对一定的事物发生注意。它表明人的心理活动的主体性和积极性。问题学习法就是强调有意注意有关解决问题的信息,使学习有明确的指向性,从而提高学习效率。

问题学习法要求在我们看书前,首先去看一下课文后的思考题,一边看书一边思考;同时,它还要求我们在预习时去寻找问题,以便听课时在老师讲解该问题时集中注意力听讲;最后,在练习时努力地去解决一个个问题,不要被问题吓倒,解决问题的过程就是一个进步的过程。

### 3. 善于处理信息——矛盾学习法

矛盾的观点是我们采用对比学习法的哲学依据。因为我们要进行对比,首先要看对比双方是否具有相似、相近或相对的属性,这就是可比性。

对比法的最大优点在于:① 对比记忆可以减轻我们记忆负担,相同的时间内可识记更多的内容;② 对比学习有利于区别易混淆的概念、原理,加深对知识的理解;③ 对比学习要求我们把知识按不同的特点进行归类,形成容易检索的程序知识,有利于知识的再现与提取,也有利于知识的灵活运用。

### 4. 善于建构知识——联系学习法

唯物辩证法认为,世界上任何事物都同周围的事物存在着相互影响、相互制约的关系。科学知识是对客观事物的正确反映,因此,知识之间同样存在着普遍的联系,我们把联系的观点运用到学习当中,会有助于对科学知识的理解,会起到事半功倍的效果。

根据心理学迁移理论,知识的相似性有利于迁移的产生,迁移是一种联系的表现,而联系学习法的实质不能理解为仅仅只是一种迁移。迁移从某种意义上说是自发的,而运用联系学习法的学习是自觉的,是发挥主观能动性的充分体现,它以坚信知识点必然存在联系为首要前提,从而有目的地去回忆、检索大脑中的信息,寻找出它们间的内在联系。当然,原来对知识掌握的广度与深度直接影响到建立知识间联系的数量多少,但我们可以通过辩证思维,通过翻书、查阅、甚至是新的学习,去构建新的知识联系,并使之贮存在我们的大脑之中,使知识网日益扩大。这一点是迁移所不能做到的。

联系指的是事物内部及事物之间相互影响、相互制约的关系。因此,坚持联系学习法既要寻找内部联系,又要寻找事物间的外部联系。可见,联系学习法可以在学习新知识中直接运用,即使不能产生迁移,联系学习法依然发挥出它诱人的魅力。

5. 善于运用学习策略——归纳学习法

在现实生活中,存在着这样一种现象,有的同学小学时学习成绩很好,一到了中学学习就感到困难,这在很大程度上是因为没有学会思维,特别是归纳思维。而对知识的理解与掌握,一刻也离不开归纳思维。

归纳是重要的思维形式,属抽象思维。知识有感性与理性之分,从认知能力上同样有感知与理智之别,在小的时候,我们所接受的以感性知识为主,我们通常也用感知的学习方式接受知识,即使用机械的死记方法,学习成绩也不会很差。而到了中学绝大部分的知识都属理性知识,如果你依然用感性的死记方法当然是行不通的。学会学习的核心内容就是学会思维。因此,学会分析与归纳就要改变原有的学习方式。为了引起我们的重视,特意把归纳学习法也作为十大学习法之一。所谓归纳学习法是通过归纳思维,形成对知识的特点、中心、性质的识记、理解与运用。当然,作为一种学习方法来说,归纳学习法崇尚归纳思维,但它不等同于归纳思维本身,同时它还要以分析为前提。可见,归纳学习法指的是要善于去归纳事物的特点、性质,把握句子、段落的精神实质,同时,以归纳为基础,搜索相同、相近、相反的知识,把它们放在一起进行识记与理解。其优点就在于能起到更快地记忆、理解的作用。

6. 善于运用自己的五官——速记学习法

记忆是学习的基本功,它包括识记与回忆两部分。有人认为记忆并没有什么技巧，古人不也曾说过书读百遍、其义自现吗？这表明要记得多就是要做到勤与苦，"只要功夫深，铁杵磨成针"，这从某个角度上说不无道理。哲学上说量变达到一定程度必然会引起质变。但如果因此否认了记忆技巧的存在也是不可取的。

事实上，随着信息时代的来临，勤记、苦记的方法已越来越不适应时代的要求，我们只能把它作为一种学习精神来学习，而不能作为一种学习方法来继承。古代信息量远不如现在，采用不断重复的记忆方法可以取得令人满意的效果。面对信息爆炸的今天，最有效的方法应该是缩记法。

所谓缩记法就是要尽可能地压缩记忆的信息量，同时基本上又能记住应记的内容。比如要点记忆法、归纳记忆法、意义记忆法，都属压缩记忆法。每段话有明确要点的自然用要点记忆法，如果没有就要经过归纳形成要点后进行记忆。而归纳的最主要方法以意义为依据。可见，记忆以要点为基本单位，也可理解为以中心思想为单位。记住了要点并不是要放弃其他内容，而是以对其他内容的理解为前提，它可极大地增加记忆的信息量。

通过分析，在理解的基础上记忆。分析是指在思维过程中，把对象或事物分解为各个部分、方面、层次、因素，或把复杂的现象或事物分解为简单的要素，然后具体地考察研究它们在对象整体中各具有何种性质、各占何种地位、各起什么作用，等等。例如，学习某类植物时，我们把它分成根、茎、叶、花、实等部分来逐一研究，考察这些部分与其他植物有什么不同，同时了解它们之间的特殊关系。分析是归纳的基础，分析是抓住事物特点、本质的必经阶段。不善于分析也就不可能学会归纳。分析的过程是独立思考的过程，也是对知识理解甚至是探究的过程。通过分析抓住了重点与难点，通过分析把握住知识前后的联系，通过分析发现了一些潜在的信息。分析是与归纳相对而言的，它着重是把知识分解为各个部分进行理解，并去寻找知识点前因后果的联系为主要目的的思维过程。可见，分析学习法的关键词是"分解"与"找因"。

俗话说:"物以类聚、人以群分。"任何事物都可以把它们归入同一性质的范畴,知识也不例外。归类法可以把它看成是归纳学习法的分支,即同类归纳。但归类学习与归纳学习的特点有所区别,归类学习的侧重点是相同知识的罗列,而归纳学习法指的是要善于去归纳事物的特点、性质,把握句子、段落的精神实质。同时,以归纳为基础,搜索相同、相近、相反的知识进行识记与理解。一般来说它可随时采用。归类法是在识记知识或复习阶段时常采用的方法,它使知识条理化、程序化,压缩了知识信息量,能使我们记得多记得快,同时也有利于知识的提取。

### 7. 善于自我测试与评价——反思学习法

孔子提倡学习知识面要广泛,并且强调要在学习的基础上认真深入进行思考,把学习与思考结合起来。他说:"学而不思则罔,思而不学则殆。"如果只是读书记诵一些知识,而不通过思考加以消化,这只能是抽象的理解,抓不住事物要领,分不清是非。《中庸》中提出为学的五个阶段:博学、审问、慎思、明辨、笃行。慎思就是要把外在的知识和事件与自己切身经验结合起来进行认真思考,既用自己的经验来思考知识与事件,又用知识与事件来思考自己的经验,不断地交换位置和方向,达到理解和重新理解知识、事件和经验的目的,促进自己内心精神世界的成长。

### 8. 善于向他人学习——合作学习法

同水平差不多的人一起学习,就有了一个学习伙伴,更何况每人都有自己的长处;同水平高于自己的人一起学习,他就是老师,自己自然可以学得许多东西;同水平低于自己的人一起学习,你是他的老师,我们常说"教学相长",你同样可以学得许多东西。当然,合作学习并不是几个人的简单相加。合作学习的重要代表人物,美国明尼苏达大学"合作学习中心"的约翰逊兄弟认为,有五个要素是合作学习不可缺少的。这些要素是:① 积极负责,指的是学生们知道他们不仅要为自己的学习负责,而且要为其所在小组的其他同学的学习负责;② 面对面的促进性作用;③ 个人责任,指的是每个学生都必须承担一定的学习任务;④ 社交技能;⑤ 小组自加工,小组必须定期地评价共同活动的情况,保持小组活动的有效性。合作学习有利于增进人与人之间的相互了解、温情与信任,学会处理人际关系的技能、技巧与策略,学会有效地表达自我。在学习交往中,可以培养、发展真正的责任意识和义务感。

### 9. 善于处理好速度与效率的关系——循序渐进法

我们在学习中有一个误区,认为只要肯花时间,多做练习,学习成绩必然进步。其实不尽然。虽然量变的必然结果是质变,但并不能说任何量变都会引起质变。试想,在现实生活中,有的人花的时间不多、练习量不大,为何能有明显的进步呢? 这就是一个效率问题。在经济学上我们常说企业要发展,必须要采用集约型增长方式。学习也是如此,不能盲目地投入精力。这首先要做到循序渐进。有的同学一心求快,不考虑自己的水平,拿到书就看,拿到练习就做。有的人连简单的英语对话都不行,就去看许多经贸口语,理由是中国人世了,经贸英语更显重要。从理由上看并不错,但针对自己的实际情况,这些同学采取的方法是错了,因为违背了循序渐进的认识规律。

### 10. 善于处理智力与非智力的关系——持续发展法

可持续发展是我国经济建设的重要战略。要成为社会主义建设人才,必须具备发展的观点,用发展的观点看待学习问题,也就是我们所提倡的持续发展法。它要求我们在学习上不能偏科,力求全面发展。要文理兼顾,还要重视劳动技能、体育技能的学习,培养自己的思想道德素养、审美情趣等等。当然,全面发展并不等于平均发展,对自己的兴趣、特长应该发展,为此,应围绕其中心不断完善自己的知识结构,向纵深发展,培养自己研究性学习的能力,培养自己科学献身精神,使自己持续发展。可持续发展首先是观念上的要求,只有这样的学习观,才会有这样的学习方法。有了这样的学习方法,才能根本上消灭死记硬背、盲目崇拜的倾向,重视其他科学的有效方法。

### (二) 适合自己的才是最好的——找到自己的学习方法

规律往往只考虑共性的东西,然而,世界上没有一样东西没有个性的,正如世界上没有两片完全相同的树叶一样。

有个性,就意味着我们必须从实际出发,实事求是,有目的、有针对性地解决问题。学习活动从来都是极具个性化的活动,因此,就不会有一种学习方法是放之四海皆准的。但这并不表明我们就不需要借鉴了,我们应该在借鉴中总结,在借鉴中筛选,直到找出最适合自己的方法。

不要盲目崇拜和遵从别人的方法,也不要认为自己的方法就是比别人好。在对待学习方法这个问题上,我们始终要保持清醒的头脑和客观的态度,努力做到"去伪存真、去粗取精",实现自己在学习上的质的飞跃。

世界上没有学不会的知识,只有不愿学的知识。


**思考与练习**

1. 根据个人体会分析大学课程学习与中学课程学习的不同特点,相应地在学习方法上应作哪些改变?

2. 从自己的实际出发,重点研究大学基础课程的基本特点及其学习方法,制订出适应从中学到大学的转变、改进学习方法的计划。

3. 走访几位本学院、本系、本专业高年级同学,了解他们学习各类课程的体会与经验教训并引以为鉴。

# 第三节  提高自学能力

早上起来第一件事就是完成 CET－6 报名,到大学生活动中心照相。一路在想些问题。大学英语四六级考试考了好多回合了,按照学校规定,2000 年后通过 CET－6 可以免修英语。我是 2000 年前通过的,因而每个学期多了 144 个课时。通过一段时间的学习,我发现进一步学习太有必要了,此次报考 CET－6 是希望通过考试促进学习,此番学习不是过去学习简单的重复。照完相,到图书馆期刊室,重点翻阅了《中国图书馆学报》第 5 期、《大学图书馆学报》第 5 期和《数字图书馆论坛》近几期。

中午有同学动员我去办班,关于计算机方面的,要利益均沾,最后是以学无余力回绝。比较长时间来,我对赚钱(赚外快)一直不怎么心动。曾经拒绝过很多次"诱惑"。搞搞计算机方面的小工程和上上培训班,于我其实构不成诱惑。私下也算过账,从长远看,如果能真正学有所长,还是能够功夫不负有心人的。我忌讳的是舍本逐末,得不偿失。

下午看储荷婷的 Information representation and information retrival,够累。累的原因,一是英语水平还欠缺,二是专业底子薄,对于情报检索语言,我的了解是零碎有限的。看《现代西方哲学教程新编》,人物一个接一个,一个人物一个思想,想从速通读一下都很困难。翻数据挖掘与知识发现方面的书籍,翻到一串串数学符号的时候,头皮就发麻,真搞不懂,当年对数学还是蛮感兴趣的,今天怎么有恐惧症了。

摘自一个大学生的"博客"

大学的学习变得丰富多彩,也就变得纷繁复杂,能够在这种环境下掌握和控制自己的学习实在不易。如果不能养成良好的自学习惯和意识,就很难适应大学的学习生活。

## 一、自学是一辈子的事情

### (一)自学很重要

何为自学？广义而言,"自学是根据社会和人的发展需要,借助社会力量,充分调动主观能动性自我学习,不断积累知识、获取技能和培养能力的活动";狭义而言,"自学则是指学生在授课以外,通过自己学习来获取更多的知识"。无论是广义还是狭义的自学概念,均包含着个体自学的本质规定性。这一规定性可以表述为个体在学习过程中的"独立自主性",这种"独立自主性"又分思维上的独立自主性和行动上的独立自主性。

自学活动中个体思维上的独立性表现在两方面:一是个体用自己特有的思维方式进行独立的学习;二是个体独立地对知识进行理解和吸纳。自学活动中个体行动上的独立自主性表现在个体能够对自学活动中的心理要素、目标要素、方法要素、程序要素等加以有机整合与自我调控,从而使自学活动更具有针对性和有效性。

人的一生,在学校的时间不过二三十年,但学习却是一生的事情。在学校,还有老师的指导和教诲,到了社会上呢？除了自己,还有谁愿意来教你学习？大学是学校生活和社会生活的过渡期,是纽带,这个时期不培养自学的能力,以后就会患上各种"佝偻病",因为先天营养不良。"授人以鱼,不如授人以渔",反过来理解,学习知识,不如学习方法。其实,自学的很重要一点就是学习方法。有了这种方法,就好像掌握了一种武器,再强大的敌人都不可怕。

所以,不管从什么角度讲,自学都是人生重要的一项基本功。

### (二)如何自学

其实,任何学习方法都不具普遍性。学习方法就像思想一样,是一种个人的存在,在别人看来是很好的方法,对你来说可能就不管用,也就是说,别人的良药有可能就是你的毒药。但是,我们在这里还是想介绍一些自学的方法,仅供参考,以求抛砖引玉。

1. 学会时间分配法，提高时间使用效率

所谓时间分配法，就是指按照不同的学习（工作、生活等）次序、重点、性质等，对时间加以合理而巧妙的组织，从而获得最佳效率的一种时间控制法。具体地讲，在大学生的自学过程中，如下三种该重点掌握。

一是次序分配法。所谓次序分配法，即只将每天的学习活动，按其实际需要或复杂程度等，有次序地予以分配，以便使一天的活动有节奏、有次序地合理进行的方法。

二是重点分配法。所谓重点分配法，即指按事情的轻重缓急，有重点地对时间进行分配，一般是重点任务能保证完成的方法。

三是性质分配法。所谓性质分配法，就是按事情的不同性质（工作、学习、生活、休息等）来分配时间，以便获得时间的无形"扩展"和"增值"的方法。

2. 制定科学学习计划，全面提升学习质量。

调查表明，不少大学生（特别新生）学业失败的很大因素是与学习的"散漫"与"无序"，即没有合理而科学的学习计划紧密相关的。对此，无数学者给予了谆谆告诫。管理学家麦克凯茨曾指出："计划是一切管理工作的开端。"夸美纽斯在《大数学论》中说："假如我们把我们的生命好好安排，他们是够长的，可以让我们做成最伟大事业。"而恩格斯则中肯地讲道："无计划的学习简直是荒唐。"

在大学生的学习过程中，科学而合理地制定学习计划，至少有如下两大好处：一是使自己的学习有明确的目标，并让学习活动井然有序，充满节奏与韵律感；二是使自己的学习生活有一种"外掣力"，即相应地有一种监督及"自控"机制。因为计划表会像一面镜子照着你的学习，也会像一把标尺衡量着你的学习。

专家建议大学生在自学过程中，一般应制定：日计划表、周计划表、月计划表。

3. 拓延自学空间

(1) 在图书馆利用文献检索工具获取相应的学习资料；

一是了解图书馆目录组织,掌握目录的检索方法。大学生在校学习期间,由于年级的不同,利用图书馆学习所使用检索文献资料的工具也有所不同,低年级时最常用的是图书馆的目录,而到了高年级除了使用目录(手检和机检)外,就是利用文献检索工具和计算机检索所需文献。

二是熟悉文献检索工具书,学会检索文献的途径、方法与步骤。查找国内文献资料的工具书主要有:《全国总书目》《全国新书目》《全国报刊资料索引》《国内内部期刊索引》《内部期刊篇名目录》《国内科技资料目录》《科学技术译文通报》,等等。查找国外文献资料的工具书主要有:《科技文摘》《国外科技资料索引》《国外科技资料馆藏目录录》《专利文摘》《专利目录》《国外报刊目录》《北京图书馆外文新书通报》,等等。

(2) 在社会空间中学习:

一是在社会学习空间里,大学生可以用更灵活的学习方式,获得更丰富的学习资源:① 可以在课堂以外的学习空间中,广泛地与人交往,广泛地接触社会生活,从而获得比书本、比课堂教学更广泛的信息,并由此得到更多的教益。② 应在课堂教学之外,主动"拜师结友",以便从中获得更多的"活"资料。

二是在社会学习空间里,大学生可以通过多样化的渠道获得丰富的知识与信息:① 应尽量争取利用课余时间,聆听专家学者们的各类讲座,这些讲座对于学业的提高与成才是非常有用的。② 应经常参加各种不同的社会实践活动,这些丰富多彩的社会实践活动,一方面可以将自己所学的专业知识服务于社会,使其专业知识得到强化,其专业技能得到提升。另一方面,是在这些实践中,可以学到许许多多课堂教学中学不到的东西。

4. 掌握读书的艺术

(1) 明确读书的目的。

大学生在自学过程中的读书,大致有以下几方面的目的:通过自学读书以补充、完善、加强其专业学科方面的知识,达到强化专业技能的目的；通过自学读书以持续发展自己的优势，张扬自己的个性，成为独具特色的人才；通过自学读书以扩充自己的知识面，开阔视野，提升思想境界，净化自身灵魂，成为复合型人才；通过自学读书，达到愉志悦情、消闲逸趣、调整身心的目的。

（2）掌握读书方法。

一是快速阅读法，即"泛读法"。其基本技巧（要求）如下：① 阅读时眼球要均匀移动；② 使用视力引导工具；③ 无声阅读（即默读）；④ 跳跃阅读。

二是研习精读法。① 采用 SQ3R 五步阅读法：第一步为浏览（Survey），即前述快速阅读法的跳跃阅读；第二步为提问（Question），即针对阅读的重、难点内容设问；第三步为阅读（Read），即带着已设的问题，仔细阅读，并做好相应的记录；第四步为复述（Recite），即对所学的内容进行回忆；第五步为复习（Review），即对前述内容进行阶段性或系统复习。② 做好读书笔记。在研习精读法中，做好笔记是非常关键的一环。一份系统的好的笔记，将会成为一笔宝贵的财富。读书笔记有以下几种：① 书上笔记；② 摘要笔记；③ 索引笔记。

## 二、学会学习

自学是大学生必须面对的基本问题，提高自学能力也是一件受益终身的事情。然而，要想取得最终的胜利，还需要一些更高层次的学习理念来支撑和指导自己的学习。美国著名的未来学家阿尔温·托夫勒有一句影响深远的名言："未来的文盲不再是目不识丁的人，而是那些没有学会怎样学习的人。"

### （一）什么是"会学习"

阿尔温·托夫勒的观点在思想上给了人们极大的冲击和启迪，也促进了世界各国教育特别是高等教育重新审视学习在人生和社会发展中的意义。在 20 世纪末，托夫勒曾指出，"具备了自我学习能力，就拿到了迈向 21 世纪的通行证。"

大学生要学会学习,那么,什么是"会学习"? 所谓"会学习",有以下几层意思:

(1) 会学习就是会根据自身的基础和主客观条件,计划、调控和评价学习,从而不断调整和优化自己的知识结构,适应进一步学习和社会发展需要。

(2) 会学习就是能够用最短的时间、尽量少的精力,以最快的速度获取尽可能多的知识和技能,会采用最适宜、最有效的方法和策略,获得最好的学习效果。

(3) 会学习就是会把握学习的重点,不只是满足于获取某知识,而是重点掌握思维过程的方法,也就说,学习的目的不是重在得到"鱼"和"金子",而是学到捕鱼和点金之术。

(4) 会学习就是会把所学的知识应用到生产和社会需要的实践中去,并且会在实践中进一步学习,不断丰富和深化自己的知识。学到知识却不会应用,或者不善于在实践中应用,实质上不能算是会学习的。

由此可见,所谓"学会学习"就是学会自主学习、学会高效学习、学会学习的方法、学会学以致用。

## (二) 大学学什么

学会学习是大学学习阶段的重要目标,那么,在大学主要学什么?

传统的学习观认为,学习的目标在于能记住多少材料或学会多少技能,这个观念已经对我们的教育产生了深远的影响,我们常常会自觉或不自觉地践行这个观念。但在今天的现代观念里,谁如果还把学习理解为"记住多少材料或学会多少技能"的话,那么,他最终的"出路"只有一个——被淘汰。在这个知识爆炸的时代,知识的生产呈现出无限和快捷的特点,知识量的递增速度越来越快,常常是"我们今天知道的东西,到明天就会过时"。有关研究表明,在人的整个一生中,大学阶段只能获得需用知识的 10% 左右,而其余 90% 的知识都要在日后工作中不断学习才能获得。因此,我们要学习的是一种方法，一种以不变应万变的方法，或者说是学习一种学习的能力。

知识是可以老化的，但能力却是常新的。比尔·盖茨就曾说过："你可以拿走我全部的市场份额，你可以占有我所有的股份，只要你留下我的几个人的核心团队，不用几天，又会诞生一个微软。"是什么让盖茨如此自信？是一种不变的核心竞争力！他有技术，有想法，根本不必担心资金问题。我们的学习何尝不是如此？只要具备了学习的能力，何必担心一项工作不能胜任？

**（三）怎样才能学会学习**

"学会学习"是一个时代的命题，也是时代向我们提出的要求。那么，大学生怎样才能"学会学习"呢？

**1. 树立自主学习的学习观是"学会学习"的基础**

所谓自主学习就是学生自己"主动地、有主见地学习"。自主学习是建立在"学生是认知主体"的认识基础上的，这是一种适应时代特点的、崭新的学生观和学习观。

学生树立了自主学习的学习观，就具有了主人翁感，就能意识到自己是学习的主人，学习要靠自己艰苦的努力，这样才能在受教育的过程中发挥主动性、积极性和创造性，逐步增强自我教育的意识，形成独立学习的能力，进而不断探究学习的规律，以适应科技迅猛发展、不断更新知识的需要。

**2. 具有坚定明确的目标是"学会学习"的前提**

爱因斯坦曾经说过："对于一个严肃认真的青年来说，尽可能准确无误地为自己确定所追求的目标，这是十分自然的事。"所谓目标就是人们所追求的预想结果，也就是说，目标是一个人前进的方向。人生要是没有目标，没有一个自己所追求的理想，就等于在大海里航行而没有航向的帆船，随风漂转，最终必定要沉没海底。大海航行靠舵手，人生奋斗看目标。

**3. 掌握科学的学习方法是"学会学习"的关键**

所谓"学会学习"，在某种意义上就是学会学习的方法。关于方法的作用，毛泽东同志曾经做过精辟的论述。他说："我们的任务是过河,但是没有桥或没有船就不能过,不解决桥和船的问题,过河就是一句空话,不解决方法问题,任务也只是瞎说一顿。”

科学的学习方法不仅有助于在学习活动中少走弯路,有利于培养和提高各种学习能力,提高学习效率,而且更重要的是,它是人们攀登学习高峰、学有成就必不可少的重要因素。

4. 善于自学是学会学习的基本途径

通常,学习有两种基本形式,即师授与自学。

达尔文曾经说:“我认为,我所学的任何知识都是从自学中得到的。”对于这个问题,钱伟长先生的一席话说得更加透彻。他说:“我出生在江南无锡农村,家里很穷,因此中小学没有很好地念过……但是有一点我是可以肯定的,就是大学毕业后,我没有停止过学习。我相信我可以打个赌,我现在每天学习的时间比你们多。每天晚上 8 点开始,这是我的学习时间,不到凌晨两点我是不停止自己的学习的。我大学毕业那个时候,没有计算机,没有火箭,没有原子弹,没有宇航,没有半导体,没有激光,有的连名词都没有,按道理我对这些一窍不通,不过你们在学,我也在学,我全把它学来了。我虽然不是这方面的专家,但我全懂,我是靠自学、靠不断的自学,所以学习是一辈子的事情。”可见,“自学是一生中最好的学习方法”。

5. 培养良好的学习品格是学会学习的保证

所谓学习品格,就是学习者在学习方面的一些心理品质和素质。它是一个人在人格、精神、态度等方面的综合表现,它决定一个人在学习过程中思维活动的方式是积极的还是消极的、是坚忍不拔的还是畏却退缩的,等等。如果说学习方法是学习过程中的操作系统的话,那么,学习品格则是学习过程中的动力系统,它对操作系统具有助动和调控作用。因此,在学习过程中只有将两者结合起来,才能高效率、高质量地完成学习任务。

学习品格属于非智力因素范畴。而非智力因素主要是由后天习得决定的。因此,加强自我修养、培养良好的学习习惯对于学会学习非常重要,我们不可不重视。

学无止境,我们永远不敢说自己真正会学习了。大凡有所成就的人,都是具备超强自学能力的人。他们有敏锐的观察力、细腻的思考力、果断的执行力、坚忍的意志力,在他们心中,永远很清楚自己需要什么、应该怎样去做。

我们难道不应该为将来做好准备么?

**思考与练习**

1. 根据你自己的实际情况,制定相应的自学时间计划表。

2. 你已经使用过哪些工具书? 你知道还有哪些工具书可供你使用吗? 去找找看。

3. 跟大家分享一下你读书的方法和乐趣。

大学生行为指导与训练

# 第三章

# 设计大学生涯

*Disanzhang*

*Sheji daxue shengya*

大学时期在一个人的生命中具有重要意义。原浙江大学校长竺可桢曾劝勉浙大学子："诸位在校，有两个问题要自己问问：第一，到浙大来做什么？第二，将来毕业后要做什么样的人?"作为大学新生，我们不妨也扪心自问，究竟该如何度过大学生涯。我们对大学的理解多数是从父母和老师那里听来的，"深造"是多数同学对大学的基本理解。"深造"的意义何在？"深造"的内容是什么？不同的同学对这些问题的回答迥然不同。实际上，大学深造对于个体的意义不仅仅在于扩展专业知识和提高专业技能，更重要的是塑造健全人格和促进全面发展。

　　大学生活的成功需要明确的目标引导，目标会使我们的努力有指导，没有目标的大学生活就像在大海上没有罗盘的航行，最终会迷失方向。正因为如此，我们要做自己的主人，确立目标并制订可行的实施计划，让我们的大学生活收获硕果。

# 第一节　明确大学目标

今天,我回复了"开复学生网"开通以来的第 1 000 个问题。关掉电脑后,有一封学生来信始终萦绕在我的脑际,挥之不去:

开复老师:

就要毕业了。

回头看自己所谓的大学生活,

我想哭,不是因为离别,而是因为什么都没学到。

我不知简历该怎么写,若是以往我会让它空白。

最大的收获也许是……对什么都没有的忍耐和适应……

这封来信道出了不少大三、大四学生的心声。大学期间,有许多学生放任自己、虚度光阴,还有许多学生始终也找不到正确的学习方向。当他们被第一次补考通知唤醒时,当他们收到第一封来自应聘企业的婉拒信时,这些学生才惊讶地发现,自己的前途是那么渺茫,一切努力似乎都为时已晚……

摘自原微软中国研究院院长、自然互动部全球副总裁李开复:《大学四年应该这样度过:给中国大学生的第四封信》(2005 年 7 月)

树立积极的目标有利于我们顺利地成长发展,大学生涯需要规划,人生目标也需要规划。大学生涯是眼前的事情,人生目标是长远的问题。没有眼前的积累,难得长远目标的实现;没有长远的目标,眼前的积累就可能迷失方向。要树立人生目标,我们首先要认识自己,认识大学。

## 一、我是谁

确立目标必须慎重,要"立长志",不要"常立志"。确立目标的第一步就是认识自身。好比一块木料，我们不认识它，怎么可以确定它是适合做大梁还是做椽子？认识自身并不如想像中的那么容易。古希腊德尔斐的太阳神殿是提供神谕的，但是神殿门口柱石上雕刻着"认识你自己"这句话。"之所以要把'认识你自己'铭刻在德尔斐神庙的大门之上，是因为假如你做不到这一点，那么无论你从女祭司那里得到了什么建议，你都不能正确地理解它或适当地使用它。"可见，认识自己对于确立和实现目标是非常重要的。

在一次大学高考预选生的面试中，一个问题是"你为什么上大学"。结果发现，大多数高中毕业生对于上大学的目的并不明确，认为上大学主要是为了找个工作或者是为了走完人生的一个步骤，只有少数谈到自己的兴趣爱好、大学专业选择和未来职业发展问题。另一个问题是"你认为自己最大的优点和最需要改进的是什么"。多数学生可以指出自己的优缺点，但是比较模糊，只有少数高中毕业生可以清晰地描述自己的优缺点并找到改进的途径。两个问题答案的相关性较高，多数高中毕业生由于对自己没有明确清晰的认识，所以无法有远见地确定未来的人生目标；少数能够清晰地描述自己优缺点的学生，其读大学目的性更强。

人自身有很多特征需要认识。这些特征包括性格、能力、价值观、经验、知识结构等因素。每个人认知能力不相同，认识自己的早晚深浅和全面与否各有差异，所以在全面深刻认识自己的要求下，不必强求一致，可以在大学生活中有意识地认识自己，以早日确定自己的人生目标，从而可以更有效地为之努力。

对自己的现状有了清晰的认识之后，行动的针对性和有效性才会提高，所以我们要不断认识自己。写日记是记录自己成长轨迹很好的方法，每周或者每月总结也可以帮助认识动态变化的自己，这样就可以根据自己知识结构、经验积累、兴趣爱好和价值观念等变化，及时对自己的目标和计划作出针对性调整，提高大学生活的效率。

我们可以通过下面的方法来认识自己：

父母是帮助我们认识自己的最佳人选。所谓"知子莫如父，知女莫如母"，认真聆听父母对自己各方面所作的评价，并和他们一起探讨这些特征是偶然的还是长久的，是可以改变的还是需要适应的，从而理性、全面地认识自己。

同学是帮助我们认识自己的重要助手。唐太宗有句话叫"以人为鉴，可以知得失"，这个道理对于我们同样有意义。以同学为参照，发现自己的优点与不足，发扬长处，改进短处；同时，还可以通过与同学一起探讨，获得一种相对客观的"自我意识"。当然对于这些评论，我们一定要有自己的主见，因为每个人的立场不同，评论也会千差万别，要学会正确的接受，"有则改之，无则加勉"。

大学老师是我们可以信赖却经常忘记的一个朋友。"学高为师，身正为范"，无论是大学专业任课教师还是辅导员老师，他们经验更丰富，思维更开阔，眼光更长远，他们也是非常愿意帮助学生有效地度过大学生涯的。老师作为大学过来人，"听君一席话，胜读十年书"，向他们请教，请他们帮助我们认识自己，会节省许多宝贵时光。所以，不要犹豫，不要彷徨，勇敢地向老师提出问题，请他们指点迷津。

此外，我们还可以通过各种心理测试的量表认识自己，比如人格测试量表、智力测试量表、心理状态测量量表、职业能力倾向测试、社会适应能力诊断量表、心理发展状态测验、行动潜力测验量表等。我们可以针对性地选择部分量表作为测试自己状态特征的依据之一，当然这些操作最好在专业人员指导下进行。

## 二、认识大学

认识自己之后，我们还需要明确自己头脑中关于大学的一些认识，这样才能为目标的树立奠定基础。

### （一）大学不是休息的港湾

有一位从内地考入上海某名牌大学的学生写了一篇《复活与审判》的文章，描述了自己大学生涯的曲折经历，以警戒后来人。他写道："我觉得自己是一上大学就开始堕落了。由于突然间失去了班主任的监督、父母的鞭策及高三时激烈的学习竞争气氛,我从刚上大学起就抱着一种 60 分万岁的学习态度,开始了平生第一次玩个通宵、第一次打电脑游戏、第一次打一整天扑克等等诸如此类从前连想都不敢想的行为。自然地,大一上的成绩全面下滑,平均不到 70 分。可凭着'刚开始不适应'的借口,我敷衍了家长,自己也没有引起重视。于是,大一下我考出了一生中的第一次红灯,并且一下子就是三门。"这是一个比较特殊的例子,反映的却是普遍的问题。

　　我们审视一下自己的大学生活,是否也与这位同学类似? 这位同学沉浸在电脑游戏中不能自拔,有时三门或者七门功课不及格,中间虽然有过转机,但终因无法抵挡电脑的诱惑而几乎走上自杀道路。他说:"如果说开始打电脑是为了玩电脑游戏的话,那后来打电脑不如说是游戏玩我,因为我不知道该去干什么,只好打游戏消磨时间,忘记现实,尽管此时电脑游戏已不能再带给我快乐。"我们刚迈入大学校门,面对突然可以自己掌控的自由,带着天之骄子的骄傲,抱着休息一下的想法,开始肆意地挥霍时间。然而,我们在得意的时候经常会高估自己的能力,包括自制能力。有人希望通过尝试毒品验证自己抵制毒瘾的能力,但从来没有人能够成功地以自身力量来抵抗毒瘾的发作,因此,最好的办法就是不要尝试。我们对自己抵抗电脑游戏、放纵生活的能力也会高估,所以从进入大学开始,就不要放纵自己,要严格按照既定目标约束自己。要尽快适应大学生活,不要像我们的主人公以"刚开始不适应"为借口,后悔晚矣。

　　每到周末,武汉科技大学中南分校"包夜"上网的大学生们充斥学校周围的网吧,多数学生上网玩 CS、《梦幻西游》、《魔兽》等暴力游戏,女生上网则近 90% 是观看最新的电视剧。学生上网的理由中最普遍的说法是"校园的精神生活太少了,不如网上的丰富"、"我们需要很多的资料而学校的电脑里没有"、"学习的目标迷茫,每天不知道该干什么"。这种现象在许多高校普遍存在。颇有意思的是同学们自身对这些现象的解释。如果说在学校的电脑里无法获得足够的学习资料,那么网吧里更难获得足够的学习资料。因为很多学校图书馆都购买很多中文和外文资料数据库,甚至拥有网上电子图书馆,这些资源在校内网络可以充分利用,校外网吧似乎从来没有提供过这些资源。"学习目标迷茫,每天不知道该干什么",能够这样说的大学生是敢于面对自我并能够认识自我的,但重要的是,我们更需要拿出勇气战胜自己。

"千里之堤,溃于蚁穴。"人生的失败来自陋习的积累,大学生涯同样如此。也许当我们立下志向和试图培养良好习惯时,会遇到各种内在的和外在的阻力。前文中的那位大学生说:"如果在起床时,你的生命还剩下16小时,你应该没有什么克服不了的惯性或世俗舆论的压力。"我们是否珍惜自己的大学生涯呢? 如果珍惜,就从现在做起,认识自己,确立目标,制定计划并努力实行。我们应该把大学当作训练基地,而不是休息的港湾。如果在进入大学后仍然躺在高中的功劳簿上睡大觉,那么迟早要被其他同学抛在身后,甚至被时代抛弃。

### (二)专业不是决定一切的"魔杖"

对于大学专业的争论由来已久,这种辩论在同学中其实也广泛存在。选择了"好专业",就可以高枕无忧了吗? 选择了"烂专业"就必定倒霉终生吗?

理论上,专业决定了学科属性,这种属性又与相应的就业岗位对应。由于分工的不同,就业岗位在收入上又会存在一定的差异。因此,一些人会认为,选择一个"烂专业",或者更直接地说一个"潜在收入较低的专业",即便大学学习多么刻苦,成绩多么优秀,就业后收入可能无法超越行业的极限,甚至无法达到高收入行业的底线。如果选择一个"好专业",大学期间只需要成绩及格,拿到毕业证书,就业后收入就会一路攀升,轻松跨入中产阶层。前些年人们注重按学校名气来报考,今天更多人按照专业的就业及其潜在收入来报考。认为"烂专业"令人倒霉一辈子和"好专业"令人受益一生的人常常以收入多寡作为界定人生成败的惟一标准。但是,人生成败的标准难道仅仅是收入的多寡吗?"三百六十行,行行出状元",这个道理在今天仍然讲得通。

　　实际上，大学生专业背景与工作意愿之间的矛盾处境早在高考时候就埋下隐患，与此相关的智联调查发现，当初填写高考志愿时，42％的被调查者根据自己的主导意愿选择专业，26％的听从父母决定，其余32％则是根据老师意见或是服从调剂分配。如果有机会从头再来，52％的人表示会另择专业。因此，无论我们有幸在自己兴趣与大学专业、工作前景方面取得一致，还是不幸选错专业，事实不会改变。但我们可以选择自己的态度和下一步的行动。如果兴趣与专业、工作意愿对口，那么就努力学习本专业知识和技能，精益求精。如果认为自己专业与兴趣、工作意愿错位，还可以尝试其他一些做法。如通过转院系等考试转入自己意愿的专业，或者可以在学好专业知识的同时，辅修感兴趣的第二学位，还可以按照自己意愿专业的要求，在大学期间旁听相关课程并考取这个专业的研究生，在更高层次学习自己意愿的专业。此外，由于用人单位更多地注重大学生的相关实习经验，我们也可以根据自己意愿的就业方向，利用假期选择相应岗位进行实习，并学习一些该行业所需的专业理论知识，为毕业时顺利转行做准备。当然，你也许还有其他方法，比如培养自己对自己所学专业的兴趣。专业不对口本身可以成为一种有利因素。因为我们不但了解这个"不对口"专业的知识，而且还迫使自己主动掌握其他专业知识和技能，从而提高就业能力。总之，不能因为专业问题而把自己的就业限定在很窄范围内，更不能因此而颓废。美国教育心理学家B. F. Skinne 认为："如果我们将学过的东西忘得一干二净时，最后剩下来的东西就是教育的本质了。"所谓"剩下来的东西"，其实就是自学的能力。大学不是"职业培训班"，而是一个让学生适应社会，适应不同工作岗位的平台。

　　另一方面，在新行业不断涌现的今天，专业与工作的相关性正在逐渐下降。搜狐网调查发现，关于专业与现在工作的匹配度，仅18％的人认为对口，37％的人称不完全对口，44％的人则是完全不对口。可见专业与工作之间并没有必然固定的联系。新工作岗位对我们会提出新要求，并且我们的工作兴趣也可能变化，所以终身学习成为必然，每个人都需要在工作中不断学习新知识、适应新岗位。

无论我们把专业想得有多么重要，可以肯定的是，专业不能决定命运。因为从专业到命运，我们有许多可以改变的机会。如果仅仅因为自己考入大学专业错位而终生无所成就，那不是选择专业的错，而是后来选择人生态度的错。

### 三、我的大学我做主

有一年，一群意气风发的天之骄子从美国哈佛大学毕业了，他们即将开始走向社会。他们的智力、学历、环境条件都相差无几。在临出校门前，哈佛对他们进行了一次关于人生目标的调查。结果是这样的：27%的人没有目标；60%的人目标模糊；10%的人有清晰但比较短期的目标；3%的人有清晰而长远的目标。25年后，哈佛再次对这群学生进行了跟踪调查。结果又是这样的：25年间3%的人，他们朝着一个方向不懈努力，几乎都成为社会各界的成功人士，其中不乏行业领袖、社会精英；10%的人，他们的短期目标不断地实现，成为各个领域中的专业人士，大都生活在社会的中上层；60%的人，他们安稳地生活与工作，但都没有什么特别成绩，几乎都生活在社会的中下层；剩下27%的人，他们的生活没有目标，过得很不如意，并且常常在抱怨他人、抱怨社会。可见目标对于人的重要。

实际上，许多大学生把高考当作人生目标。其实，考大学只是人生的一个阶段性任务，并非"人生目标"。作为一名大学新生，怎样才能充分利用这四年宝贵的大学时光，并提高行动效率呢？我们要尽早明确自己的人生目标，根据目标展开有效行动。确立人生目标可以帮助我们更有效地管理时间、更有针对性地安排活动和更充分地利用资源，使大学生活作为人生过渡阶段和生活目标本身都有意义。

大学生应当树立建设性的人生目标。所谓建设性人生目标，是指一个人确立有助于自己持续发展的积极、向上的目的。从心理学角度看，目的性在人格特质中占有很重要的位置，它可以派生出诸如坚忍、专注、执著、好学等特质。此外，积极的人生目标有十分重要的心理保健功能，并且是一个人能够持续发展的保证。

在树立目标的过程中，态度至关重要。心理学家早已发现：一个人被击败，不是因为外界环境的阻碍，而是取决于他对环境如何反应。中国国家男子足球队前主教练米卢·蒂诺维奇所说的"态度决定一切"就是这个意思。埋怨不会改变现实，但是积极的心态和行动可能改变一切。作为大学新生，没有别人可以决定我们的态度和行动，也没有别人可以为我们的态度和行动负责。是等到"休息"充分再展开有效的大学生涯，还是进入大学就积极主动地确立新目标、适应环境并开始有效的新生活？是无休止地抱怨专业错位而消极抵触地学习，还是停止抱怨而采取有效的挽救行动？我们有选择的自由，就像进入大学感到自己可以控制更多时间和接触更多空间一样。我们选择怎样的态度决定着将采取怎样的行动。

大学四年并不如我们想像的那么漫长，所以要积极地规划大学四年。任何规划都将成为某个阶段的终点，也将成为下一个阶段的起点，而志向和兴趣将会提供方向和动力。如果不知道自己的志向和兴趣，我们应该马上做一个发掘志向和兴趣的计划；如果不知道毕业后要做什么，应该马上制定一个尝试新领域的计划；如果不知道自己最欠缺什么，应该马上写一份简历，找老师、朋友打分，或自己审阅，看看哪里需要改进；如果毕业后想出国读博士，应该想想如何让自己在申请出国前有具体的研究经验和学术论文；如果毕业后想进入某个公司工作，应该收集该公司的招聘广告，以便和自己的履历对比，看自己还欠缺哪些经验。只要认真制定、管理、评估和调整自己的人生规划，就会离自己的目标越来越近。

大学是人生的一个阶段，不仅不是终点，而且是起飞前积蓄能量的关键阶段。这时我们不能停歇，不能放纵自己，要更加目标明确、更有针对性地继续前行。不要纠缠于没有意义的抱怨，而应趁着年轻和体力、精力旺盛的时候努力改进现状。命运只能由行动决定。不行动，只能被动。要做自己命运的主宰，马上行动！

**思考与练习**

1. 你是怎样的一个人,请从老师、同学处了解他们对你的看法。

2. 你喜欢或者不喜欢自己的专业吗?原因是什么?有哪些方法可以帮助你摆脱目前对于专业的困惑呢?

3. 尝试寻找自己的人生目标是什么。

4. 阅读至少十位与自己人生目标相关的著名人物传记,并写出读书笔记和感想;针对这些人物的人生目标和过程,重新审视和修正自己的人生目标。

# 第二节  制定大学计划

重庆商学院做过这样的尝试,让学生制作大学生涯计划书,并将其计划书与其大学生涯过程作相关性分析。这里我们列出两份计划书作为其中两类的典型。两份计划书没有什么大的不同,都能够看出制订人的良好愿望。稍微的区别在于:甲同学的计划比较"微观",甚至可以说"琐碎",而乙同学的则比较"宏观",也可说是"泛泛而谈"。可能有人会说,这只是制订人自身性格差异使然。但是,从实际情况看,像甲这类有明确可行目标的学生,多数能够成长为优秀学生;而没有明确可行的目标的学生,譬如乙,最后各方面的成绩就要差一些,有些还变为差生。可见,明确而现实可行的学习目标是成功的首要条件,或者说详细具体的计划是有效实施的前提条件。

请看两个大学生自我设计方案的对照表(表 3-1):

表 3-1

| 甲 | 乙 |
|---|---|
| 大学四年总目标<br>取得优异成绩,拥有本专业特长,提高自身修养 | 大学四年总目标<br>拿到学位,做个社会欢迎的大学生 |
| 阶段目标<br>大一:各门课程争取好成绩;练好书法;通过英语四级考试;提高写作能力<br>大二:各门课程争取好成绩;学好计算机;力争通过英语六级考试,并开始用英语写信和日记等小文章<br>大三:学好专业知识,同时参加一定的社会调查<br>大四:积极参加各种社会实践,争取有一定实践能力 | 阶段目标<br><br>用心学习,争取好成绩 |
| 其他目标<br>矢志不渝地加强书法练习;下好围棋,进入院前四名;锻炼好身体;处理好人际关系 | 其他目标<br>提高自我能力 |

摘自胡礼祥主编：《大学生发展启示录》，浙江大学出版社 2003年 8 月第 1 版

## 一、全面规划大学生涯

规划大学生涯，就是确立大学阶段的目标，实际上也是人生目标的确立。英国著名的哲学家怀特海说过："在中学阶段，学生伏案学习；在大学里，他需要站起来，四面观望。"高尔基说："一个人追求的目标越高，他的才能就发展得越快。"一个大学生的成长不可能是孤立的，学习的专业知识、进行的综合素质训练、参与的社会实践乃至毕业以后的就业和事业发展，都与其所持的目标密切相关。对于大一新生，更需要确立自己的人生目标。这对于今后的学习和发展至关重要。在规划目标时，以下四个方面至关重要：奠定坚实的基础和专业知识，积极参加专业实践和社会活动，学会主动出击和掌控时间，培养高尚情趣和优秀品质。

### （一）奠定坚实的基础和专业知识

大学生也是学生，学生的第一要务是学习知识。大学本身只是我们学习和进步的一个平台，它的地基是各类基础课程，如英语、计算机等。21 世纪里最重要的沟通工具就是英语。有些同学在大学里只为了考过四级、六级而学习英语，有的同学仅仅把英语当作一种求职必备的技能来学习，甚至还有人认为学习和使用英语等于崇洋媚外。其实，学习英语的根本目的是为了掌握一种重要的学习和沟通工具。在未来的几十年里，世界上最全面的新闻内容，最先进的思想和最高深的技术，以及大多数知识分子间的交流都将用英语进行，因此，英语学习是至关重要的，除非我们甘心做一个与国际脱节的人。信息时代已经到来，大学生在信息科学与信息技术方面的素养也已成为他们进入社会的必备基础之一。虽然不是每个大学生都需要懂得计算机原理和编程知识，但所有大学生都应熟练地使用计算机、互联网、办公软件和搜索引擎，都应能熟练地在网上浏览信息和查找专业知识。

扎实的专业知识有助于我们顺利实现自己的职业发展,少走弯路。每个特定专业也有它自己的基础课程。专业可能是我们今后安身立命之本,而专业基础课程则是根本。在科技发展日新月异的今天,应用领域里很多看似高深的技术在几年后就会被新的技术或工具取代,只有基础知识可以受用终生。另一方面,如果没有打下好的基础,也很难真正理解高深的应用技术。

### (二)积极参加专业实践和社会活动

"纸上得来终觉浅,绝知此事要躬行。"大学期间除了学习理论知识外,更要在实践中锻炼实际工作能力和待人处事能力。这就要求我们不但要"读万卷书",更要"行万里路"。

有一句关于实践的谚语是这样说的:"我听到的会忘掉,我看到的能记住,我做过的才真正明白。"无论学习何种专业、何种课程,只有在学习中努力实践,做到融会贯通,才可以更深入地理解知识体系,牢牢地掌握学过的知识。根据在校大学生和毕业生的一般经验,如果在大学期间参加一些专业实践,那么对专业理论知识的理解更深刻,并能逐步主动思考专业理论知识对实际工作的意义,从而能更有针对性地学习理论知识。实际上,许多专业理论都是在相关实践中总结出来的。在市场经济条件下,用人单位希望大学毕业生无需太多培训就可展开工作,因而对求职大学生"实习经历"要求较高。每年都有许多大学毕业生面对求职简历中空白的"实习经历"一栏愁眉不展,甚至错失良机。无论从学习知识本身还是从就业要求来看,专业实践对于大学生都是非常必要的。我们可以利用寒暑假在校内或者校外的相关岗位做兼职工作,也可以利用周末做些社会实践活动。只要不影响课业,这些做法都是值得鼓励的。外出打工或做项目时,不要只看重薪酬待遇(除非生活上确实有困难),还要重视培训和实践的机会;更要注意实践活动的专业性质,尽量去进行与自己工作意愿相近的工作,以便对就业更有帮助。

大学里社会活动远比中学时代来得丰富多彩。参与大学社会活动主要功能是学习做人和做事,结交真正的朋友。大学是开放的,不但师生之间教学相长、同学之间交往频繁，而且校内外交流也日趋广泛。大学是我们最后一次可以在相对宽松的环境中学习、培养、训练如何与人相处和做事的机会。很多大学时的朋友会成为一辈子的知己。所以，要好好地把握机会，积极参与社会活动，学习做人，培养自己的团队精神，锻炼自己的做事能力，并获得真正的友谊。

### （三）学会主动出击和掌控时间

在大学中，我们有更广阔的选择范围，选择自己的人生目标、学习课程、生活行动等。根据心理发展一般规律，在大学这个年龄阶段，我们对自身和社会都具备一定的认知能力，能对自己基本情况和社会现状做出描述，并能在自身特点和社会需求之间做出相关判断。从大学第一天起，我们必须从被动转向主动，主动评估自身和环境，追寻兴趣并尝试新的知识和领域，确定人生目标和阶段目标，并制定相应的实施计划。要对自己负责，不要把不确定的或困难的事情一味搁置起来，不去解决也是一种解决，不做决定也是一个决定，这样的解决和决定将使面前的机会丧失殆尽。每个人都要做好充分准备，把握机遇，创造机遇。中国科技大学校长朱清时院士在大三时被分配到青海做铸造工人，他不像其他同学那样放弃学习而整天打扑克、喝酒，他依然终日钻研数理化和英语。六年后，中国科学院要在青海做一个重要的项目，他这时脱颖而出并开始其辉煌的事业。

大学生还要学会安排自己的时间，管理自己的事务。安排时间要做一个时间表，"事分轻重缓急"。在《高效能人士的七个习惯》一书中，作者史蒂芬·柯维提出，"重要事"和"紧急事"的差别是人们浪费时间的最大理由之一。因为人的惯性是先做最紧急的事，但这么做会导致一些重要的事被荒废掉。因此，每天管理时间的一种好方法是，早上确定今天要做的紧急事和重要事，睡前回顾一下，这一天有没有做到两者的平衡。每个人都有许多"紧急事"和"重要事"，想把每件事都做到最好是不切实际的，建议大家把"必须做的事"和"尽量做的事"分开。必须做的事要做到最好，尽量做的事尽力而为即可。建议大家用良好的态度和宽广的胸怀接受那些暂时不能改变的事情，多关注那些能够改变的事情。此外，还要注意生物钟的运行规律，按时作息，劳逸结合，这样才能在学习时有最好的状态。

### （四）培养高尚情趣和优秀品质

情趣和品质相对于基础知识、社会实践、时间管理等内容，似乎是务虚的概念。然而这些东西正是我们内心深处所需要追求的，也是我们在夜深人静的时候经常想到的，它们总能为行动提供最根本的动力和支持。

大学是青年学生最容易迷失方向的时期，因为这是我们第一次能够完全自主地选择自己的行动和道路。过去有些大学生因为养成一些不良习惯，比如迷恋上网和电脑游戏等，误入歧途，浪费时日，荒废学业，大学没有成为他们进步的平台，却成为其失败的摇篮。也许他们从来没有在夜深人静的时候倾听自己内心的声音，自己到这个世界上到底是做什么的？自己这样度日有怎样的意义？即便想到过，也许是给出了错误的答案，或者是缺乏足够的毅力扭转自己的行动。

只有确立远大的人生目标，才能自觉脱离低级趣味，培养高尚情趣。高尚情趣是优秀品质的基础，优秀品质是为高尚情趣提供动力支持。大学时期是独立自主培养品质的关键时期，也是人的世界观逐步定型的时期。也许入学前的勤奋刻苦、诚实正直、坚忍不拔等优秀品质，在进入大学这个小染缸后，会因为周围的同学甚至社会的影响而发生变化。离开父母的监督、老师的督促，我们还能够保持那些品质、不沾染任何恶习吗？此外，由于环境的变化，还要求我们养成诸如自主学习、掌控时间、立刻行动等新的品质，而且要求我们承担一定的社会责任诸如义务献血等。曾参"日三省吾身"可以给予我们启示，既要关注自身修养的品质，也要关注待人处事的品质。

## 二、大学四年四步曲

除去专科学校和医学专业，一般大学本科学制是四年制。大学四年每个阶段都有其教学侧重点，每年都有自己相应的侧重发展内容。本节开头所列举的那两个学生的学习计划对照表提醒我们，只有对于大学四年有侧重地列出发展计划，才能有效实施并达到预期目标。下面我们根据大学四年学习发展的一般规律，对每年应该注意的学习发展内容做简要介绍，供在制定自己详细的大学四年学习生活规划中参考。

## （一）不知道自己不知道

"不知道自己不知道"是人们对大学一年级新生状态的描述，指的是刚进校门的大学生对大学生活什么也不懂，完全处于迷茫状态，整日上课忙于跟着老师转，下课跟着同学转，对于大学四年整体规划和未来的职业生涯，很少有系统的思考，所以不知道自己不知道。这虽然是一般大学新生的状态，但绝不是所有大学新生的状态。没有人愿意在迷茫中浑浑噩噩度日，所以从现在开始，请打破这种"定律"，改变这种状态，不但要做到"知道自己不知道"，而且要做到"知道自己将要知道"。

在入学时我们要做到：认识自己和周围环境，确立新的人生目标并制定阶段目标及实施计划；清楚课程学习的总体要求和安排；学会有效管理和运用自己的时间；掌握扎实的基础知识和技能；学会在集体生活中与人相处；养成体育锻炼习惯和有规律的作息习惯。大学学习主要靠自学，可以自主控制进度。我们通过了解本专业大学四年的总体课程设置，从而恰当安排业余学习、辅修专业等学习计划。许多大学新生是第一次离开父母与同学一起集体生活，因此，要学会在集体生活中如何与人相处。同学相处要不卑不亢，坦诚相待，这样才能有好的开端。身体是革命的本钱，大学里体育锻炼更多的是自觉参加。作为一种习惯，体育锻炼能增强体质、提高大脑兴奋度，有规律的作息习惯对于保持旺盛的精力和健康的身体是有益的。这些习惯也必须在大学一年级时养成，如果养成不良习惯，今后再改正就难了。

## （二）知道自己不知道

"知道自己不知道"是人们对大二学生状态的描述，指的是经过一年大学生活开始知道自己各方面的欠缺，从而开始努力学习。因此，很多大二学生努力考取英语四六级证书、计算机等级证书等"硬件"，同时由于进入专业学习，一些同学利用假期进行社会实践。这也是一个自然过程。

在大学二年级，一般进度是专业基础课和专业课教学。这时理论学习的重点要放到专业基础课和专业课上，通过了解专业的发展历史和研究现状，在大脑中建立一个比较完整的知识体系，从而真正提高专业的素养。要利用图书馆、网络和专业教师等教育资源，掌握该专业的最新发展动态，提高专业学习的兴趣和动力，使自己在学完一门课程后真正成为该领域的"小专家"。

经过大学一年级学习，我们的知识结构、价值观念、兴趣爱好等个性特征也许会有变化，要再次评估自身并做出调整，目的在于确定一个可以为之奋斗终生的目标。这很重要，在大学做出调整仍然不迟，但是需要有坚忍的毅力和科学的方法，充分利用现有制度和机会。一旦确定自己的人生目标，就可以在假期或者周末去做些与之相关的专业实践或实习，注意用心体会和总结，用以促进自己的专业知识学习，并提高实际工作能力。

考取各种应用证书是大学二年级的一项重要内容。未来社会持证上岗日益普遍，英语四六级证书、中高级口译证书、计算机等级证书等普适性证书是大二学生考取的热点。还有许多专业资格证书如注册会计师、律师资格证等，也成为现在大学生考取的热点。考取证书不能盲目跟风，一定要明确自己未来的人生目标，根据目标选择合适的证书作为考取对象。

### （三）不知道自己知道

"不知道自己知道"是人们对大三学生状态的描述，是说经过大二的努力学习已经懂得许多知识却不自知，仍然继续学习，它也揭示出大学生对自身认知的缺乏。

大学三年级是大学生发展方向急剧分化的一年。一般来说，大学生发展方向分化应该表现在大学四年级，然而由于就业和考研压力加大,大学生考虑到未来发展需要提早准备。大学生毕业后发展方向大体有就业、考研、出国等,出国也不外乎就业和深造。因此,大学三年级学生表现出多样化的学习生活方式。

如果打算毕业后直接就业,那么我们在学好专业课的同时要更多地参加专业实践,如主动到校外公司或者与就业意愿相关的组织去寻求实习机会。在实习中有意识地运用专业知识,提高专业技能,并与组织中的上级、同事建立良好的人际关系,这些不但有助于毕业后留下工作,也有助于到其他地方寻求工作。

如果希望毕业考研,也要提前做好准备,因为近年来考研人数急剧增加,考取难度加大。考研最好选定自己感兴趣的专业和学校,否则即便考取也会带来新的困惑。确定目标后要针对不同学校和专业的考试要求,积极准备考试内容,全面准备大概要为自己留下至少半年备考时间。

如果毕业后要出国深造,那么外语就成为需要突破的难关。出国前要参加托福、GRE 或者 GMAT、雅思等外语考试,并取得较高成绩。千万不要认为专业课学习成绩不重要,许多国外大学都要求专业学习成绩优秀的学生才有申请的资格,因为专业素质对他们来说是稀缺的,外语能力好的人却普遍存在。

在大三发展方向分化的时期,切勿盲目跟风。我们一定要保持清醒的头脑,认清自己的人生目标,要有主见,确定适合自己性格、能力和兴趣的发展方向,并脚踏实地去实现它。

### (四) 知道自己知道

"知道自己知道"是人们对大四学生状态的描述,是说经过大学三年的学习生活,审视自己知识结构和能力状况,知道自己大学期间获得了什么东西。大学四年级是审视自己大学学习成果并运用这些成果的时候。这个时候有感叹岁月蹉跎的声音,正如本章开头那位毕业生所发出的;也有欢呼自己学习的知识和积累的经历帮助找到自己向往的工作。到那时,我们希望自己发出哪种声音呢?

就业仍是多数大四学生生活的主题。大家也许会奔波于各个招聘会之间,或者被各个公司的面试安排占据多数时间。此前的学习虽然有专业知识和工作经验,但就业市场历来存在信息不对称问题,必须充分向劳动力市场展示自己的优点。我们要学习制作简历、搜寻就业信息、面试技巧等技能。这些知识和技能可以在互联网上找到,学校也会在每年毕业前夕提供这些专门培训。

有一件最关键的事情是,大四还要完成一篇毕业论文。我们要与指导教师认真商定题目,独立列出写作提纲并逐步修正它,要细心搜集资料并做笔记,最终写出一篇学士学位论文。这个论文是大学四年专业素养的一个综合考察,通过写作可更清楚地了解自己大学学习的理论知识。如果完不成这篇论文,无法及时毕业,损失也许会远远超出想像。

## 三、计划的制订和落实

我们已经谈到大学生涯规划中需要关注的重要方面,以及每一学年学习生活的侧重点。现在我们从较为具体的层面探讨如何制订大学学习生活计划,以及在实施这些计划中应当注意的一些问题。大学生涯从根本上说是规划时间的花费,制订学习生活计划就是设计如何花费时间。制订学习生活计划和使用货币是一个道理,一个是花费时间换来知识、能力和友情等,另一个是花钱购买商品,不同的是,货币不用于购买商品可储存起来,时间不换取知识就会流逝。

### (一) 制订阶段性计划

阶段性学习生活计划不如大学四年总体规划那么宏观,也不像每日时间表那么具体。它的功能是在每天的行动和总体规划之间建立联系,尽量使每天的行动朝着既定目标,不要偏离方向。阶段性计划有学期计划、月份计划、每周计划等,可以根据学校教学特点具体制订合适的计划。这些阶段性计划安排尽量写出完整的书面形式,放在书桌等显眼地方,便于及时提醒。

一般而言,每个学校都有校历,对每学年的教学安排作大致描述。我们可以参考校历制订自己的学期计划。首先确定阶段性的目标,比如本学期英语达到怎样水平、课外要阅读多少本专业书、掌握哪些计算机技能等。其次,根据这些目标安排自己该学期的学习生活进度,并在其中设置检查日期,及时纠正方法和保持进度。再次,学期结束要对该学期学习生活计划的有效性做出评估,确定这种进度是否可行,具体方法是否需要改进,作为下学期改进计划的依据。月份计划也可以按此方法进行,作为学期计划更为具体的分解。

每周计划对于学习生活也许是关键的阶段性计划。一般教学进度都是周而复始的,因此,许多相似情况会在每周出现。如果我们走上高效率的途径,那么每周都是高效率的;如果陷入低效甚至无效率处境,则每周如此也无法察觉。每周计划同样包括每周目标、一周时间安排和结果检查等方面。根据学习和活动要求,在每周前一天制订该周学习目标或活动安排,恰当分配时间,与正常教学活动保持一致。每周最后一天要对该周学习目标完成情况进行检查,总结经验教训,作为下周改进计划的依据。

## (二) 有效设计每天的学习生活

人生目标和大学生涯规划的实现,都要基于每天的行动。日夜周转造成我们个体生物钟的规律性,恰当利用这种生物规律性对提高每天的学习生活效率非常关键。

首先要分解一天的时间,弄清哪个时间段是不受自己支配的,比如上课和集体活动时间。其次,在不受自己支配的时间里要充分提高效率,切勿“身在曹营心在汉”,做任何事情,不做则罢,做了就要全身心地投入。再次,分析每日中自己可支配时间的性质,对照阶段性计划的要求,根据自己的学习经验,制订每天早、中、晚各时间段学习活动的内容。可以按照事情的重要性编制每日时间表,也可以按照时间流程编制一天时间表。时间表的编制最好以小时或者半小时为计算单位,因为课时和活动时间大多以接近这种长度计量,这样可以保证时间表与学校的教学活动相一致。

也许有人会为每天都“踩着点”生活而感到很累,其实分解和安排时间可以帮助提醒我们今天该干什么,做到“今日事今日毕”。这样会令生活更充实,能在不知不觉中接近自己的人生目标。

### (三) 实施计划的注意事项

万事开头难,制订恰当的大学学习生活计划是成功的第一步。从以往经验看,大学生作为青年个体具有头脑发热的特征,制订的计划鼓舞人心,但实施计划常半途而废。计划是人制订的,是为人服务的,切勿让计划成为摆设,或者成为行动的束缚。人都有"去苦趋乐"倾向,但"书山有路勤为径,学海无涯苦作舟",实施计划需要吃苦精神和持之以恒的毅力,要时刻告诫自己"宝剑锋从磨砺出,梅花香自苦寒来",总有一天会尝到成功的喜悦。

原定计划在周围同学影响下逐步消失的事例也不少,比如有的同学原计划晚上完成作业,但"受不了"周围同学的邀请和精彩电影的诱惑而把作业先放一边去看电影。一而再再而三地更改或不实现自己的计划,不但使制订计划的努力付诸东流,而且影响进一步制订计划的积极性,并侵蚀控制自己行为的自信心。所以,必须要有足够的主见和自我控制的能力。

为了提高计划的实施效率,实施计划要专心致志,不可三心二意;要选择好的学习环境,比如教室或者图书馆的环境比宿舍的环境好得多。实施计划不要走向另一个极端,即过于死板。制订计划是为了更好地达到目标。如果实际情况发生变化,在迫使目标改变的情况下,计划必须作相应调整,不能"抱残守缺"。一般来说不要轻易改变计划,除非必须。实施计划的时候要采取主动行动,不要等时间,尽量做到让时间等我们,这样才可以在完成一项任务后游刃有余,享受学习生活带给自己的快乐,它也会产生积极的心理暗示,让我们更有信心地去完成下一步计划的制订和实施。

**思考与练习**

1. 根据自己的人生目标和职业目标,制定本人大学四年的学习和生活规划。

2. 请自己的班主任或辅导员老师对自己的大学生涯规划提出

至少五条意见，并根据意见认真思考和修改。

    3. 编制自己每日时间表，与同学的对照，考虑其可行性和科学性，并做出相应的修改。

# 第三节 利用大学资源

2005年4月一个上午,清华大学跳水馆内"百花齐放"。清华大学跳水队的二十余名队员站在十米跳台上,一个接一个跃入水中,激起的水花都惊人的相似,从水池上空俯瞰,好像一朵朵绽放的鲜花。看台上观众的欢呼声盖过了音乐声,一个小时的清华大学94周年校庆跳水队表演结束,但很多观众仍留在看台上,久久不愿离去。

清华大学跳水队成绩斐然,伏明霞、田亮等世界冠军都曾经是跳水队的成员。说到跳水队,还要介绍清华园独一无二的跳水馆。清华跳水馆总建筑面积达到9 700平方米,包括一个游泳池和一个跳水池,共有1 208个观众席位。馆内有5个双人跳台及一个升降台。主体建筑采用钢网架大跨度铝镁合金屋面,馆内的四周全部采用吸音材料。综合馆具备5 000个席位,可以举办篮球、排球、羽毛球等比赛项目。在综合馆内还设击剑、艺术体操、重竞技、举重四个训练练习馆。第21届大学生运动会跳水比赛就曾在这里举行。

改编自清华新闻网(http://news.tsinghua.edu.cn)

作为大学生,我们确立的人生目标和大学生涯规划需要以行动来实现。要扩展和深化专业知识、提供专业技能和综合素质、做一个全面发展的大学生,我们的行动必须在一定的平台上展开。大学就是"深造"的平台,它能够提供图书馆等硬件设施、专业教师等师资、社团活动等组织支持。大学教育在某种程度上是一种消费行为,大学资源是供消费者享用的。如果我们连学校的基本设施都不清楚,根本谈不上如何利用资源为大学生涯服务;即便知道这些资源,却背离了它们存在的初衷,那也是一种深深的遗憾。许多大学毕业生参加工作后,想进一步深造学习或者充电,都感叹大学学习环境是任何地方都无法比拟的。当失去大学这么优良的学习环境时，后悔就已经太晚。下面我们就大学资源的意义、如何开发运用等内容作一介绍。

## 一、充分利用设施资源

　　一般大学都拥有图书馆、实验室、体育场馆等教育硬件设施。这些硬件设施为我们的学习、运动、娱乐等活动提供场所。大学各种教育硬件设施相对功能齐全，分布比较集中，可以让学习者花最短的时间和最少的精力充分享受。

　　食堂和公寓是我国大学基本的硬件设施，也是家长和学生首要关注的对象。这些设施及其管理制度正在逐步改进，为我们专心学习、茁壮成长提供后勤保障。当然，我们也可以通过多种渠道把意见反映出来，以利于更好地发挥设施的作用，比如社区主任接待日制度等。然而我们千万不要以为这就是大学里享受的主要资源。我们要学会恰当地运用资源。目前大学里有一种现象，即学生有三分之二的时间都呆在宿舍里。调查发现，除去晚上睡觉时间外，在宿舍里的同学学习的少，打电脑游戏或者闲聊的居多，更有甚者白天睡大觉（孔子曾说："昼寝，朽木不可雕也。"）。这也是对学校设施资源的利用，但利用的内容是什么呢？效果怎样呢？值得深思。

　　教室、图书馆、实验室、机房等教学设施应该是学校资源最关键的部分，这些资源惟独大学能够如此齐全地提供。学习永远是大学生的主旋律，因此，教学设施应该与大学生活密切联系在一起。教室除了上课以外，还可以用来自修、开班会或者一些社团活动场所等。高校图书馆是为教学科研服务的，被称为"大学的心脏"，每所学校的图书馆，都是学生课外学习的主要基地。这里不仅有众多的专业图书资源，还有最新的学术研究期刊，当然也有部分休闲杂志或图书，它们既可以补充课堂专业知识的不足，也可以提供休闲资源。然而由于大学图书馆藏书很丰富，至少有几十万册之多。查阅图书要有专业针对性，并有读书计划，否则在茫茫书海中很容易迷失方向。我们可以请专业教师给予指导，指定一些参考书目，或者指明选择读书的思路,这样做,读书的成效才能事半功倍。实验室主要是理工科学生的天堂,它可以让理论知识在实验中得到验证,或者在实验中总结出新的理论。有效利用实验室的前提是熟练掌握相关理论知识,做好充分准备;在实验室要严格按照指导教师的要求进行,以免引起不必要的麻烦和损失。机房是随着计算机技术普及而产生的新型教学设施。机房除了用于教授计算机课程之外,可以作为平时获取各种互联网资源的途径,有的学校把这种资源和图书馆结合在一起,如网上图书馆、电子期刊查阅检索等,使用起来更方便。这种网络资源较之校外网吧的一个优势是:没有安装游戏软件、不会有那么多走上玩耍道路的诱惑,在我们对自己还没有很强的自控能力的条件下,这是非常有益的。当然也许还会在实际学习生活中发现新的教学设施。无论是什么教学设施,不使用或者错误地使用都是一种遗憾。因此,我们要尽可能地了解这些设施的功能和使用方法,可以自己在实际中掌握,也可以向老师、学长或者同学请教。

运动场和体育馆是我们经常光顾的地方,不仅是为了通过体育课的成绩,更是为了身体健康和心情快乐。如果我们作一下运动前后身体状况和心情状况的比较,不难发现运动后状态指标要比运动前好得多,前提是做恰当的运动。相对其他类型的学校,上海大学的运动场馆规模最大,包含的运动类别最丰富,足球、篮球、排球、网球、游泳、田径等场地一应俱全。如果在大学里不能有意识地运用体育场馆资源,那就是"身在福中不知福"。关于体育锻炼种类的选择可以请教体育课教师,他们都是这方面的专业人员,可以做最好的指导。当然,我们还要合理安排自己的学习生活,为体育锻炼预留一些时间。

花园、草坪、林阴大道等室外环境是大学里的一道亮丽风景线。每个学校由于管理措施或者学习风气的差异,这道风景线的内容各不相同。人工湖的两边满是读书的学生,琅琅书声不绝于耳,这是一所高校的清晨风景;大道上骑着自行车的同学络绎不绝,偶尔两辆车不小心撞到一起,主人诚恳地道声歉意,然后匆匆赶路,这是一所高校的下课风景;宣传栏上贴满着社团活动、讲座、培训班的介绍,几个好朋友边看边低声地商量到底参加哪个活动,这是一所高校的文化风景。印象中也许有位老教授夹着一本书在黄叶飘零的林阴道上散步,也许有三五成群的大学生在宽阔的绿草坪上嬉戏,也许有一群师生在树下热烈的讨论……校园风景是校园中最持久不衰的话题,我们应该走出来看看。

此外,还有许多行政机构比如教务处、财务处、学生工作办公室等,还有可能大家不愿意去的部门比如校医院和派出所等。这些机构也是我们在校学习时必不可少要接触的机构,我们要了解它们的功能,它们能为我们的大学生活提供什么帮助,在需要帮助的时候怎么取得它们的帮助。希望每个人都可以充分有效地利用学校良好的设施资源,享受有意义的大学生活,为自己的人生目标奠定坚实的基础。

## 二、开发利用人力资源

大学生接受高等教育其实是青年社会化的一个方面。社会化的顺利完成离不开人与人之间的交往,在这种人际交往的过程中,人们在心理上和行为上发生相互的影响。有学者认为,人际关系在成才的决定因素中占到70%以上。作为大学生来说,在大学中接触最多的就是老师和同学,这些专业教师、辅导员、同学等都是文化水平相对较高的群体,在交往中不仅能学习和交流专业知识,而且交往本身就是一个提高过程,大学生活中与老师、同学建立的情谊将是终生难忘的。因此,我们要珍惜自己在大学里与老师、同学以及其他工作人员相处的机会。

大学者,所以有大师也。进入大学最显著的特点就是要学习专业知识。大学里不乏有真知灼见的专业教师,他们是学习专业知识的有效引路人和指导者。我们可以通过多种渠道主动与专业课教师进行沟通。如果学有余力,可以请专业课教师指定一些专业参考书目,有针对性地去阅读,会减少学习的盲目性,节省搜索尝试的时间和精力。也许中学老师要求我们严格按照书本规定去做，大学的专业教师却更喜欢善于思考和提出问题的学生，他们也更乐意学生与自己多交流。除了专业知识以外，专业教师往往还拥有渊博的学识、强烈的修身意识、可敬可亲的语言，鲁迅先生就常常回忆起教过他两年的藤野先生，并念念不忘，他们的人格魅力更能使我们在交往中真正学会做人、不断成长。这种影响正如俄国教育家乌申斯基所指出的那样："只有人格才能影响人格的形成和发展，只有性格才能形成性格。"

辅导员老师是我们从入学报到至毕业离校都要接触的老师，他们是大学生活的全程守护者。然而辅导员老师做的是大学生思想政治教育工作，由于历史原因和工作性质的影响，辅导员工作被认为不需要高深的专业知识，我们会认为他们是可有可无的角色，甚至是自己避免交往的对象。这种情况源于两个方面：一是辅导员工作机制和个体特点存在问题，二是大学生对辅导员工作性质和内容发生误解和曲解。辅导员不但要对学生负责，也要对机构负责，两者并不总是一致的。尤其是当大学生按照自己的性格各行其是的时候，其本身的价值判断特性容易引起抵触情绪。

现在大学注重提高辅导员工作能力和敬业精神，也在逐步改进工作机制，对于辅导员老师及其工作的既定看法正在改变。为了使大学生活更加充实，保证大学生茁壮成长，如果需要帮助，无论在人生目标和大学生涯规划等重大问题上，还是在头疼发烧和饮食住宿等琐碎事情上，他们都是可以信赖的朋友。关键问题是，辅导员老师的工作量非常大，他们不但要负责照管一百到两百个学生的思想政治工作，而且要处理繁杂的日常事务，接受和处理来自校内各方面的指令。他们很可能会很忙，因此要积极主动地向他们求助。他们是整个大学里最"全能"的老师，也是最"无可推托"的老师，不去求助于这样的老师，还能去求助于谁呢？

"睡在我上铺的兄弟"这首歌我们也许都听过，歌曲表达的感情是标准的大学同学友谊。大学同学，不论年级专业性别，都能使大学生活丰富多彩,而且在毕业以后的日子里也会成为生命里的宝贵财富。我们接触最多的应该是同班同学,然而由于选课制的原因造成了"同班不同学,同学不同班"现象,可能好朋友是同宿舍或邻近宿舍的同学。近些年来大学生社团如雨后春笋般的出现,学生凭兴趣爱好加入,其成员一般包括全校不同专业的学生甚至不同学校的学生。此外,一些学校的 BBS 论坛也成为大学生结识朋友的平台。我们可以在各种学生组织中结识尽可能多的同学,大家共同讨论学习、参加体育锻炼、外出旅游等。这种在大学期间建立起来的友谊更少考虑功利的成分,因而更纯洁、更持久。在毕业以后的人生道路上,我们应该保持这种友谊,在工作生活中互相帮助,使其成为伴随一生的财富。

　　大学交往中一定要尊重他人,否则很难获得别人的尊重和帮助。无论与老师还是同学交往,都要积极主动,不要被动。与大学老师、同学的交往是我们生活的一个重要部分,他们帮助我们了解自己、规划人生、拓宽知识面、深化专业认知、提高交往能力。所以,我们要善待大学里遇到的每位老师、同学,在人生道路上,他们也会给我们意想不到的回报。

## 三、选择利用活动资源

　　大学里除了课堂教学活动之外,还有许多学校组织的集体活动,如体育运动会、集体参观学习等;也有些活动是可以选择参加的,比如社团活动、志愿者活动等。我们这里界定的学校活动资源主要限于课堂教学活动以外的活动资源。

　　在谈到大学生涯规划主要方面的时候,我们已经涉及参与大学社会活动问题。大学各项社会活动是培养为人处事能力和团队协作精神的载体,也是建立自己人际关系的一个平台。然而,大学活动种类和数量实在太多,每个人的时间和精力是有限的,因此必须学会选择取舍。根据自己的大学生涯目标和学习生活计划,恰当选择活动的种类和数量,千万不能为了排遣寂寞或者跟风而参加活动。我们每参加一项活动都要有主见、有目的,惟有这样,才能让活动为实现自己的人生目标和大学生涯规划服务,而不是为活动服务、为活动所累。

**思考与练习**

1. 请每周向你的专业课教师提一个该专业的学习问题,并做好记录;每个月和你的辅导员老师主动谈话一次,并做好记录。

2. 请详细具体列举学校的体育馆、图书馆、机房等学习活动场所的功能、开放时间和使用规则。

3. 请向本专业的学长咨询参与社团活动的效果;请每学期至少参加一次非教学的集体活动,并做出活动总结。

大学生行为指导与训练

第四章 保持健康心态

Disizhang

Baochi jiankang xintai

你改变不了环境,但你可以改变自己;

你改变不了事实,但你可以改变态度;

你改变不了过去,但你可以改变现在;

你不能预知明天,但你可以把握今天;

你不能样样顺利,但你可以事事尽心;

你不能选择容貌,但你可以展现笑容。

良好的心态是一种力量,态度有时候比什么都重要。

这段话给我们的启发就是:保持健康的心态,是伴随每位大学生人生之路的一股永不衰竭的力量。在经历了"十年寒窗"的苦读、熬过了"黑色七月"的炼狱、即将迈入人生的另一个美好阶段之际,如果学会保持健康心态,即使历尽坎坷、风雨,我们依然能够在快乐中追求、在追求中快乐。

# 第一节　心态是一种力量

先天性瘫痪、双腿不能站立的残疾学生蒋欣玮2000年以优异的高考成绩考入同济大学计算机科学与技术系。记者昨天从同济大学获悉,这位身残志坚的大学生已落实了工作单位:回其母校行知中学任教。已经在新单位报到,暑期后即将正式上班的蒋欣玮近日给同济大学写来了感谢信。

在同济的四年大学生活里,蒋欣玮创造了一个又一个奇迹:从未耽误过一节课;由于积极上进、学习优秀,他曾多次获得优秀学生学习奖学金;现已成为一名光荣的中国共产党党员!蒋欣玮在校期间一直由父母陪读,靠轮椅接送,校方为此还专门给其父母提供了一间宿舍。全班51名同学则每天轮流扶着他上下楼梯、走入课堂、进出厕所……

摘自2004年7月6日《青年报》

小林以当地第一名的成绩考入北京某重点高校,第一学期期末,本来踌躇满志准备获取奖学金的她未能如愿。她的情绪从此一落千丈,变得郁郁寡欢,无心学习,也无法处理好与同学的人际关系,还整夜失眠。最后不得不去医院精神科检查,结果诊断她是患了抑郁症。

摘自2005年7月6日《京华时报》

以上两个案例,反映了两种截然不同的人生态度,不同的心态给予了他们出乎人意料的两种结局。对于拥有积极心态的人而言,身体的残疾并不能阻挡其奋进的意志和动力,通过努力照样能体会到成功的喜悦;而对于持有消极心态的人来说,身体的健康和"天之骄子"的身份并未给其带来应有的快乐和正常的生活。所以说,健康的心态在人的成长发展过程中是一个不应该被忽略的重要影响因素。

## 一、健康心态新概念

### (一) 身体健康与心理健康

健康是人类生存极为重要的内容,它对于人类的发展、社会的变革、文化的更新、生活方式的改变,有着决定性的作用。那么,一个人怎样才算健康呢? 联合国世界卫生组织(WHO)把健康完整地定义为:"健康不仅仅是没有疾病和虚弱的现象,而是一种个体在身体上、心理上和社会功能上完全安好的状态。"由此可见,健康应包括生理、心理和社会适应等三个方面。一个健康的人,既要有健康的身体,还要有健康的心理和行为;只有当一个人身体、心理和社会适应都处在一个良好的状态时,才是真正的健康。由此可见,心理健康是人的健康不可分割的重要部分。

世界上发达地区的人们普遍重视心理健康,心理学知识被广泛应用在人们的生活中间,心理咨询职业在社会上很热门。一对青年男女朋友两个人合着喝一瓶可口可乐,但是愿意花上 60 美元去拜访心理医生。在女朋友眼里,如果男朋友去做心理咨询就是有修养的表现。海外的学生出远门留学,家长一般都会叮嘱:有烦恼别忘了找心理医生。许多地区的人们看心理医生就如看躯体疾病一样平常。为了追求好的心态,就连夫妻之间的吵架、老人与家庭成员关系不和好,人们都会寻求心理医生的帮助。我们也要向这种文明生活方式迈进。

现在许多高校都设立了心理辅导中心,许多同学在碰到适应问题、学习困惑、感情困扰、就业困难等问题时都通过寻求心理辅导得以舒解,这些同学不仅由此渡过难关,还从危机中得到转机,促进了自我的成长,以更成熟的心态重新回到学习生活中。但另一方面,高校里也发生了许多诸如马加爵之类的事件,因为个性缺陷和环境适应不良而产生了心理障碍,没有及时找到正确的途径,最终引发悲剧。

### （二）心理健康与心理疾病

谈到心理健康，不少同学对此还缺乏科学的认识。有的学生面对自己心理上的一点不适应就十分惶恐：我是否心理不正常？我是否患了心理疾病？但也有的同学，其心理障碍已相当严重了仍不急于寻求心理帮助。这表明，在许多人的认识中，对什么是心理健康或不健康、什么状态下应寻求心理帮助等问题，尚未有正确的基本概念。

一般而言，心理健康概念是指：个体的心理活动处于正常状态下，即认知正常，情感协调，意志健全，个性完整和适应良好，能够充分发挥自身的最大潜能，以适应生活、学习、工作和社会环境的发展与变化的需要。

关于心理健康，要强调的是以下几点：首先，心理健康是一种良好的状态。其次，心理健康与心理疾病不是完全对立的，而是彼此相互依存、相互转化的统一体。第三，心理健康是个范围。也就是说，从心理健康的最佳状态到心理疾病的最严重状态之间是一个连续的、变化的、层次不一的不同状态。同是心理健康，但其中存在着诸多的差异。

由此可见，心理健康并没有一个固定的、到处适用的、精确的绝对标准。但心理有健康和不健康之分，因为在许多情况下，两者有着实质性的差异。因此，两者之间应当有相对的界限。

心理健康的人至少应该有工作或学习、有朋友、有现实感、有乐趣。他们对自己有适当的了解，能够悦纳自己，愿意努力发展身心的潜能；对于自己无法补救的缺陷，也能安然接受，而不作无谓的怨尤。他们能与现实环境保持良好的接触；对于环境能作正确的、客观的观察并能有效地适应环境。对于生活中出现的各种问题，能以切实的方法加以处理，而不是企图逃避。

## 二、健康心态的六大标志

心理学家认为，心理健康的人具有如下基本表现，我们不妨对照着看看，了解一下自己目前的心态是否健康，处于什么样的水平：

**（一）正确认识自己，有良好的自我意识**

一个心态健康的人，应该对自己的能力、性格和优缺点做出恰当的、客观的评价，既不是评价过高而骄傲自大，也不是估计过低而自卑；既能看到自己的长处，也能看到自己的缺点。对自己不提出苛刻的、非分的期望与要求，给自己确定切合实际的生活目标和理想。同时，要对自己充满信心，努力发展自身的潜能，对自己无法补救的缺陷安然处之，即使在最困难的情况下，也要理智地对待自己。也就是说，要把"理想的我"与"现实的我"有机地统一起来。做到既不妄自尊大，又不妄自菲薄；既不过分悲观或乐观，又不会陷入困境而不能自拔。

**（二）与人为善，拥有和谐的人际关系**

一个拥有健康心态的人往往乐于与人交往，不仅能保持自我，也能接受他人。能认识到他人存在的重要性，同时也能被他人所理解，为他人和集体所接受，能与他人相互沟通和交往，人际关系和谐。有心理学家统计，人生80％左右的烦恼都与自己的人际环境有关。对别人吹毛求疵，动辄向他人发火，侵犯他人的利益，不注意人际交往的分寸，都将给自己带来无尽的烦恼。

**（三）敢于担当责任，有良好的适应能力**

一个心态健康的人，对自然环境和社会环境应该具备较强的适应能力。无论环境多么恶劣、复杂、多变，都应该正确认识周围的环境，并能主动去适应它，而不是逃避。在现实生活中要充分相信自己，要勇敢地面对生活、学习和工作中的各种困难和挑战，使自己适应时代的节奏与变化。一个心态不健康的人往往以幻想代替现实，没有足够的勇气去接受现实的挑战，总是怨天尤人，要么抱怨自己"生不逢时"，要么指责社会环境对自己不公，从而无法适应现实环境。

**（四）能协调和控制情绪，保持坚强乐观的态度**

一个心态健康的人应该是一个意志坚强、遇事乐观、善于调适情绪的人。虽然他也会有悲、忧、愁、怒等情绪，但不会长久，而愉快、乐观、满意等积极情绪总是占优势。这样的人能适度地表达和控制自己的情绪，在与人交往中既不妄自尊大，也不退缩畏惧。对自己无法得到的东西不过于贪求，在社会允许的范围内满足自己的各种需要。对自己能得到的一切感到满意，保持愉快而稳定的情绪，从而使自己心胸开朗、乐观热情。同时，在激烈的竞争环境中不退缩，勇于向苦难挑战，具备坚忍不拔的毅力和百折不挠的精神，在现实生活中能够较长时间保持专注和控制行动去实现某一既定目标，具有克服困难的信心和决心，能够把握现实，正确对待成功与挫折。

有一则《乐观与悲观》的故事中这样写道：一位国王想从两个儿子中选择一个做王位继承人，就给了他们每人一枚金币，让他们骑马到远处的一个小镇上，随便购买一件东西。而在这之前，国王命人偷偷地把他们的衣兜剪了一个洞。中午，兄弟俩回来了，大儿子闷闷不乐，小儿子却兴高采烈。国王先问大儿子发生了什么事，大儿子沮丧地说："金币丢了！"国王又问小儿子为什么兴高采烈，小儿子说他用那枚金币买到了一笔无形的财富，足以让他受益一辈子，这个财富就是一个很好的教训：在把贵重的东西放进衣袋之前，要先检查一下衣兜有没有洞。

同样是丢失了金币，悲观者用它换来了烦恼，乐观者却用它买来了教训。

**（五）有完整和谐的人格**

人格是表示一个人的各项重要持久的心理特征的总和。一个心理健康的人，其人格结构包括气质、能力、性格和理解、信念、动机、兴趣、人生观等各方面能平衡发展。人格作为人的整体精神面貌能够完整、协调、和谐地表现出来；思考问题的方式是适中合理的，待人接物能采取恰当灵活的态度，对外界刺激不会有偏颇的情绪和行为反应；能够与社会的步调合拍，也能和集体融为一体。保持人格的完整性，培养出健全的人格，是健康心态的终极目标。有一则印度谚语说：态度决定行为，行为决定习惯，习惯决定人格，人格决定命运。

我们的性格和命运正是由我们自己每时每刻的行动自我雕塑而成的。

## (六) 有与年龄相符合的心理行为

在人的生命发展过程中,不同的年龄阶段有着不同的心理行为,从而形成了不同年龄阶段独特的心理行为模式。如果一个人的心理行为经常严重偏离自己的年龄和性别特征,这意味着心理发育有问题,是不健康心态的表现。

**思考与练习**

对照自己的现状,选择做以下练习:

1. 检查一下自己的心态是否积极。

＊ 把自己入学时的心情真实地列出几条来。(如:我感觉很兴奋,因为……)

＊ 请检查一下自己记录下来的心态属于积极的还是消极的。如果发现自己有一些消极心态,就要设法主动作自我调整,否则,它会妨碍你的学习生活。例如,因为考试分数差几分而没能如愿地进入自己向往的学校,因此而不喜欢现在就读的学校,看什么都不顺眼,封闭自己而不去开放自己的心胸,这是需要克服的消极心态。

＊ 如果你的心态良好,就好好庆祝一下自己拥有了一个良好的开端,鼓励自己更加倍地努力。你可以和家人、同学一起来评价一下自己的心态,也可以和同学在一起做交流,学习他人更乐观的态度。

2. 给自己一个明确的目标。问问自己:

＊ 通过四年的学习,我将要实现什么愿望?

＊ 第一学期我在某个方面要达到什么状态?

＊ 我想执行怎样的行动计划?

如果你还没有想要的目标,就意味着你对自己的大学生活没有产生明确的期待。这样,你的内心会缺乏努力的动力,因此而使行动力弱于他人。出于对自己今后职业生涯发展的考虑,你一定要把握好自己的学习机会,向自己提出一些具体的要求。

3. 至少替自己找一个学习的榜样。在大学生活刚开始的时候，寻觅学习的榜样有助于吸取他人的经验教训，提高自己的抱负水准。你可以问问自己：

　* 我想像谁那样生活？

　* 我希望做哪些事？

　* 我比较羡慕的人是如何成功的？

通过对这些问题的思考，让自己在大学生活里有赶超的对象，有较明确的目标，这是激励自己的好方法。在每一件自己想改善的事情上如果都能找到学习榜样并经过一次次实践的话，你给自己的定位也就会越来越高。这是你不断成长、成熟的过程。

4. 迅速熟悉所在的环境。可以邀请几位同学到校园里到处走走，知道以后常要去的地方都在哪里？不清楚的问题要找谁了解？对环境熟悉得越快，你的适应情况就会越好。你可以设法多了解一些问题：

　* 学校的学习管理制度如何？

　* 大学的学习方法与中学的有何不同？

　* 怎样适应不同于高中的学科考试？

　* 如何利用图书馆？

　* 遇到问题可以通过哪些通道解决？

# 第二节　挫折也是一种财富

13 岁,母亲离家出走,伺候患有间歇性精神病的父亲,抚养不足周岁捡来的小妹,照顾年幼的弟弟,令洪战辉过早地感受了生活的艰辛。

16 岁,洪战辉开始带着小妹妹外出断断续续求学打工,备尝辛酸和屈辱,这使他更为执著,也更为坚韧。

21 岁,洪战辉考取湖南怀化学院,最艰难的日子渐渐远去,希望在前面招手。他说:"我的心中,只有感恩和爱。"

摘自 2005 年 12 月 20 日《人民日报》

2005 年日历快要翻过的时候,"感动中国"十大杰出人物洪战辉 12 年如一日背着妹妹上大学的感人事迹将中国人的心留在了 2005,国人用集体性的感动,纷纷向这位朴素的青年英雄致以最诚挚的敬礼。洪战辉带给人的震撼和感动正是他身上所体现出来的面对困难和挫折,不畏缩、不低头,敢于积极行动的意志品质。

## 一、正视挫折

人生犹如远航,但大海并非总是风平浪静;人生犹如跋涉,但道路并非一望无际的平坦。人生总是美好的,却又是复杂多变的。在人生的旅程中,"天有不测风云,人有旦夕祸福",正所谓"人间正道是沧桑"。而正是充满挫折的经历才会成就不凡的人生。一个人的成功,关键就是他能否战胜命运中的挫折;成功的过程,也就是战胜挫折的过程。

### (一) 挫折的含义

在心理学里,挫折是指人们在某种动机的推动下,在实现目标的行动过程中,遇到了无法克服或自以为无法克服的障碍和干扰,使其动机不能实现、需要不能满足时所产生的紧张状态和情绪反应。

挫折是社会生活的组成部分,是人生的伴侣。在日常生活中,人人都希望自己的生活中能够多一些快乐,少一些痛苦,多些顺利,少些挫折。可是,命运却似乎总爱捉弄人、折磨人,总是给人以或多或少的失落、痛苦和挫折。例如,数载寒窗苦读,梦想升入理想大学,无奈未能如愿;一个很有实力的运动员,在夺金牌的大赛中,因为临场发挥不好而名落孙山;一个科学家,经过上百次、上千次,乃至上万次的实验,仍未找到理想的结果;一个企业家在一夜之间倾家荡产;一个百万富翁突然遇到天灾人祸而失去财物、亲人等,这些都是生活中难免的打击。

有这样一则故事:草地上有一个蛹,被一个小孩发现并带回了家。过了几天,蛹上出现了一道小裂缝,里面的蝴蝶挣扎了好长时间,身子似乎被卡住了,一直出不来。天真的孩子看到蛹中的蝴蝶痛苦挣扎的样子十分不忍。于是,他便拿起剪刀把蛹壳剪开,帮助蝴蝶脱蛹出来。然而,由于这只蝴蝶没有经过破蛹前必须经过的痛苦挣扎,以致出壳后身躯臃肿,翅膀干瘪,根本飞不起来,不久就死了。自然,这只蝴蝶的欢乐也就随着它的死亡而永远地消失了。这个小故事也说明了一个人生的道理,要得到欢乐就必须能够承受痛苦和挫折。这是对人的磨炼,也是一个人成长必经的过程。

因此,认识挫折、学会理性地面对挫折和积极地化解挫折,是我们每个人终身的课题。

## (二)挫折与成功

挫折是普遍存在的,随时随地都可能发生,所谓"心想事成"、"万事如意"、"一帆风顺"是人们的一种愿望、理想。但是,在现实生活中,挫折和成功有时仅有一步之遥。

所谓成功其实包含两方面的含义:一是社会承认了个人的价值,并赋予个人相应的酬谢,如金钱、地位、房屋、尊重等等;二是自己承认自己的价值,从而充满自信、充实感和幸福感。但是人们往往忽略了成功的后一种含义,认为只有在社会承认我们、他人尊敬我们时,我们才算度过了成功的人生,只有在鲜花和掌声环绕着我们时,才算是到了成功的时刻。但是很多时候,成功来自于自己的内心的标准。

人们常说"期望什么,得到什么",期望失败,就得到失败,期望成功,就有可能真的成功。失败和成功往往看自己如何对待事情本身。公交战线的标兵李素丽上中学时的期望是当一名播音员,但是在实际工作中却当了一名公共汽车售票员,按照通常的理解,她的希望是破灭了,她完全可以放弃原来的期望,带着失败的感受,做一个普通的售票员。但是她不是这样,即使在售票员的岗位上,她仍然用播音员的标准要求自己:字正腔圆地报站名,兢兢业业地为顾客服务,在平凡的岗位上创造了不平凡的业绩。在一次电视采访中,一群演员、歌唱家、播音员登上李素丽服务的车组进行观摩,有人问她还想当播音员吗,李素丽自豪地说她本来就是播音员,汽车上的播音员。她的这种自豪感肯定不是在她当上标兵、评上劳模之后才有的,而是来自于她对自己的肯定,这就是她心目中成功的自己。

正像英国作家萨克雷的名言一样,"生活是一面镜子,你对它笑,它就对你笑;你对它哭,它也对你哭",成功的到来也正如一副对联:说你行你就行,不行也行;说不行就不行,行也不行。

### (三) 理解挫折承受力

一旦遭遇挫折,怎样对待挫折情境以及对挫折的承受能力如何,人与人之间的差异是不尽相同的。有的人能忍受严重挫折,百折不挠,在逆境中奋起,直到重新获得成功;有的人稍遇挫折即意志消沉,一蹶不振;有的人能忍受生活、学习、工作中的严重挫折,却不能忍受自尊心受到点滴伤害,等等,这是由个体对挫折承受力决定的。

所谓挫折承受力,是指个体对挫折的可忍耐、可接受程度的大小,也就是人们适应挫折、抵抗和应对挫折的一种能力。挫折承受力包括挫折耐受力和挫折排解力两个方面。挫折耐受力是指人们受到挫折时经受得起挫折的打击和压力,保持心理和行为正常的能力。

挫折排解力是指人们受到挫折后，对挫折进行直接的调整和转变，积极改善挫折情境，解脱挫折状态的能力。挫折承受力是人类心理生活中最基本的内在品质之一，是一个人个性结构中的本质因素，也是人的自我表现意识的核心部分。我们中华民族传统文化的基本精神——"坚忍不拔"、"百折不挠"等所表达的就有挫折承受力的内涵。

## 二、形成挫折感的原因

在大学里，有以下的情况会对我们的学习和生活造成挫折，形成挫折感：

### （一）专业意识和价值观的困惑

大学的专业学习对很多学生而言是很陌生的，大多数学生高考的志愿都是在老师和家长的劝慰和参谋下盲目填报的。有的只是为了高考可以过分数线；有的只是为了毕业之后选择职业可以方便一些；还有的只是跟着赶时髦而盲目地追求热门专业。因此，大学生对专业的选择具有很大的盲目性和家长、老师要求下的被动服从性。只有少数学生是出于个人志向的主动选择。在这样的情况下，进入大学校门之后，专业学习和个人志向的矛盾就显露出来了。当所学专业与自己的志向大体一致的时候，大学生当然会感到满足、欣喜和安慰，并由衷地增添学习的动力。但当所学专业与自己的志向不一致时，就会感到苦恼、失落、迷惘、困惑与彷徨，有的学生甚至想退学重考。而重考的代价是很大的，所以，大多数学生会选择坚持把四年本科读下来再说。这样的学生必须进行学习心理的自觉调整，否则，有可能与烦恼和痛苦相伴四年，影响身心的和谐与健康。

### （二）学习动机过强与"力不从心"导致的挫折感

学习动机缺乏会产生心理上的空虚和无聊，影响大学生学业成绩。反之，学习动机过强也会降低学习效率，并更容易导致心理上的困扰和生理上的不适。有些学生不顾自己的客观条件，把自己的学习目标定得很高：总分一定要考入班级的前三名；一定要考取重点大学的研究生等等。他们认为，只要我努力了，我就一定能够达到目的。由于为自己设定的目标太高，这样的学生即使有了成就也没有成就感，有了一点点疏漏就会无休止地责怪自己，使自己总是生活在紧张、焦虑和不安的情绪状态之中。

### （三）强烈的理智感与学业成绩不理想而形成的挫折感

大学生身心的迅速发展和交往范围、生活领域的扩大，使他们的理论思维也得到发展，进入大学后，接触了广泛的科学知识，心理上产生了大量新的需要。他们一方面敬佩有成就的科学家，另一方面希望大量阅读各种相关学科的书籍，努力学好专业知识。但是，大学生刚经过由高中向大学阶段的转变，心理上一下子难以适应大学的学习方法，导致学业成绩不太理想。大学生毕竟缺乏一定的识别力，他们在学习过程中，凡是迎合自己口味的，就不加批判地接受，这样在吸收过程中难免一知半解或曲解。因而，他们感到自己能力差，觉得没有前途，产生挫折感。

### （四）交往需要与人际关系障碍而导致的挫折感

人际交往在人的需要结构中居于重要的地位。我们大都渴望有较高的人际沟通能力，以不断促进自我认知和自我完善。但在心理咨询中，人际交往障碍是我们大学生遇到的最大困惑之一。有关专家认为，大学生人际交往的障碍并没有明确的指标，程度也不相同，造成障碍的原因也有差异。仅就心理方面的原因而言，有认知障碍、观念障碍、情感障碍、意志障碍、行为障碍、人格障碍、能力障碍等。

### （五）性能量旺盛与性心理不和谐而造成的挫折感

青年期是人的一生中性的能量最为旺盛的时期。但从性成熟到以合法婚姻形式开始正常的性生活，一般都需要近十年左右的时间，有人将这段时间称为"性饥饿期"。马建青等曾对 319 名大学生作过一个调查，结果显示，在这段时间里，大学生的性心理发展往往表现出矛盾性的特征：一是正常的性生理冲动与传统道德约束之间产生的强烈心理冲突，这些心理冲突造成部分大学生心理负荷严重超载；二是性心理成熟与性意识发展滞后的冲突，实践证明，一些大学生的性心理早熟，但性行为与正常发展模式的偏离就属于这种情况；三是与异性的亲近性与文饰性的冲突，这主要表现在他们与异性的交往过程中，行为表现的矛盾性比较明显。如，内心对异性很感兴趣，但表面上却显得无动于衷，甚至采取回避的态度；在内心深处很想体验异性之间的亲昵行为，但表面上似乎又很讨厌这种亲昵。

## 三、提高挫折承受力

那我们该如何提高挫折承受力呢？美国著名培训咨询专家保罗·斯托茨博士提出逆商概念，引起学术界的广泛重视。逆商全称逆境商数 AQ（adversity quotient），是指人们面对逆境时的反应方式，亦可理解为面对挫折、摆脱困境和超越困难的能力，用以测试人们将不利局面转化为有利条件的能力。

### （一）了解自己，保持合理的期望水平

"人贵有自知之明"，其潜在含义一方面是说我们要了解自己的缺点，知道自己的哪些特点阻碍了发展；另一方面是我们要了解自己的优点，知道该如何扬长避短。"君子一日三省吾身"，我们虽然可能达不到古代君子的内省标准，但在生活中也要不断地进行自我评价。自我评价的方向和内容对人的发展有很大的影响，只看自己的缺点好像千百遍地听人说"你这不行，你那不行，不准干这，不准干那……"，但从来不知道自己哪儿行、不知道要干什么，这种情景是令人非常绝望的。然而，如果自我评价的方向是正向的、自我肯定的，就不仅会由此产生积极的情感体验，同时将更有可能发展出好的行为，产生良好的结果。

我们要对自己的学习、工作、生活怀有正确合适的期望，否则会对生活中遇到的挑战和坎坷估计不足，对自己的能力、知识水平缺乏全面认识，一旦遇到不顺心的事情就容易产生挫折感。因此，不要轻易地否定自己，也不要过高地估计自己，要保持适中的自我期望水平。

### （二）以积极乐观的心态对待一切事物

这是我们保持健康心态的首要条件。所谓积极的心态，就是要

以积极乐观和辩证的观点和态度看待事物，善于从眼前不利的事态中看到未来光明的远景；从失败中看到成功，从黑暗中看到光明。"塞翁失马，焉知非福"，"失败乃成功之母"，"失之东隅，收之桑榆"等处世格言正是基于这种积极的心态。某门课程考试不及格，这当然是学习过程中的一大挫折。如果你因此灰心丧气，对自己失去了信心，这是更加可悲的事情；如果你以积极的心态去对待这一挫折，认真地从中总结经验教训，不但使你发现了自己的问题和弱点，可能还会发现自己在另一方面的长处，以此调整学习的目标和策略，并踏上学习上跃进的坦途。世界上的一切事物都是在发展、变化的，不论是对待学习、人际关系、恋爱，还是对待一切困难，只要人们保持积极的心态，努力促进事物的发展，任何事物都可以向积极的、有利于人的方面转化。

### （三）在逆境中飞扬，自强不息

在面对不幸和贫穷时，有些人始终无法摆脱贫困，甚至把国家、社会的帮助当作一种享受，而本节案例中的洪战辉却一直在最大限度地挖掘着自身的责任，主动地去寻找各种机会。我们称前者为"心理贫困"，这部分学生缺少的就是洪战辉身上所体现出的自强自立的精神。

洪战辉是一个实实在在有家庭责任感的人，其实他也可以找到各种各样的理由来为自己"减压"，但他没有这样做，也没有把责任推向社会或者他人，而是平和、静心、无悔地过着艰辛、痛楚而又感到幸福、充实的生活。在过去的 12 年间，洪战辉一个人默默地承受着生活的重压，在逆境中奋起，这是一种人格力量的体现。现在的很多年轻人爱抱怨，在生活条件、质量不断上升的情况下，大学生们的心理却经常出现问题，比如自杀。自杀其实就是因为遇到了一些困难，心理上无法承受而作出放弃的选择。

洪战辉的精神品质是平凡而难能可贵的，他所做的就是一以贯之地实践一些被许多人整天挂在嘴上的平凡品质，一如既往地践行着日常生活中的道德法则。从"自强不息"到"自尊自爱"，从"坚守责任"到"永不放弃",再到"笑对逆境",他的事迹给予人们的精神力量是无比强大的,值得每一位大学生认真学习。只有主动迎接逆境,敢于自己承担家庭责任的人,今后才能更好地承担社会的责任,这是成长过程中的必经阶段。

### （四）积极投身实践活动

我们没有经历过"激情燃烧的岁月",大都生活在平静、安逸、舒适的生活氛围中,容易形成安于现状和贪图享受的个性特征。因此,通过不断了解外在世界,了解不同生活状态下人们的生活,开阔视野,可以使我们对自身经历有更大的胸怀,不至于斤斤计较于眼前的困难和挫折。从"坐而论道"发展到"起而力行",在实践中受到磨炼和考验,从而变得更加成熟和坚强。如科技下乡、帮助农民脱贫致富,参加青年志愿者活动,从事社会调查等;进行家教和专业实习;参加讲演竞赛和各种文艺活动;积极参加远足、野营、登山、野炊、拉练、军训等专题实践活动,在实践活动中自我锻炼。电视剧《大学女孩》中几个女大学生从事家教的故事就说明了这一点。当她们不是单纯地把从事家教看作谋取经济报酬、而是看作获取社会经验和体验时,她们就从中看到人生舞台后面的许多真实情景,领悟到许多人生的哲理,从而既勘察了自己的人生道路,又磨炼了自己的意志。

### （五）确立合理的自我归因

在生活中,人们对行为的成功与失败进行归因是一件很平常的事,然而在这一过程中形成的归因倾向则对人的心理承受力有很大的影响。心理学家研究表明,在归因中,有些人倾向于情境归因,认为外部复杂且难以预料的力量是主宰行为的原因,如一个学生认为自己成绩不好主要是由于教师教学水平或是考卷难度太大方面的原因。有些人倾向于自我归因,即认为自身的努力、能力是影响事情的发展与行为结果的主要原因,如一个学生认为自己成绩不好是由于学习不够努力造成的。一般来说,进行自我归因的学生对自己的行为与学习有更多的自我责任定向与积极态度;但是从对失败的归因方面来看,由于他们倾向于把原因归于主观因素,就容易自我埋怨、自我责备。如果这种自责、悔恨过多,就会给他们带来挫折感和心理损伤。因此,我们首先要学会多方面收集关于事件的信息,了解困难的原因所在;其次要学会合理地归因,避免归因的片面性,学会实事求是地承担责任,克服过分承担或完全推诿责任的倾向,避免过多自责带来的挫折感。再次要积极采取措施主动改变挫折情境因素,从而有效应对挫折。例如,在学习过程中发现最近学习效率不高,通过原因分析之后,在解决内在问题的同时,可以尝试改变学习地点、学习时间,或改变学习科目的顺序、学习结构等,从而避免学习效率不高给自己带来的压力和困扰。

人生路途漫漫,顺境时切莫得意忘形,不要被冲昏头脑;逆境时也莫逃莫避,而应奋起直追,一如既往地驶向彼岸,以自信的灿烂微笑去咀嚼挫折,最终,你将在咀嚼中汲取宝贵的营养,获得思维的升华,从而成功地跨越这道障碍。有句广告语说得好:年轻没有失败,如果你真的失败了,记住,打败你的不是别人,而正是你自己。

### (六) 主动接受锻炼,增强自信心

玛格丽特·撒切尔夫人是一位默默无闻的小杂货商的女儿,可是通过自己的奋斗却成为英国历史上第一位女首相。她的崛起引起了欧洲和世界各国的注意,并被称为世界第一女人。她的成功与她的父亲自幼对她的谆谆教诲密不可分。撒切尔夫人的父亲罗伯茨是一位白手起家的杂货商,在女儿很小的时候,他就对她寄予厚望,希望她将来能有所作为。为此,当撒切尔夫人5岁开始上学时,父亲把她送入学校,并从那时起就不再允许她说我不会或太难了之类的话。她父亲经常带她去听音乐会、演讲,和她一起读许多名人自强、自信、自立的传记。她父亲教她对自己要有信心,千万不要去迎合别人,并经常对她说:自己要有主见,不要人云亦云。正如后来她在当选为首相时所说:"我父亲的教诲是我信仰的基础,我在那个十分一般的家庭里所获得的自信教诲正是我大选获胜的武器之一。"

自信,也就是一个人对能否实现个人理想目标的坚信程度。有志者,事竟成,自信对刚刚进入大学的新生来讲,是其将来在人生成

长、学习和生活过程中获得成功的必不可少的基本元素之一。在大学的校园生活中，当同学们在学习、生活上遭受失意、困难、挫折的时候，怎样才能重新建立和增强自信心？大家不妨参考以下的一些小窍门，适当的时候学着做一做：

（1）每天照三遍镜子。清晨走出宿舍之前，对着镜子修饰仪表，整理着装，务必使自己的外表处于最佳状态。午饭后，再照一遍镜子，修饰一下自己，保持整洁。晚上就寝前洗脸时再照照镜子。消除对自己的仪表的不必要的担心，更有利于你将注意力集中到学习、交往、生活上。

（2）不要总想着自己的身体缺陷。每个人都有各自的身体缺陷，完美无缺的人是不存在的，对自身的缺陷不要念念不忘，其实，周围的人往往并没有那么在意你的缺陷。只要少想，自我感觉就会更好。

（3）你感觉明显的事情，其他人不一定注意得到。当你在众人面前讲话感到面红耳赤时，你的听众可能只是看到你两腮红润，令人愉快而已。事实上你的窘态并没有那么容易被其他人发现。

（4）不要过多地指责他人。如果你常在心里指责寝室的室友或其他同学，这种毛病就可能成为习惯。应逐渐地克服这种缺点，总爱批评指责他人是缺乏自信的表现。

（5）多数人喜欢的是听众。因此，当身边的人讲话时，你不要急于用机智幽默的插话来博得他人对你的好感。你只要认真地倾听他人的讲话，他们就一定会喜欢你。

（6）为人坦诚，不要不懂装懂。对不懂装懂的东西坦白地承认，这不仅不会损害你的形象，还会给人以诚实可信的感觉；对他人的魅力和取得的成就要勇于承认，并致以钦佩和赞赏。

（7）在自己的身边找一个患难相助、荣辱与共的朋友。这样在任何情况下你都不会感到孤独。

（8）拘谨可能使某些人对你含有敌意。如果某人不爱理你，则不要总觉得自己有错。对于有敌意的人，不讲话虽不是最好的方法，但却是惟一的方法。

　　挫折是每个人成长过程中必须面对的问题,有的人在挫折面前一蹶不振,但挫折对于心态健康的人来说则是一种财富。送一首普希金的诗给大家:

　　　　假如生活欺骗了你,

　　　　不要忧郁,也不要愤慨!

　　　　不顺心时暂且克制自己,

　　　　相信吧,快乐之日就会到来。

　　　　我们的心儿憧憬着未来,

　　　　现今总是令人悲哀:

　　　　一切都是暂时的,转瞬即逝,

　　　　而那逝去的将变为可爱。

　　正像诗中所说的那样,一切都是暂时的、转瞬即逝的,而那逝去的将变为可爱。只要保持一个乐观向上的心态,一切的困难与挫折都会暂时的,都必将被我们克服,留下的将是一个经历挫折历炼后更加成熟的我们。

**思考与练习**

　　1. 什么是挫折? 你如何看待生活中的挫折?

　　2. 你认为大学生活中的主要挫折有哪些? 你是如何应对的?

　　3. 什么是挫折承受力?

# 第三节　健康的情绪——生命的基石

　　我是一名大一男生,心理非常脆弱,别人说两句难听的话或做一些有点过分的事时,我就受不了了。我敏感多疑,喜欢猜忌别人会说我的坏话,做事时,总爱看别人的脸色,惟恐会得罪人。人家如果不理我,我会生活在孤独之中。我也想为自己活,但我做不到。别人都觉得我好欺侮,肆意地践踏我的自尊,这正应了那句俗话:"落后就要挨打。"当然这不能全怪在客观上,我自己主观上也是存在着很大的缺点的。

　　摘自:一名大一男生的心理日记

　　小张是某高校大三的学生,可是最近不知为何,总是莫名其妙地感到孤独。问他原因,他自己也说不明白怎么回事。

　　据了解,小张在班里是班长,平时的生活可以用丰富多彩来形容。但他怎么会有这种"说不出来的孤独"的感觉呢?"尤其在朋友多的时候,感觉更孤独,每天说些言不由衷的话。大学的生活好像都不是我想要的,可是又不知道自己究竟想要什么。"小张说。

　　摘自 http://www.heartnet.com.cn/psy/daxuesheng/17.htm《大学生的心理困惑》

　　上面的两位同学在剖析自己的心理状态时,都表现出了某种情绪的困惑,是一种不自觉的情绪表现。"郁闷!无聊!孤独!"现在已经成了校园使用率相当高的词汇,每个人都可以信手拈来自己不开心的种种:父母不理解,老师难接近,同学不好处,而给我们伤害最深的往往是我们最爱的人。做自己情绪的主人说着容易,做起来却真的很难。

## 一、情绪是什么

情绪是个体与环境、事物之间关系的反映,它具有独特的主观体验和外部表现形式,对人的活动有着非常重要的影响。作为特殊的群体,大学生的生理基本成熟而心理尚未完全成熟,易受到外界的干扰,因而对人、事、社会等各种现象特别关注,对新鲜事物十分好奇,对学业和未来充满信心,朝气蓬勃,积极进取,拥有许多积极的情绪,他们的每一个心理过程都是在某种特定的情绪背景下进行并受其影响和调节的。

情绪对人的身心健康具有直接影响。若能保持愉快的心境,为人开朗乐观、积极向上,则人体免疫功能活跃旺盛,可以减少患病的机会,有益健康。不仅如此,良好的情绪不能够使我们对生活充满希望、对自己满怀自信,能够使我们的求知欲增强、思维敏捷、富于创造力、爱好广泛、建立良好的人际关系,促进我们全方位地发展。

与此相反,消极的情绪对人的身心健康危害极大,在压抑、紧张、焦虑、恐惧等消极情绪的长期作用下,人的免疫能力下降,容易患各种传染性疾病,内脏功能也会受到伤害。突然而强烈的紧张情绪会抑制大脑皮层高度心智活动,破坏大脑皮层的兴奋和抑制的平衡,使人的意识范围狭窄、判断力减弱、失去理智和自制力。调查发现,我们常见的消化性溃疡、紧张性头痛和偏头痛、心律失常、月经失调、神经性皮炎等,都与消极情绪有关。

对我们大学生来说,情绪健康具体表现为:情绪的基调是积极、乐观、愉快、稳定的,对不良情绪具有自我调控能力,情绪反应适度;高级的社会情感(理智感、道德感、美感等)能得到良好的发展。

但是在学习生活中出现的种种情绪是生活中不可避免的。情绪是事物能否满足需求时的态度体验,心理需求满足与否,可以通过情绪分析出来。对于心理需要,我们还是接纳和尊重为好,但有很多需要是一时满足不了的。正确的态度是:既有愉快的情绪,也有不愉快的情绪;既要有接受愉快情绪的思想准备,也要有接受不愉快情绪的思想准备。所以，我们有各种微妙的情绪：快乐、悲伤、妒忌、骄傲、抑郁、愤怒等等，而这些情绪都是我们内心深处的声音，是身体告诉我们的一些信息。如果我们能做一个观照者，看看身体里发生了什么，也许就可以更多地了解自己，从而更好地管理自己的情绪，做自己身体和情绪的主人，做个有智慧的人。

## 二、不良情绪面面观

从中学进入大学，当大家初步安顿下来开始了正常的学习生活之后，在最初的惊奇与激情背后，每位新同学都将面临许多突如其来的新变化，不仅需要学习大量的新知识，更要面对各种各样的交往环境、社会环境。对于缺乏心理准备的大学新生来说，在这个心理转型与重塑的过程中，很可能会产生不同程度的困难，往往表现出以下几方面的心理冲突：

### （一）理想和目标的失落

有些大学新生形容中学阶段的生活"就像在黎明前漆黑一片的隧道中赛跑"，高考就是前方那一盏最明亮的灯，同学们你追我赶地向着这一目标奔跑，虽身心疲惫但目标十分明确，因而生活紧张但却充实。顺利地进入大学之后，天虽已大亮，但高考这盏明灯却也熄灭了，生活中也就失却了目标和动力，周围全然是一片陌生的景观，大学生活反倒显得失落和茫然。同时，多数学生高考填的志愿多半不切实际，于是下车后手里没有了对号车票，前途便无车可搭。这种后无动力前无目标的情况，导致近半数的大一新生（约占 46％）认为自己"缺乏生活目标，从而得过且过"，"学习上提不起兴趣，考试 pass 即可"。在高层次目标尚未建立之前常出现情绪低落，彷徨迷失的现象在大一新生中并不鲜见。

### （二）自我价值感的丧失

经过高考拼杀的大学新生，带着良好的自我感觉进入大学校园之后，突然发现自己只不过是大学生中的普通一员。在强手如云的新的班集体里，面对新一轮的排列组合，昔日那种"鹤立鸡群"的优越感已荡然无存,无形中会在一些大学新生的心理上产生一种失落感。同时,高考过后,大家从埋头学习中抬起头来,第一次有机会能够看清彼此,才猛然发现自己和他人之间原来除了学习成绩外,还有其他许多方面的差距。在知识、才艺、人际关系、家庭背景乃至身体容貌等方面已不如人的地方很多。特别是来自农村、山区和贫困地区的学生,或因为家庭经济困难,或因为服饰落伍,或因为浓重的乡音,或因为孤陋寡闻,方方面面难免有使人相形见绌的感觉,总感到"见人矮三分",于是沉默寡言、内向孤僻。在某些学生身上就容易产生自我认识和自我价值感方面的困惑。

### (三)人际交往的障碍

大学生与中学生的来源不同。中学生大多在家乡附近就读,同学间充满乡音乡情;而大学生来自全国各地,语言、个性、生活习惯有很大差异。不知如何与来自不同家庭、不同社会背景的人相处,是一些大学新生人际交往障碍的主要表现,由此而引发的人际矛盾和心理不适往往给一些大学新生带来许多烦恼。这在大学生的心理问题中占很高的比例。如有的学生与同寝室的同学长期关系冷漠,稍有不和便恶语相加;有的学生不愿与人交往,也很少参加集体活动,缺少朋友,对外界很少关心,经常把自己封闭在狭小的天地中;还有的学生奉行"我行我素"的处世原则,过分关注自我,注重自我在人际交往中的地位,过多考虑自己的需要,而忽视他人的需要和存在,对他人缺乏关心和谅解,导致了人际交往中的自命不凡和过于敏感挑剔。其实,要改变这种状况,说起来也简单,相互了解,相互适应,提倡主动交往;相互尊重,相互关心,为人诚恳热情,待人宽律己严,大事讲原则,小事讲风格;与同学和朋友交往坚持与人为善,搞"五湖四海"、全方位交往,尽量避免存在同乡观念,搞宗派、拉帮结伙的世俗作风,尤其是女生,要注意人际关系的和谐性。这样,你身边的人永远都会喜欢你,你自然也生活得悠闲自在了!

### (四)渴望交往与自我封闭的矛盾

来自五湖四海,个性、习惯、爱好、才能千差万别的大学生新生,在日常交往中难免有些磕磕碰碰,处置不当便会形成矛盾与冲突。处于青年时期的大学生本来就有一种闭锁性的心理倾向,在交往中往往自尊心、好胜心过强,对人严对己宽。尤其是那些具有攻击性、自利性和投射性的学生,个性上的弱点使他们在同学中处于被排斥和受冷落的地位,形成慢性苦闷和心境恶劣,严重的就出现自我封闭的症状。所谓自我封闭,是指将自己与外界隔绝开来,很少或根本不与外界有社交活动,除了必要的上课、学习、就餐以外,大部分时间将自己关在寝室里,不与他人往来。自我封闭的同学都很孤独,没有朋友,甚至害怕一切社交活动,因而是一种环境不能适应的病态心理现象。这种自我封闭的心理实质是一种心理防御机制:由于个体在交往、学习、生活的成长过程中可能经常遇到一些挫折引起个人焦虑。有些人抗挫折能力较差,使焦虑越积越多,只能依靠自我封闭方式来回避环境以降低挫折感。

### (五) 与异性关系的处理问题

有的新生受习惯心理影响,对男女交往过分敏感,从而使正常的异性交往不能自然进行,甚至相互隔离。也有的同学过快地将同学关系发展成恋爱关系,过早地沉溺于"两人世界"。也有的陷入单相思而不能自拔,由此而产生情感冲突。这些学生大都会出现因人际关系失调造成的焦虑不安、心慌意乱、孤单失落、寂寞失眠、注意力分散甚至社交恐惧等症状。

可见,大学新生在"金榜题名"的兴奋之余,必须重视入学前后的心理调节与适应。我们要在入学期间做好充分的心理准备,尽快实现适应这种"大学生"角色的转换,尽快适应大学的学习与生活环境的转变以及社会期望转变所带来的心理变化。

## 三、做自己情绪的主人

人的情绪基本上可以分为愤怒、恐惧、悲伤、快乐、爱等几大类,并据此引申出繁复的情绪世界。每位大学生都应该学会觉察与认知自己的情绪,面对不同的事件,自己的情绪如何表达,什么事件对自己的情绪影响力最大，持续时间最长，了解这些就可以进行深入的心理分析，找到问题的症结。

如果你现在经常被"莫名其妙"的情绪所控制，那就说明情绪的自觉能力不强，一定要进行反思，不断地追问自己，比如是什么使我无法控制自己的情绪？以前是否有过类似情绪的发生？当初自己是如何从这种状态中走出来的？等等，来提高自己情绪的自觉水平，进而拥有一个健康的心态。

下面我们推荐几种方法供大家参考，以帮助大家学会自我调适，做好自我情绪的管理，以更加积极的心态面对学习、生活和人生。

### (一) 能量排泄法

对不良情绪所产生的能量可用各种办法加以调整。例如，当生气和愤怒时，可以到空旷的地方去大喊几声，或者去参加一些重体力劳动，也可以进行比较剧烈的体育活动，如去操场跑两圈、扔几个铅球，把心理的能量变为体力上的能量释放出去，气也就顺些了。俄国大文豪屠格涅夫曾告诫人们：当你暴怒的时候，在开口前把舌头在嘴里转上十圈，怒气也就减了一半。

在过度痛苦和悲伤时，哭也不失为一种排解不良情绪的有效办法。哭也可以释放能量，调整机体平衡。在亲人和挚友面前痛哭，是一种真实感情的爆发，大哭一场，痛苦和悲伤的情绪就减少了许多，心情就会痛快多了。

现代科学证明，流眼泪并非懦弱的表示。研究发现，情绪性的眼泪和别的眼泪不同，它会有一种有毒的生物化学物质，会引起血压升高、心跳加快和消化不良，通过流泪，把这些物质排出体外，对身体自然有利。据观察，长期压抑、不流眼泪的人，患病概率要比常流泪的人多一倍。所以该哭当哭，该笑当笑，把握适度，会使自己心里好受多了。

### (二) 自我暗示法

自我暗示是靠思想、语词，对自己施加影响以达到心理卫生、心理预防和心理治疗目的的方法。通过自我暗示，可以舒缓紧张的情绪、排解心理的压力,调理自己的心境、感情、爱好、意志乃至工作能力,起到非常积极的作用。比如,面临紧张的考场,反复告诫自己"沉着、沉着";在荣誉面前,自敲警钟"谦虚、谦虚";在遭遇挫折时,安慰自己"要看到光明,要提高勇气"等等。当你将要发怒的时候,可以用语言来暗示自己:"别做蠢事,发怒是无能的表现。发怒既伤自己,又伤别人,还于事无补。"这样的自我提醒,就会使心情平静一些。达尔文说过:"人要是发脾气就等于在人类进步的阶梯上倒退了一步。愤怒是以愚蠢开始,以后悔告终。"我国历史上的禁烟功臣林则徐脾气很大,他为了控制自己的怒气,在中堂挂了"制怒"两字的大条幅,以便随时提醒自己。

学习自我暗示,需要坚强刚毅的意志,要对自我及自我暗示有坚定不移的信心,并在实践中进行锻炼,使自我暗示得到恰如其分的应用。这里我们为大家介绍两种具体的自我暗示的方法:

1. 冥想放松法

你可以用一件真实的物件,如某种球类、某种水果或者手头可以找到的小块物体,来发挥自我想像的能力,具体做法是:

(1) 凝视手中的橘子(或其他物体),反复、仔细地观察它的形状、颜色、纹理脉络,然后用手触摸它的表面质地,看是光滑还是粗糙,再闻闻它有什么气味。

(2) 闭上眼睛,回忆这个橘子都留给自己哪些印象。

(3) 放松肌肉,排除杂念,想像自己钻进了橘子里。想像一下,里面是什么样子? 你感觉到了什么? 里面的颜色和外边的颜色一样吗? 然后再假想你尝了这个橘子,记住它的滋味。

(4) 想像自己走出了橘子的内部,恢复了原样,记住刚才在橘子里面所看到的、尝到的和感觉到的一切,然后做五遍深呼吸,慢慢数五下,睁开眼睛,这时,你会感觉到头脑清爽,心情轻松。

2. 自主训练法

又叫适应训练法,其中较简单的一种方法如下:

(1) 取坐姿,把背部轻轻靠在椅子上,头部挺直,稍稍前倾,两脚摆放与肩同宽,脚心贴地。

（2）两手平放在大腿上,闭目静静地深呼吸三次;排除杂念,把注意力引向两手和大腿的边缘部位,把意念排导在手心。

（3）不久,你会感到注意力最先指向的部位慢慢地产生温暖感,然后逐渐地扩散到手心全部。这时,你心里可以反复默念:"静下心来,静下心来,两手就会暖和起来。"

（4）做五遍深呼吸,慢慢数五下,睁开眼睛。

### （三）贴近大自然法

大自然的景色,能扩大胸怀,愉悦身心,陶冶情操。到大自然中去走一走,对于调节人的心理活动有很好的效果。心绪不好或感到心理压力大、郁闷不乐时,千万不要一个人关在屋子里生闷气,苦恼自己。而应该走出去,到环境优美、空气宜人的花园、郊外,甚至是农村的田园小路上去走一走,舒缓一下心绪,去除一些烦恼。而且长期处于紧张工作状态中的人,定期到大自然中去放松一下,对于保持身体健康、调节身心紧张大有益处。

### （四）与他人沟通法

人的情绪受到压抑时,应把心中的苦恼倾诉出来,如果长时间地强行压抑不良情绪的外露,就会给人的身心健康带来伤害。特别是性格内向的人,光靠自我控制、自我调节还远远不够,可以找一个亲人、好友或可以信赖的人倾诉自己的苦恼,求得他人的帮助和指点。有些事情其实并不像当事者想得那么严重,然而一旦钻进牛角尖,就越急越生气,如果请旁观者指导一下,可能就会豁然开朗、茅塞顿开。还有一些时候是这种情况,对于你来说,是耿耿于怀、难以气平的事,而在他人却完全不了解、不体会。即便是这样,你把苦恼倒出来后,也会感到舒服和轻松。这时人家即使不发表意见,仅是静静地听你说,也会使你得到很大的满足。他人的理解、关怀、同情和鼓励,更是对你心理上的极大安慰,尤其是遇到人生的不幸或严重的疾病时,更需要他人的开导和安慰。

### （五）自我激励法

自我激励是人们精神活动的动力之一，也是保持心理健康的一种方法。在遇到困难、挫折、打击、逆境、不幸而痛苦时，善于用坚定的信念、名言警句、榜样人物的感人事迹来激励自己，使自己产生同痛苦作斗争的勇气和力量。张海迪在她人生奋斗的历程中，所承受的痛苦与压力是常人难以忍受的，而当困难压顶的时候，她总是用保尔、吴运铎等英雄事迹激励自己，去战胜病残，坚强地生活下去。

### （六）创造欢乐法

心绪不佳、烦恼苦闷时，周围的一切都是暗淡的，看到高兴的事，也笑不起来。这时候如果想办法让自己高兴起来，笑起来，一切烦恼就会丢到九霄云外。笑不仅能去除烦恼，而且可以调解精神，促进身体健康，正所谓笑一笑，十年少。

### （七）健康生活调节法

首先，健身运动是有效地驱除不良心境的自助手段。哪怕仅仅是散步十分钟，对舒缓坏心情都能收到立竿见影之效。据专业研究人员介绍，健身运动能使身体产生一系列的生理变化，其功效与那些能提神醒脑的药物类似。但比药物更胜一筹的是，健身运动是有百利而无一害的。我们在这里给广大新同学的建议是，从业余生活中的有氧运动开始，最容易、最常见、效果也很好的运动方式有跑步、体操、骑车、游泳和其他有一定强度的运动，如果运动之后再洗个热水澡则效果更佳，会让情绪上的烦躁、困扰一扫而光。

其次，合理的饮食也是帮助我们营造良好情绪的重要因素。大脑活动的所有能量都来自于我们所吃的食物，因此情绪波动也常常与我们吃的东西有关。《食物与情绪》一书的作者索姆认为，对于那些每天早晨只喝一杯咖啡的人来说，心绪不佳是一点也不足为怪的。我们的建议是，要确保心情愉快，应在进入大学的第一天起，养成好的饮食习惯：定时就餐（早餐尤其不能省），限制咖啡因和糖的摄入（它们都可能使你过于激动），每天至少喝六至八杯水（脱水易使人疲劳）。

据最新研究表明,碳水化合物更能使人心境平和、感觉舒畅。碳水化合物能增加大脑血液中复合胺的含量,而该物质被认为是一种人体自然产生的镇静剂。各种水果、稻米、杂粮都是富含碳水化合物的食物。因此,同学们不妨多选择这样的食物。

### (八) 理性情绪疗法

人的情绪变化是由认知评价引起的。当一个人对周围的事物或自己的行为、思想做出消极的评价时,会给自己以不良的暗示,导致各种消极的情绪。例如,一个人在面临挫折和失败时,就认为自己的能力差,各方面条件不行,每遇到类似的情况都做出这样的评价,久而久之,就会形成一种自卑心理,对自己缺乏信心。认知疗法就是基于认知评价直接影响人的情绪这一点,来对情绪问题进行治疗的。认知疗法有三条基本原则:

(1) 不良的情绪是由认知评价引起的,不良的情绪体验是由于对当前的情境或自身变化的不良归因导致的;

(2) 在不良的情绪状态下,认知活动表现出消极、混乱,且负向思维占主导地位;

(3) 正确、客观地认识头脑中的思维活动,对情绪或身心的变化进行良好的评价是认知疗法的基本思想。

美国临床心理学家阿尔伯特·艾利斯在 20 世纪 50 年代创立了理性情绪疗法,其核心是去掉非理性的、不合理的信念,建立正确的信念。非理性信念的特点是绝对化、过分概括化、糟糕透顶。艾利斯认为,非理性信念主要包括以下十条:① 每个人都应该得到在自己生活环境中对自己重要的人的喜爱与赞许;② 每个人都必须能力十足,在各方面有成就,这样的人才是有价值的;③ 有些人是坏的、卑劣的、恶性的;为了他们的恶行,他们应该受到严厉的责备与惩罚;④ 假如发生的事情是自己不喜欢或不期待的,那么它是糟糕、很可怕的,事情应该是自己喜欢与期待的那样;⑤ 人的不快乐是由外在因素引起的,一个人很少有或根本没有能力控制自己的忧伤和烦闷;⑥ 一个人对于危险或可怕的事物应该非常挂心,而且应该随时考虑到它可能发生;⑦ 逃避困难、挑战与责任要比面对它们容易;⑧ 一个人应该依靠别人,而且需要有一个比自己强的人做依靠;⑨ 一个人过去的历史对他目前的行为是极重要的决定因素,因为某事曾影响一个人,它会继续,甚至永远具有同样的影响效果;⑩ 一个人碰到种种问题,应该有一个正确、妥当及完善的解决途径,如果无法找到解决方法,那将是糟糕的事。

对于上述不良的认知评价导致的不良情绪反应,你可以有以下几种调节方法:① 当你处于情绪困扰之中时,保持清醒的头脑,并把你的想法一一记录在纸上;② 再从头到尾看一遍上面提到的几种不良认知评价,并与自己的想法进行对比;③ 重新客观地评价自己的认知活动。

**思考与练习**

1. 当感觉到自己被负面情绪掌控时,不妨给自己一个澄清情绪、说出自己真实感受的机会。步骤是这样的:

(1) 拿出一张纸写下此时的真实感受,并且按强烈程度排序;

(2) 从积极的角度重新审视这些事情对自己的启发;

(3) 为自己制定行动的计划,并按计划努力实现。

2. 音乐用于调适心理的潜力无穷,情绪不佳时,尝试坐在一张舒服的椅子上听听喜欢的轻音乐,通过音乐来放松自己的心情。以下是一些可供参考的心理调适曲目:

(1) 抑制烦躁、易怒、敌意的乐曲:

中国部分:琴曲《流水》,二胡曲《汉宫秋月》,琴歌《阳关三叠》、《苏武牧羊》等;

外国部分:贝多芬♯C 小调钢琴奏鸣曲《月光》的第一乐章,肖邦的《a 小调钢琴协奏曲》,李斯特的《d 小调钢琴奏鸣曲》,瓦格纳的歌剧《汤豪瑟》中男中音的咏叹调《唱给夜空之星的歌》,勃拉姆斯的《摇篮曲》,德彪西的管弦乐曲《夜曲》等。

(2) 调整紊乱的思绪、减轻内心焦虑不安的乐曲:

中国部分：琴曲《梅花三弄》、《雁落平沙》、《春江花月夜》、《月儿高》，广东音乐《雨打芭蕉》等；

外国部分：巴赫的《d小调弥撒曲》，门德尔松的《第四交响乐》，肖邦的《bA大调前奏曲》，约翰·施特劳斯的《圆舞曲》等。

（3）克服精神抑郁的乐曲：

中国部分：笛子独奏《喜相逢》、《姑苏行》，二胡独奏《光明行》，京胡独奏《夜深沉》等；

外国部分：亨德尔的《弥赛亚》中的哈利路亚大合唱，莫扎特的《b小调第40交响曲》，贝多芬的管弦乐曲《哀格蒙特序曲》，李斯特的《钢琴曲》（匈牙利猜想曲第2、6、15号），比才的《卡门序曲》等。

（4）松弛精神、解除疲劳的乐曲：

中国部分：《彩云追月》，《牧童短笛》等；

外国部分：维瓦尔弟的《四季》中的《春》，亨德尔的管弦乐组曲《水上音乐》，德彪西的《大海》等。

（5）有助于增进食欲的乐曲：

中国部分：黄贻钧的《花好月圆》，彭修文的《欢乐舞曲》等；

外国部分：莫索尔斯基的钢琴组曲《图画展览会》，莫扎特的管弦乐曲《嬉游曲》等。

（6）有催眠作用的乐曲：

中国部分：《二泉映月》，《平湖秋月》，《烛影摇红》，贺绿汀的《摇篮曲》等；

外国部分：莫扎特的《摇篮曲》，门德尔松的《仲夏夜之梦》等。

第五章

学会交往协作

Diwuzhang

Xuehui jiaowang xiezuo

人的本质属性是社会性,社会性就意味着与人交流、与人协作。我们每个人都生活在与他人的交往中,朋友、集体、团队,都是我们生活和学习中不可缺少的部分,我们总是不可避免地同他人交往和协作。

这种生命个体的交往协作,在动物界是普遍存在的:鳄鱼在饱餐以后,总会张大嘴巴,听凭一种灰色小鸟为它清理口腔,这种鸟叫做"千鸟";犀牛鸟靠啄食犀牛身上的寄生虫为生,犀牛也要靠犀牛鸟来止痒解疼……那么,作为万物之灵的人类,是不是更应该加强这种交往与协作呢?

地球越来越像一个村庄,现代化的科技和设备在不断缩小着人类彼此间的物理距离。随着人们交往频度的增加,交往难度也在加大。在这样一个纷繁复杂的社会里,越来越多的人呈现出一种害怕交往、不会交往的状况,就连"象牙塔"里的大学生们,也有很多人患上了"交往恐惧症",这显然是与新时代的大学生精神不相吻合的。

作为21世纪的大学生,学会交往,学会协作,是我们每个人必修的人生课程。这一课,就让我们从结交朋友开始吧!

# 第一节　朋友啊,朋友

阿拉伯有这样一个传说:两个朋友在沙漠中旅行,在旅途中他们吵架了,其中一个给了另外一个一记耳光。被打的觉得受了辱,一言不语,在沙子上写下:"今天我的好朋友打了我一巴掌。"他们继续往前走,在经过一个小湖泊的时候,因为急于弄到水喝,先前被打巴掌的那位差点淹死,幸好被朋友救了起来。被救起后,他拿了一把小剑在石头上刻下:"今天我的好朋友救了我一命。"一旁,朋友好奇地问:"为什么我打了你以后,你要写在沙子上,而现在要刻在石头上呢?"他笑着回答说:"当被一个朋友伤害时,要写在易忘的地方,风会负责抹去它;相反,如果被帮助,我们要把它刻在心灵深处,那里任何风都不能抹灭它。"

第二次世界大战中有这样一个故事:一名士兵看到他生平最好的朋友在战役中倒下,恐惧笼罩着他的心。战壕中,炮火持续嗖嗖的掠过头顶,士兵问中尉他能否去把自己的伙伴带回来。中尉说:"你可以去,但我不认为值得这么做。你的朋友可能已经死了,而且你也可能因此丧命。"中尉的话没有说服士兵,他去了。士兵奇迹般的找到了自己的朋友,将他背回了连队的战壕。中尉检查了士兵受伤的朋友,对士兵说:"我早告诉你不值得! 你的朋友死了,你也受了伤!""但是,长官,这么做很值得!"士兵说。中尉不解:"你说值得是什么意思呢? 你的朋友已经死了呀!"士兵回答:"长官,您说的没错,他现在死了,但我认为值得的原因是当我找到他时,他仍活着,而我更欣慰的是听到他说:'吉姆,我知道你会来。'"

亲爱的朋友,你有没有为上面的故事所感动呢? 那种润物无声的心心相印,有没有在你的心中升腾起一股洋洋的暖意呢? 你是不是也想起了你的一个朋友呢?

## 一、什么是真正的朋友

朋友,一个亘古不变的话题。1 000个人心中有1 000个哈姆雷特,同样,1 000个人心中也有1 000种对朋友的理解。

有人说,朋友是金,朋友是银,朋友是阳光,朋友是月亮;朋友是在你走向黑暗时,为你点亮明灯的人;朋友是不会在你身处困境时离你远去的人;朋友是不会因你人生失意而抛弃你的人……

也有人对朋友这样理解:一个普通的朋友从未看过你哭泣,一个真正的朋友双肩都让你的泪水湿尽;一个普通的朋友不知道你父母的姓氏,一个真正的朋友却把他们的电话写在通讯簿上;一个普通的朋友会带瓶葡萄酒参加你的派对,一个真正的朋友会提早来帮你做准备;一个普通的朋友讨厌你在他睡着以后打来电话,一个真正的朋友会拿着电话听你讲一宿;一个普通的朋友找你谈论你的困扰,一个真正的朋友找你解决你的困扰;一个普通的朋友在拜访你时,像一个客人一样,一个真正的朋友会打开冰箱自己拿东西;一个普通的朋友在吵架后就认为友谊已经结束,一个真正的朋友明白当你们还没打过架就不叫真正的友谊。

朋友,虽是个"仁者见仁,智者见智"的主题,但更多的是"英雄所见略同"。

有一种交情叫"鸿儒之交"。子曰:"学而时习之,不亦悦乎? 有朋自远方来,不亦乐乎? 人不知而不愠,不亦君子乎?"刘禹锡说:"谈笑有鸿儒,往来无白丁……斯是陋室,唯吾德馨。"传统人士对朋友的理解重视学术的切磋、价值的认同、精神气质的投合。精神的,才是永恒的。

有一种朋友叫"知音"。俞伯牙摔琴谢知音的故事可谓家喻户晓。俞伯牙是春秋时期楚国的著名琴师,而钟子期是个普通的樵夫,是否懂得弹琴技巧不得而知。俞伯牙弹琴,唯钟子期理解琴意,知其志在高山流水。子期死后,伯牙终生不复鼓琴。两人并无实际交往,也没有很多的"鸿儒谈笑"，惟音乐是其交流的媒介，共同的志趣将两个人紧紧地联系在了一起。

有一种理解叫"知己"。王勃有诗"海内存知己，天涯若比邻"，纵有千山万水，也隔不断知己之间的深情厚谊。马克思和恩格斯的情谊堪称友谊的典范，马克思的女儿爱琳娜说她父亲和恩格斯的友谊"像希腊神话中达蒙和芬蒂阿斯的友谊那样，成为一种传奇"。俗语有曰："黄金万两容易得，知己一个也难求。"人生得一知己，足矣。

有一种宽容叫"管鲍之交"。管是管仲，鲍是鲍叔牙。管仲出身贫寒，曾经和鲍叔牙合伙做生意，分利的时候，管仲往往多给自己，鲍叔牙不以为意，知道管仲不是贪婪，而是家贫；后来鲍叔牙升官了，管仲沦为鲍叔牙部下，鲍叔牙也不因此而歧视管仲，认为时有利有不利；管仲曾经三次被罢官驱逐，鲍叔牙并不认为管仲无能，不过是他时运不佳而已；管仲三次皆战败而逃，鲍叔牙不认为管仲是胆怯，而是因为家有老母；管仲辅佐公子纠，公子纠败于鲍叔牙辅佐的小白，管仲被囚，忍辱偷生，鲍叔牙不以管仲为无耻，理解管仲是耻于不能功成名就、显于天下。后来，由于鲍叔牙的举荐，齐桓公任用管仲为相，位在鲍叔之上，管仲最后辅佐齐桓公成就了霸业。可以说，齐桓称霸，管仲之谋；管仲功成，鲍叔之力。管仲也感叹说："生我者父母，知我者鲍子也。"这种宽容，非有大胸襟者所不能怀。

可现如今，"朋友"泛滥，多少失去了"朋友"一词应有的真挚和纯洁。酒场上，酒杯一碰便朋友相称；官场上，"交易"一成则友谊"长存"。谋面的、未谋面的、认识的、不认识的，统统以朋友相称，尤其是当物质利益介入以后，这个称呼就变得更为自然和普遍了，而且通常都是声音洪亮的。朋友，似乎成了实用主义的同义语。这些多少都违背了"朋友"一词的本义。

那么，什么是真正的朋友？

是在你耳边花言巧语的，还是在你身边默默陪伴的？是锦上添花的，还是雪中送炭的？是给你引诱无限的，还是和你共渡难关的？是见利忘义的，还是忠贞不变的？

答案就在我们每个人心中。

朋友不是阿里巴巴的山洞，你喊芝麻开门，他就会送出金银和珍宝；朋友也不是救苦救难的观音菩萨，你一有难他就来解救。一个人身处困厄时，解救他的往往不是他最亲密的朋友，倒常常是一个不相干的人。想一想吧，你牙疼疼得打滚，是牙医帮你治好的；热水器坏了，你是花钱找了修理工来修好的；你得了重病，住进的是医院而不是朋友的家里……朋友提供的往往都是精神支持，因为朋友一般和你很像，对你没办法的事，他常常也没办法。

真正的朋友是行动多于语言的——当你的心灵受到了伤害，他会小心翼翼地找来纱布和药棉，为你包扎，替你治疗；真正的朋友是理智多于感觉的——他决不会听信小人的谗言，让这纯洁的友谊受半点侮辱；真正的朋友是精神多于物质的——他不会因为你的显赫而阿谀奉承，不会因为你的穷困而不理不睬。真正的朋友是品德高尚的，是信守诺言的，是善解人意的……我们可以把人类能够想到的一切美好字眼都用在朋友身上。

朋友就是自己的镜子，可以照出自己的美，也能照出自己的丑；朋友就是自己面对大山呐喊后的回音，回音里蕴涵的也是自己的生命。

臧天朔的那首《朋友》唱得很好："朋友啊朋友，你可曾想起了我？如果你正享受幸福，请你忘记我。朋友啊朋友，你可曾记起了我？如果你正承受不幸，请你告诉我。朋友啊朋友，你可曾记起了我？如果你有新的，你有新的彼岸，请你离开我，离开我。"

朋友超越时空，超越利益，只有心与心的默默沟通。

## 二、交友之道——"友"间道

与人相处，是一门学问，是艺术；与朋友交往，是一门更深的学问，更高超的艺术，我们需要用一生的时间来学习。这里，我们不可能尽述与朋友交往的法则，因为那将是一本鸿篇巨制，我们只想择其要者而陈之，以求抛砖之举能引美玉。

## （一）己所不欲，勿施于人——用爱搭建友谊

这个世界，爱是我们共同的语言。

要想获得爱，就必须付出爱，友谊也是这样，要想获得别人的友谊，就不能吝啬自己的友谊。

友谊，是责任的同义语，是奉献的代名词，如果你既不想负责，又不愿奉献，那么，你就永远得不到真正的友谊。试想，一种仅仅构架和维系在金钱利益基础上的友情是不是一种"险情"呢？

种瓜得瓜，种豆得豆，播下爱的种子，才能收获爱的果实。要想开出美丽的友谊之花，就得浇灌甘甜的真诚之水。

用爱、宽容和真诚换来的友情才是坚固无比的，是超越时空、超越物质的，是永恒的。只有在这种人间最美好的情感和愿望的指引下，我们才能找到自己想要的友谊，真正的友谊。

态度决定一切。空旷的山谷给你的回音总是你自己的影子：你愤怒，山谷也愤怒；你高兴，山谷也高兴。有句话说得很好："你如果背对着太阳，那么，你就永远活在自己的影子里；你如果面朝太阳，那么，你的影子就被你甩在身后。"

你对朋友的态度，就是朋友对你的态度。

## （二）他山之石，可以攻玉——广交天下朋友

我们应该结交什么样的朋友？

这个问题早在两千多年前，孔子就给出了一个说法："益者三友，损者三友；友直、友谅、友多闻，益矣；有（即友）便辟、有善柔、有便佞，损矣。"意思就是说，我们应该结交正直的、信实的、见识广博的朋友，而避免结交惺惺作态的、阿谀奉承的、诡辩狡黠的朋友。

孔子又说："无（勿）友不如己者。"这句话倒是值得琢磨——如果别人真的是什么都"不如己"，倒也确实没有结交的必要，但"三人行，必有我师"，很难说别人一定"不如己"。因此，结交朋友还须广泛。

很多人交朋友往往是从共同兴趣开始的，这些人对"物以类聚、人以群分"的观点深信不疑。这固然不错，但过于"单一"就显得乏味，世界是多彩的世界，我们不该局限自己的视野，而应在求同的同

时"存异"。正是因为不同,我们才可以看到我们平时看不到的,听到平时听不到的,这样才有进步,正所谓"如切如磋,如琢如磨"。

《诗经》里说:"他山之石,可以攻玉。"也就是说,我们做事也好,交友也罢,都需要一种虚怀若谷的情怀,要博采众长,学习不止。有句歌词唱得好:"朋友多了路好走。"

但广泛交友不是不要选择。如何选择?鲁迅先生曾这样说过:"我还有几十年的老朋友,要点就在彼此略小节而取其大。"略小节,是说不能斤斤计较;取其大,是说要从大处着眼。人无完人,我们不能因为对方的一点小错误就搞全盘否定,只要对方有值得我们学习的地方,我们就可结交——当然,这要以良好的道德品质为基础。

### (三)路遥知马力——时间是友情的试金石

世界上,没有一样东西比时间的力量更大。时间可以让永恒的成为瞬间,将伟大的变成渺小。

俗话说:"路遥知马力,日久见人心。"任何武断的、急切的结论都是不客观的。苏格拉底说,认识你自己吧!这是千百年来,无数仁人志士追求的目标,直到今天,也没有答案。连自己都如此难以认识,更何况别人呢?

人们喜欢凭感觉做事,而且常常用先入为主的观念去认识人和物,以至于得出的结论与事实相差甚远。与朋友交往,人们很看重"第一印象",这当然有道理,但"第一印象"常常不是事实。因为,为了生存,人们会戴着面具生活,有些人甚至有很多面具,这时,我们不得不小心。千万不能仅仅依靠"第一印象"来评价一个人,因为这种先入为主的观念一旦确立,就很难转变。假如你当初的判断错了,那么,受害的将是你。

如何避免这种情况的发生呢?靠时间。

时间是友情的试金石,时间是孙悟空的火眼金睛,一切的谎言、伪善、势利都将被揭穿——一个人圆一次谎言并不难,难的是圆一辈子谎言。说一句谎言,需要用一百句谎言来弥补,在时间面前,说谎者总是战战兢兢的,表演的都是虚假的,要想让别人认为这种虚假就是一种真实，那么就要不停地表演，然而，人总是要休息的。任何不是发自内心的善良都将在时间面前"原形毕露"；势利的人多表现为嫌贫媚富，他会为了金钱、权力、名誉放弃一切，当然包括友情。所以，一旦你不如意，他就会离你而去，时间最能揭露他们的丑恶嘴脸。

我们常常听到这样的言论："原来他是这样的人！"满是悔恨和无奈的语气告诉我们，了解一个人需要长时间的观察。你也许和他"一见如故"，你也许和他"话不投机"，但这都不应该是你妄下结论的理由。给彼此一个空间，让时间来检验我们的友情。

### （四）距离产生美——朋友也要分彼此

席慕容说："友谊和花香一样，还是淡一点的比较好，越淡的香气越使人依恋，也越能持久。"朋友间越是亲密，越容易在意彼此的缺点，也越容易彼此伤害。

大家不是都希望有一种亲密无间的朋友关系么？为什么还要有距离？这个距离又如何把握？

#### 1. 距离是人际关系的自然属性

世界上没有两片完全相同的树叶，更没有两个完全相同的人。两个人不管有多么相像的爱好、性格、情趣，但绝对都是独一无二的。你们成为朋友，也许是因为共同的志向、情操，但这丝毫不影响你们各自成为具有独立性的生命个体。共性是友谊连接的润滑剂，而个性和距离则是友谊永葆生命力的根本所在。

因为距离的存在，彼此都想进入对方那颗美好的心灵，都努力展现各自的魅力和对对方的关怀。距离一旦缩短，"金无足赤"的人类瑕疵就会在友谊的光环中出现。你们彼此都会抱怨，抱怨对方的自私，抱怨对方的随意。

朋友在起初的时候，一般都是替对方着想，一旦彼此觉得"亲密无间"时，就会苛求对方按照自己的观念和方式生活，然而，这是不可能实现的。有人拍照的时候，不希望离镜头太近，因为这样会暴露脸上的皱纹或青春痘，交朋友何尝不是这个道理呢？

### 2. 礼貌是朋友间的行为规范

叔本华说："社交的起因在于人们生活的单调和空虚,社交的需要驱使他们聚到一起,但各自具有的许多令人厌憎的品行又驱使他们分开。终于,他们找到了彼此能容忍的适当距离,那就是礼貌。"礼貌是人与人相互尊重的体现,朋友间同样需要礼貌。那些无节制的言语、无分寸的行为,都是纯洁友谊的天敌。

每个人都是一个独立的个体,他们都渴望拥有自己的生活空间,这也是每个人的权力,一旦这个空间被他人粗鲁地闯入,这个闯入者就会被痛恨。夫妻之间尚要"相敬如宾,举案齐眉",朋友间就更要以礼相待了。

阿拉伯有句谚语:"脚步踩滑总比说溜了嘴来得安全。"朋友间最忌讳的是"无话不说",过于亲密会让人忘记节制,而没有节制的言行是最危险的。管好你的嘴、你的手,收获一份真挚的友情。

### (五) 面子诚可贵,友情价更高——懂得劝谏和拒绝朋友

明恩溥在《中国人的素质》一书中,开篇就是"面子要紧"。在中国,有时面子比性命重要。不陪喝酒叫"不给面子",不愿指责叫"拉不下脸",借钱打欠条说"不好意思"……朋友间固然要照顾彼此的感受、帮助彼此的困难,但无原则的迁就则是友谊的坟墓。孔子早就说过:"乡愿,德之贼也。"就是说,老好先生是最能破坏道德的。同样,老好先生也会破坏友谊。

如果你的朋友犯了错误却又全然不知,你该怎么办? 如果你的朋友要求你做一件超出你能力的事情,你该怎么办? 如果你的朋友向你借了很多钱而没有打欠条,你该怎么办? 如果你的朋友邀你去做一件违背道德但不违法的事,你该怎么办? 你会不会因为害怕伤害了对方的面子而一味依从,会不会因为害怕丢掉了友情而放弃原则? 其实,友情和面子不是一回事。朋友之间当然要顾及彼此的情面,但维系友谊的不只是面子,更多的应该是彼此心灵的交流,相互的帮助。

朋友犯了错误,我们应该委婉诚恳地指出;朋友要求你做一件超

出你能力范围事,你应该实事求是地讲明情况,征得理解;朋友向你借了很多钱,不妨先告诉他,"我们要把友谊和金钱分开,不要让金钱破坏了我们的友谊",然后礼貌地请求对方开具一张借条;朋友邀你去做一件违反道德的事情,你应该先帮他冷静一下,因为他的决定也许是在非正常状态下得出的,冷静之后,大家一起取消本次计划。

如果你的朋友对你的做法置之不理或讽刺挖苦,那么,这样的友谊不要也罢。只讲哥们儿义气的友情是肤浅的,为了面子和交情放弃原则和高尚道德是不值得的。

朋友,值得我们用一生去了解和呵护!

**思考与练习**

1. 以你的经验看,朋友应该具备哪些品质?

2. 除了文中提及的与朋友交往的观念和方式,你认为与朋友交往时还需要注意什么?

3. 网友是朋友吗?

4. 拿出一张小纸条,写出三个令你难忘的和朋友之间的故事,然后与班上的同学分享。

# 第二节　感受集体的魅力

北京航空航天大学材料系九八级同住一个寝室的六个好姐妹，今年全部以优异的成绩，被获准保送研究生，其中还有一个人获得了硕博连读。这是一个怎样的寝室？她们是不是一群"书呆子"？在她们身上有着怎样的故事？带着一连串的问题，记者叩开了北航女生宿舍13楼340的房门。

一进门记者就看见六个女孩在吃中午饭，一阵阵的欢笑声飘出窗外。记者奇怪地问她们为什么不在食堂吃，她们异口同声地说："因为我们宿舍的气氛好，这已经成了我们的习惯。"

她们六个人来自六个不同的省市。提起六人同时被保送研究生，她们都说这是一个偶然，但偶然的背后却存在着必然。在四年的集体生活中她们形成了很好的学习习惯。北京学生张玮说："大一第一学期，每次为了能够占个好座位听课，我们都起早去占座。记得有一次，其中三个人早上5点就爬了起来，背上六个书包向学院的主南楼进发，当时楼里很黑，教室里也没有开灯，我们摸进去将六个书包放到最前排占好位子，再回宿舍睡觉。"

来自九江的黄欣说，她们六个人绝不是读死书的人，平时她们抓紧上课的每一分钟，晚上充分利用自习的时间预习、复习，绝不在"考期"突击学习。她们的业余生活也很丰富，看电影、逛街样样不少。卧谈是她们每天不能少的，学习越是紧张越能聊，谈人生，谈理想，现在谈得最多的就是感情。她们说："劳逸结合、有张有弛，效率才能高！"

北航材料学院副书记程基伟对记者说，她们的寝室从来没有发生过女生宿舍常见的"小打小闹"，她们在团结中有竞争。现在有许多学生在校外租房一个人住，这样做往往感受不到集体生活的好处，

大学生行为指导与训练

一个健康向上的集体会给学生带来良性的发展。

摘自 2002 年 1 月 10 日《北京青年报》

是什么把六个人紧紧地联系在一起，又引导她们走向成功呢？是集体！只有集体，才有如此耀眼的魅力。

无论社会怎样发展，个人与集体都密不可分。个人是鱼，集体如水；个人是雄鹰，集体就是苍天；个人是树苗，集体就是土壤。个人的成就，离不开集体的帮助；集体的辉煌，也离不开个人的奋斗。个人与集体，你中有我，我中有你。

当今的社会处于一个高速发展和信息化的时代，对于大学生来说，如何处理好这个大环境下的集体与个人的关系至关重要，这也将对日后走上社会的工作、学习和生活产生深远影响。而要处理好这两者之间的关系，必须首先正确理解它们的关系。

## 一、在集体中成长

只有当一切音响被它们的一个统一的和声所吞没并消失在其中的时候，才能成为音乐。　　　　　　　　　　　——前苏联名言

只有在集体中，个人才能获得全面发展其才能的手段，也就是说，只有在集体中才可能有个人自由。　　　　　　　　——马克思

一滴水只有放进大海里才永远不会干涸，一个人只有当他把自己和集体事业融合在一起的时候才最有力量。　　　　　——雷锋

这些名言警句深刻地揭示了一个道理，那就是个人离不开集体。

个人只有投入到集体之中，才会有无穷的力量。无论是在大学校园里，还是在社会上，人都是不能离群索居、独立存在的。人永远离不开社会和集体，人的才能和自由只有在社会中、在集体中才能得以获得和发挥。鲁滨孙独自漂流在孤岛上，最终连人类的语言都不会说了，更何谈什么才能和自由呢？

美国的"飞人"乔丹，是全世界公认的最为优秀的篮球运动员之一，他曾率领芝加哥公牛队 4 次夺得 NBA 总冠军。有人说是乔丹造

就了公牛，而乔丹却总说是公牛造就了他。因为没有公牛队这个集体的努力，也就不会有他个人的成功。

其实，纵观古今中外，任何人的成功都离不开集体的力量——智勇双全的张良，若不是投靠了刘邦起义军，能实现宏图大志吗？离开了笛卡儿的启示和前人的研究成果，牛顿很难提出有名的"牛顿第一定律"。一朵再鲜艳的花也打扮不出春天的美丽，个人只有融入集体之中才能实现自己的人生价值。

而集体对于当代大学生来说，更是生活中不可或缺的一部分，现代社会重视人才的呼声不断高涨，个人的能力和综合素质也在不断完善和提高，我们的社会并不排斥个人奋斗，但个人不可能在超现实的虚无社会中奋斗；个人的发展，离不开集体，离不开周围的同学、朋友；离开集体的支持，个人奋斗就会成为无源之水、无本之木，个人有再大的力量也终究会枯竭。

## 二、集体进步我出力

如果说个人的成长离不开集体的话，那么集体的进步是否也和个人的努力密不可分呢？答案是肯定的。可以这么说，集体是因为个人的存在而存在的。

集体指许多人结合起来的有组织的整体，集体的本质就是个人的组合，集体是个人存在的一种特殊形式（个人的高级存在方式）。个人是绝对的，必然的，是无法改变的，集体是相对的，随意的，是可以改变的。个人脱离了集体之后还是个人，而集体脱离个人之后就不复存在。

集体来源于个人，它为个人服务，保护和发展个人的利益。集体利益是个人利益的高级形式，在本质上它还是个人利益，是个人利益的变体。只有在集体生活中，个人才能逐步体会到集体的荣辱与个人的关系以及个人在集体中的地位和作用。

2006 年 3 月 25 日，CCTV 体坛风云人物颁奖典礼在中央电视台举行，体坛风云人物组委会把"未名体育人士奖"颁给了吴桥杂技学校的小学生们，因为他们在日本举行的"30 人 31 足"比赛中取得了非常优异的成绩。在日本,每年都有这样的比赛,参加这个比赛的都是小学生。工作人员会把30个人的脚两两绑在一起,用31条腿跑50米。每年的比赛都会邀请一支外国参赛队,去年邀请了中国吴桥杂技小学的同学们参加这个比赛。而去参加这个比赛之前,同学们从来没有受过这方面的训练,只有一个月的准备时间,最终他们依靠每个人的努力在有两千多支参赛队参赛的情况下夺得第四名的成绩。试想,如果其中的一个人和其余的同学步调不一致,结果会怎样?

大学生活也一样,集体的发展总是离不开每个成员的努力和付出,离开任何一个人的努力,集体都不会是一个完整的集体,也不会是一个有活力和有进步的集体。

### 三、个人与集体的共赢

神州数码副总裁王平生先生在谈到人力资源管理时曾经说:"神州数码的核心文化是把员工个人的追求融入到企业的发展目标中,让员工与公司共同成长。追求企业利益和员工利益的和谐发展,尊重个人目标,但不能与集体目标冲突,个人利益要服从企业整体利益。利益一致、目标一致,才能实现共同发展。企业文化的核心要素是企业的核心价值观,神州数码的核心价值观是'负责任和持续创新'。通过员工对企业的负责任从而实现企业对社会对客户对员工的负责。"

江苏华瑞国际集团总裁康宜华先生也说:"我对企业理念的诠释是:理念是一个企业的灵魂,企业需要一个全体同仁认可的理念来规范大家的行为,只有将集体目标与个人目标统一起来,建立共同意愿,才能将全体员工凝聚起来,去完成共同的事业,这样的企业才能使员工有归属感。"

也就是说,王平生先生和康宜华先生已经将个人与集体的关系上升到了一个管理文化的高度,这是发人深思的。

大学的集体生活与企业发展一样,都会遇到个人目标与集体目标之间的取向问题,如果两者出现偏离,就不利于调动个人的积极性,不利于集体目标的实现。只有使这种偏向趋于平衡,才能使个人的行为朝向集体的目标,在个人间产生较强的心理内聚力,共同为完成集体目标而奋斗。

那么,究竟应该如何认识和处理个人目标与集体目标的关系呢?

(1)个体积极目标的实现,是集体目标实现的基石和组成部分,它可以推动整个集体的发展。同时,个体目标在集体中得到实现,可以大大增强个人对集体目标的认同感。因此,确定好集体目标并保证其得到实现,是集体的每一个人都必须履行的职责。同时,集体目标也只有成为每个人的自觉要求,转化为个人的目标,才能真正做到以目标指导每个人的行动,产生强大的目标向心力。

著名巴西球星罗纳尔多在 2006 年德国足球世界杯上的目标有两个:一个是集体目标——夺取冠军,一个是个人目标——打进两球,从而成为世界杯历史上在决赛圈进球最多的球员。在谈及此事的时候,他说:"当然,能够实现个人目标是最好的,但这只是我的第二目标,第一目标自然还是国家队夺冠。我想,我的个人目标与集体目标是一致的,因为如果巴西能够夺冠,那么我的个人目标就几乎肯定可以实现。"

可见,实现个人目标同集体目标的协调一致是多么重要。

(2)学会集体和个人目标的双向互动:集体中不只存在集体目标,还有大量个人目标,这些个人目标既是个人的,又是集体的,实现目标整合的途径就是双向互动,即集体和个人互相提出要求、互相促进、互为保障。一方面集体提出目标,并分解到个人,明确个人任务和责任;另一方面个人有权利提出自己的愿望和要求,集体有责任为实现这些个体要求创造适当条件。应当建立一种机制,让个人在集体面前充分地表达自己期望借助集体力量实现的梦想、愿望和目标。

(3)当集体与个人目标出现偏差时,个人应该积极主动地向集体目标靠拢;当现实生活中出现个人目标与集体目标不一致时,要适时地调整个人目标,逐步向集体目标靠拢。要充分理解个人目标只有在集体目标的大环境下才能不断实现的道理,真正达到集体与个人的共同进步、共赢的局面。

对于新世纪的大学生来说，小到一个寝室、一个班级，大到一个年级、一个学校，都是一个集体。每个人的成长、进步都离不开集体提供的养分，我们没有理由不关心集体，因为那样就意味着拒绝自己的发展。

展望未来，我们是新世纪的人才，是建设祖国的栋梁，让我们每个人都化作一滴水，投入到建设祖国的汪洋大海中去实现个人的价值吧！

## 思考与练习

一、测测你的群居指数(摘自《女友》校园版)：

1. 你最喜欢的漫画风格：

A. 几米　　　　B. 蔡志忠　　　C. 朱德庸　　　D. 麦兜

2. 在集体休息室阅读时，有人播放你讨厌歌手的唱片，你会：

A. 走出房间　　　　　　　　B. 捂住耳朵表示不满

C. 将音乐关掉或换碟　　　　D. 无所谓

3. 设想与几个第一次见面的网友共处了几小时，而后当你独处时，最可能发生的情形是：

A. 回味自己在人群中的形象

B. 回想引起笑声的愉快片段

C. 为自己说得不得体的话不安

D. 总结出哪几个人是值得或不值得交往的

4. 坐在船上，在一条完全陌生的河里顺水漂流，你会想像：

A. 船将漂进原始森林里，景观奇异

B. 前面不远就是瀑布，再不靠岸则危险将至

C. 河水清澈，阳光明媚，鱼在船沿跳跃

D. 前面不远就是家了

5. 下面哪种情况比较接近真实？

A. 许多朋友都乐意将隐私及烦恼告诉你

B. 只有少数朋友会同你聊起私密问题

C. 你对朋友的心事几乎没了解

D. 你对别人的隐私没兴趣

6. 聊天时你谈及对某人的不良印象,无意中看到他就从门边经过,你会:

A. 非常不安,尽管你并不喜欢他

B. 心想他听到才好呢

C. 猜他也许没听到,就算听到也无妨,反正说的是真话

D. 提防他,怕他对你出言不逊

7. 在与一群人交谈时,你通常:

A. 与大家聊得很开心

B. 表面上看起来颇合群,但心里觉得无聊

C. 发觉自己在想与交谈话题无关的事情

D. 是一个专注的聆听者

8. 对于自己的感受,你通常:

A. 避免表达,认为别人不会当回事

B. 轻轻松松就可以表达出来

C. 会选择你认为适当的场合向他人暗示

D. 心情好时大说特说,不好时就是闷葫芦

9. 与你较要好的邻居向你推销他们公司的产品,你用后发觉不如邻居说得有效果,且太贵,你会:

A. 表面上与他仍保持以前关系,但对其有了戒心

B. 讨厌他,看见他都不舒服

C. 向他抱怨,但以后仍与他要好

D. 能够谅解邻居行为,并调整自己的购物心态

10. 对自己的糗史,你会:

A. 经常抖出来与大家一起笑

B. 讲出来前会考虑会不会损害形象

C. 只在极熟悉的人面前才会讲

D. 尽量避免告诉别人

11. 你发现自己错怪了朋友,你会:

A. 说对不起将他哄回

B. 道歉很难开口,但会找适当的场合来挽回友谊

C. 知道自己不对,但说不出对不起

D. 让事情慢慢过去

12. 与同学在小饭馆晚餐,买单时,你会:

A. 忍痛买单,如果其他人没有表示

B. 主动提出 AA 制

C. 装做没留意

D. 小事一桩,主动拿过账单

13. 某小说中有一句话说:每个人都以公共汽车里最尊贵的人自居。对这种说法你认为:

A. 很有可能,我以后要注意

B. 可能吗?反正我没有这种想法

C. 真可笑,一点自知之明都没有

D. 会心一笑

14. 朋友约你看一部热门电影,排了一小时队,结果轮到你们时票却售完,你会:

A. 很沮丧,不免出言抱怨朋友

B. 建议挑另一场,或去逛街

C. 没了主意,看对方安排

D. 回家算了

15. 假日清晨,睁开眼睛听到敲门声,你希望他是:

A. 借东西的邻居

B. 敲错门的陌生人

C. 盛装打扮的好友

D. 可爱的卡通人物

积分表(题目·得分):

| | |
|---|---|
| 1. A3　B1　C4　D2 | 2. A3　B1　C2　D4 |
| 3. A1　B4　C2　D3 | 4. A3　B1　C4　D2 |
| 5. A5　B3　C2　D1 | 6. A2　B3　C4　D1 |
| 7. A4　B2　C1　D3 | 8. A1　B4　C2　D3 |
| 9. A2　B1　C3　D4 | 10. A4　B3　C2　D1 |
| 11. A4　B3　C1　D2 | 12. A2　B4　C1　D3 |
| 13. A3　B2　C1　D4 | 14. A1　B4　C3　D2 |
| 15. A2　B1　C4　D3 | |

一级群居指数：54～60分

你天生是个群居动物。你与好友相处时能凭着真性情；你心态乐观，对生活充满期望，能带动群体生活的气氛；你心胸开阔，能信任他人，对物质不计较，也不在意小事情。更重要的一点是，你能在体谅别人的同时又不委屈自己，这是享受群居生活的核心软件之一。

二级群居指数：42～53分

你倾向于一种综合型的性格，外向内向兼备。在集体中，你会表现出较强的可塑性，也就是说，当与活跃、乐观的人相处时，你会表现出活泼开朗的一面，而当对方较沉默寡言时，你也就容易沉默。如果遇到了一些"一级指数"，你也会跟着升级，否则，会跟着降，导致没能将群居生活的好处最大化。当然，对相处中产生的不快，你还是有能力化解的。

三级群居指数：29～41分

你时常觉得自己"暴露"在人群中，容易陷进这样一种矛盾境地：生活表面完美但内心委屈；与朋友相处时，也有愉快感觉，但在独处时却又怀疑这种快乐的意义；遇到不如意的事，你往往只从自身找原因，给自己增加了不必要的心理负担。不过，如果经过调适，也可以适应集体生活，因为，毕竟你的内心仍然是渴望集体的。

四级群居指数：28分及以下

在一定程度上，你信奉自我中心主义，凡事较少为别人着想，也很难去相信人；同时，你还是个悲观主义者，往往只看到生活的负面；

对不少事情你都相当在意,这会使集体生活凭空产生许多意料不到的冲突。除非你遇到一些很宽容并相当有智慧的"群居者",否则,意味着基本上杜绝了群居的可能性。

二、评价自己进入大学以来在集体中的表现,对于今后的集体生活作一下展望。

# 第三节　团队和小团体

　　1999 年 4 月 5 日下午两点，一个德国的经销商给海尔打来电话，要求"必须在两天内发货，否则订单自动失效"。而两天内发货意味着当天下午所要的货物就必须装船，而此刻正是星期五下午两点，如果按海关、商检等有关部门下午五点下班来计算的话，时间只有三个小时，而按照一般程序，做到这一切几乎是没有可能的。如何将不可能变成可能，此时海尔人优良的团队精神显示了巨大的能量，他们采取齐头并进的方式，调货的调货、报关的报关、联系船期的联系船期，都全身心地投入到工作中，抓紧每一分钟，使每一个环节都顺利通过。当天下午五点半，这位经销商接到了来自海尔"货物发出"的消息，他非常吃惊，吃惊再转为感激，还破了"十几年"的例，向海尔写了感谢信。

　　　　　　　摘自阎剑平：《团队管理》，中国纺织出版社 2006 年版

　　一天，一群男孩去树林远足，他们来到一段早已废弃、穿林而过的铁轨旁边。一个男孩跳上一条铁轨，想在上面走，只走了几步，就失去了平衡。另一个男孩又想试试，也失败了。其他人都笑了起来。

　　这个男孩叫道："我打赌你们也走不到头。"男孩们一个接一个上去试，都没有成功。就连其中最棒的运动员也走不到十几步就跌了下来。这时，有两个男孩耳语了一会儿，其中一个向其他伙伴发出了挑战，说："我能在铁轨上一直走到头，他也能。"他指了指那个同伴。

　　"不可能，你们办不到。"一个试过的男孩说。"赌一根棒棒糖。"他答道。伙伴们都接受了这个赌注。

　　提出挑战的两个男孩分别跳上一条铁轨，伸出胳膊，彼此牢牢地牵住手，小心翼翼地走过了整条铁轨。

摘自金跃军等：《打造高效能团队的93个经典故事》，地震出版社2005年版

没有海尔全体员工的通力合作，就不会有经销商的"破例"感谢；没有两个男孩的相互合作，也永远走不到铁轨的尽头。是什么让事情如此成功？是团队！

## 一、团队——奇迹诞生的地方

### （一）什么是团队

我们无数次地听到"团队"这个概念，众多的管理学著作都对这个概念进行了解释。一般认为，团队是由两个或两个以上的人组成的，通过人们彼此之间的相互影响、相互作用，在其行为上有共同规范的一种介于组织与个人之间的组织形态。

国际著名的组织行为和人力资源管理专家、美国华盛顿大学商学院终身教授陈晓萍博士认为，一般来说，"团队"具有以下特征：① 团队一定至少有两个成员；② 团队的规模必须有所限制，以确保所有成员之间都充分了解并且互相发生影响；③ 团队成员之间互相依赖的最低限度是：一个成员的决策和行为会被团队其他人重视；④ 团队在时间上有一定的连续性：其成员之间的关系是一种历史的延续或者延续至可以预期的将来；⑤ 在团队中，集体的业绩成果要远远高于每个人所付出的总和。

也有学者将团队应该具备的要素归纳为"5P"，即：

1. 目标（Purpose）

团队应该有一个既定的目标，为团队成员导航。没有目标，团队就没有存在的价值。

2. 人（People）

人是构成团队最核心的力量。两个以上的人就可以构成团队。目标是通过人员具体实现的，所以人员的选择是团队中非常重要的一个部分。

### 3. 团队的定位(Place)

团队的定位包含两层意思:团队的定位——团队在企业中处于什么位置,由谁选择和决定团队的成员,团队最终应对谁负责,团队采取什么方式激励下属;个体的定位——作为成员在团队中扮演什么角色?

### 4. 权限(Power)

团队当中领导人的权力大小跟团队的发展阶段相关。一般来说,团队越成熟领导者所拥有的权力相应越小,在团队发展的初期阶段领导权相对比较集中。团队权限关系包括两个方面:① 整个团队在组织中拥有什么样的决定权? 比方说财务决定权、人事决定权、信息决定权。② 组织的基本特征。比方说组织的规模多大,团队的数量是否足够多,组织对于团队的授权有多大,它的业务是什么类型等。

### 5. 计划(Plan)

计划的两层面含义:① 目标最终的实现,需要一系列具体的行动方案,可以把计划理解成目标的具体工作程序。② 提前按计划进行可以保证进度,只有在按计划的操作下,团队才会一步一步贴近目标,从而最终实现目标。

在分类上,团队主要有四种典型的模式:① 问题解决型团队:来自同一部门的几名员工,每周聚在一起几个小时来探讨如何提高工作质量、效率或者改善工作环境等等;② 自我管理型团队:10~15名成员,履行其上级交给的任务;③ 多功能团队:由相同技术水平但是不同工作领域的人组成团队来完成一项任务;④ 虚拟团队:团队的成员是分散的,但是通过计算机技术联系在一起来完成某一任务。

### (二) 团队与群体的区别和联系

每年在美国的职业篮球大赛结束之后,总会从各个优胜队中挑选最优秀的球员,组成一支"梦之队"赴各地参加比赛,以期掀起另一轮高潮。但结果却总是令球迷失望,"梦之队"往往胜少负多。为什么? 就因为"梦之队"称不上真正意义的团队,而最多是一个"伪团队"或叫"群体"。

如何区别"群体"和"团队"？打个比方，一扎筷子就是一个"群体"，而一组环环相扣、组成玩具的部件就是"团队"。一扎筷子是临时性的机械组合，彼此缺少一种依赖、配合，也没有相对明确的目标，最终的效能也是简单的"$1+1=2$"；而组成玩具的零部件之间有一种相互依赖、相互影响的关系，它们具有共同的目标——组成一个完整的玩具，它们共同承担责任，产生的效能是"$1+1>2$"。

判断一个工作小组是群体还是团队时，可以从目标、合作、责任、技能等方面来分析和区别。工作群体可能没有明确的长期或短期目标，而在团队中，团队的领导者会运用领导力去促进目标趋于一致，使工作目标清晰明确；和工作群体相比，工作团队的成员在合作上更加积极；在责任承担方面，群体中责任是归属于个人的，而在团队中，既存在个人责任，也存在共同责任；群体中的个人技能往往是随机组合的，而团队中，团队领导为了快速高效地完成团队的最终目标，往往会挑选个人技能相互补充的成员组成团队。

当然，团队和群体又是相互联系的，群体存在着转化为团队的可能。群体转化为团队一般要经历这样几个阶段：第一阶段，由群体发展到所谓的伪团队，也就是我们所说的假团队；第二阶段，由假团队发展到潜在的团队，这时已经具备了团队的雏形；第三阶段，由潜在的团队发展为一个真正的团队，它具备了团队的一些基本特征。比如，我们前面提到的"梦之队"，如果有了明确的目标，有了彼此的沟通和协调，完全可以成为一支高效的团队。

### （三）高绩效团队的要诀

如何将一个团队打造成一个高绩效的团队，这也许是每个团队管理者第一关心的问题。任何一个小环节的失误，都可能导致整个团队的低效能，所以，我们的叙述难免挂一漏万，这里仅以几个小故事来引发大家的思考。

有一位父亲带着三个孩子到沙漠里猎杀骆驼。不久，他们就到达了目的地。父亲问老大："你看到了什么？"老大回答："我看到了猎枪、骆驼，以及一望无际的沙漠。"父亲摇头说："不对。"父亲又以同样的问题问老二。老二回答："我看到了爸爸、大哥、弟弟、猎枪、骆驼，还有一望无际的沙漠。"父亲又摇头说："不对。"父亲又以相同的问题问老三。老三回答："我只看到了骆驼。"父亲高兴地点头说："答对了！"

一个优秀的团队，首先就要有明确的目标。联想集团前任总裁柳传志说："一个没有目标的团队就像一艘没有舵的船，永远漂流不定，只会驶向失望、失败和丧气的海滩。"作为团队领导者，必须帮助团队成员树立明确的目标；而作为团队成员，则必须把工作中的每一件小事都和远大的固定的目标结合起来。而且，目标一经确立，就要心无旁骛，集中精力，勇往直前。

西邻老先生有五个儿子，大儿子很朴实，二儿子很聪明，三儿子眼睛不好，四儿子腰有毛病是个罗锅，五儿子只有一条腿。老先生作了这样的安排：大儿子朴实就叫他务农；二儿子聪明就叫他经商；三儿子眼睛不好就叫他搞按摩；四儿子就叫他搓草绳；五儿子就叫他纺线。结果，这个近似于残疾人俱乐部的家庭，不愁吃，不愁穿。

美国百事可乐总裁唐纳德·简道尔说："把适当的人选配到最适合的位置上去。"合理的资源运用和调配本身就是一种高效的方式，世界上只有不用的员工，没有无用的员工。高绩效团队的又一个特点是：每一位成员的才能都是和其角色相匹配的。

从前有一条忠诚的狗，它在一户人家已经呆了数年，他的忠诚尽人皆知。

一天上午，主人出门了，把正酣睡的1岁的小宝宝留在家里。当他下午回来的时候，他发现家里有些异样，那条狗的爪子和嘴上沾满了血迹，正躺在门旁用嘴舔着爪子上的血。主人突然有不好的预感，赶紧冲进屋里，看到小床空着，躺在床上的小宝宝不见了。他一时怔住了，呆呆地望着小床，但随后似有所悟，于是就迅速地冲进厨房，拿起菜刀跑到那条狗面前，愤怒地砍了下去……

突然，他听见一声小孩的哭声，他马上冲进卧室，循着哭声，发现床底下有一只小手正挥舞着。他抱出了孩子，把他放到了小床上，然后在每一间房子里搜索着，在通往另一间小屋的过道里，他发现了一只已经死去的大灰狼。他明白了，落下了悔恨的泪。

一个缺乏相互信任的团队是不可想像的，一个充满抱怨和不信任的团队永远不能有效地开展它的团队工作。领导和成员之间，成员和成员之间，都必须有一种支持性的人力资源环境作支撑，才可能创造出不一般的成绩。

小明明天就要参加小学毕业典礼了，他想怎么也得精神点把这美好时光留在记忆里，于是他高高兴兴地上街买了条裤子，可惜裤子长了2寸。

吃晚饭的时候，趁奶奶、妈妈和嫂子都在场，小明把裤子长2寸的问题说了一下，饭桌上大家都没有反应。饭后大家都去忙自己的事情，这件事情就没有再被提起。

妈妈睡得比较晚，临睡前想起儿子明天要穿的裤子还长2寸，于是就悄悄地把裤子剪好叠放回原处。

半夜里，狂风大作，窗户"哐"的一声关上了，把嫂子惊醒了，她猛然醒悟到小叔子裤子长2寸，于是披衣起床，将裤子处理好才安然入睡。

奶奶年纪大了，每天都起得很早，给小孙子上学做早饭，她突然想起孙子的裤子长2寸，马上利用烧水的时间，将裤子又剪了2寸。最后，小明只好穿着短了4寸的裤子去参加毕业典礼了。

著名经理人余世维说："任何一个团队仅有良好的愿望和热情是不够的，它还必须拥有畅通的信息沟通及情感交流。"《圣经》里有一个著名的巴比伦塔的故事，人们因为无法沟通而不得不中断通天塔的建造。团队没有交流沟通，就不可能达成共识；没有共识，就不可能协调一致,就不可能有默契;没有默契,就不能发挥团队的绩效,也就失去了建立团队的基础。

所以阿尔伯特·哈伯德说:"沟通是一切成功的源泉。"

一只猎犬将兔子赶出窝以后,一直追着它,追了很久仍然没有追到。牧羊犬看在眼里,嘲笑猎犬说:"你们两个之间,小的反而跑得比较快!"猎犬回答说:"你不知道,我们两个跑的目的完全不同,我仅仅是为了一顿饭跑,它却是为性命而跑啊!"猎犬的答话,无意间被猎人听到了,他想,猎犬说得对,我得想个好法子。

于是,猎人买来几只猎犬,告诉它们,凡是能够捉到兔子的,就可以得到几根骨头当奖赏,捉不到就没的吃。这一招果然奏效,猎到的兔子越来越多。

时间一长,问题来了:小兔子易捉,大兔子难捉,但是捉到的兔子不论大小,所得的奖赏都是差不多大的骨头。猎犬们渐渐发现了这个秘密,都去捉小兔子。

猎人不解,问猎犬怎么回事,猎犬们回答:"奖赏都一样,何必费力捉大兔子?"

猎人深思,决定不再按照兔子的数量发给奖赏,改依兔子的总重量给予奖励。于是,猎犬捉到的兔子数量和重量都增加了。

正确合理的奖励措施和绩效评估是保证团队高效运作的必要条件。安东尼·罗宾说:"激励团队成员不仅可以完成整个团队的共同目标,同时从中还能得到一批士气高昂、工作高效的雇员——这样的团队是不可战胜的。"激励的方式多种多样,有目标激励、正面强化激励、负向强化激励、榜样激励等等,有了合理的激励,团队的油箱才会永远都是满的。

明确的目标+科学的人力资源配置+彼此的信任+良好的沟通+合理的奖励和绩效评估=高绩效的团队。

### (四) 如何进行团队管理

什么是团队管理?

打个比方,如果有一车沙子从大厦顶上倒下来,对地面的冲击不是太大,如果把一整车已凝固成整块的混凝土从大厦上倒下来,其结果就大不一样。团队管理就是把一车散沙变成整块的混凝土,将一个个独立的团队成员变成一个坚强有力的团体,从而能够顺利完成项目的既定目标。

如何进行团队管理? 这绝对是一个大题目,我们只能择其要者而叙之。

### 1. 制定良好的规章制度

所谓强将手下无弱兵,没有不合格的兵,只有不合格的元帅。一个强劲的管理者首先是一个规章制度的制定者。规章制度也包含很多层面:纪律条例、组织条例、财务条例、保密条例和奖惩制度等。好的规章制度体现在:执行者能感觉到规章制度的存在,但并不觉得规章制度是一种约束。

### 2. 建立明确共同的目标

还记得前面的猎犬与兔子的故事吗? 兔子和猎犬的奔跑目标不一样,就产生了不同的效果。这说明,目标在一个团队的管理中是至关重要的,是关系全局的。让每个成员了解团队的目标,并且关注他们需求,使得每个人都向这个目标努力,这是一个团队管理者必须做的事情。

### 3. 营造积极进取、团结向上的工作氛围

钓过螃蟹的人或许都知道,篓子中放了一群螃蟹,不必盖上盖子,螃蟹是爬不出去的,因为只要有一只想往上爬,其他螃蟹便会纷纷攀附在它的身上,把它拉下来,结果没有一只能够出去。管理者要避免这种局面在团队中出现,通常需要做这些努力:奖罚分明公正;让每个成员承担一定的压力;在学术问题的讨论上,要民主、平等;在生活中,要多关心照顾团队成员。有了归属感和自豪感,团队自然无往不胜。

除此之外,合理进行优势组合、营造良好沟通氛围、建立团队支持,等等,都是必要的团队管理行为。

## 二、小团体与集体行为——容易迷失的地方

### (一) 当心陷入狭隘的小团体

什么是小团体？所谓的小团体可分为两种性质，一是利益团体，成员具有共同的利益与目标；二是友谊团体，因为彼此志趣相投，私交甚笃，而扩展到于公于私都能互相关怀，形成小团体。小团体通常兼具以上两种性质，往往是先形成友谊团体，进而形成利益团体。

一般认为，小团体是一个硬币的两面，既有正面影响，又有负面作用。我们下面讨论的"小团体"是指"狭隘的小团体"，也叫"小帮派"。

这种"狭隘的小团体"具有牢固的封闭性和排他性。大学中的这种小团体渊源一般是老乡、室友、某些利益相关的学生干部群体或普通同学群体，等等。一旦成为一个小团体，团体成员就只在团体内部进行一些信息的交流，根本不关心周围的世界，从而变得越来越闭塞，越来越排他，以至于不能容忍不同的声音。这对于个人发展是一个严重障碍，在这种小团体里，目光会越来越短浅，意志会越来越消沉，以致找不到人生的方向，这是很危险的。

另外，这种小团体极具破坏性，他们会为了既得利益阻拦和破坏变革的实施，会在团体之外产生不良影响。这种小团体常常是谣言的发源地，混乱的制造源。

那么如何避免进入这样的小团体呢？首先，要培养良好的志趣，志存高远，树立正确的人生观价值观。通过读书，找到自己的人生定位，找到自己的价值所在。通过学习，增强辨别是非曲直的能力，用理性的眼光对待身边的人和事。其次，建立良好的、开放的人际关系，开阔自己的胸襟，拓展自己的视野，把自己置身于一个开放的学习氛围中，从而避免观点和行为的褊狭。再者，培养独立思考的能力，不要人云亦云，不要轻言相信，要充分相信自己完全可以不纯粹生活在与他人的关系中，相信自己是独立的精神个体，具有独立的人格和思想。

学习和思考，永远能把我们引向光明。

## （二）怎样避免误入集体行为

何为"集体行为"？"集体行为"这个词是由美国社会学家帕克创造的，帕克认为"集体行为"是在共同和集体冲动影响下的个人行为。他强调这种冲动是互相影响的结果，"集体行为"的参与者具有一种共同的态度或类似的行动。还有观点认为，"集体行为"是指在人群聚集的场合下，不受社会规范的控制，通常是无明确目的和无行动计划的众多人的行为，又称大众行为。广义地说，凡属社会互动过程中众多人的共同行为都是集体行为。我们这里说的"集体行为"是一种社会学意义上的概念，而不是一般的"集体行动"，它通常都是带有一定非理智性和破坏性的。

集体行为的发生和发展，通常需依次经历三个阶段：接触与摩擦、情绪感染、群体激动。集体行为的特征为：自发性、狂热性和非结构性。"集体行为"的形式有：对灾难的共同反应（如同处于地震灾区的人们）、集体着迷（如时尚、气功热）、社会运动等等。

1931 年，美国得克萨斯州李村的白人和黑人之间发生了一件本来很平常的事情，其实完全可以通过法院公正审判的，但结果却是事态越闹越大以致国家出动军队进行镇压；一个本来性格内向的人，但是中国申奥成功后，在学校庆祝游行的人群中，却和同学们一起大喊大叫，互相拥抱，甚至扔酒瓶、砸铁罐；一位老实文静的朋友，被公安机关拘留了，原因是参与打群架，失手将人致伤……这些都是集体行为，这些集体行为是自发产生的，相对来说是没有组织的，所以难以预测和控制，常常对社会潜藏着巨大的破坏性。

集体行为发生的心理机制十分复杂，但主要一点就是"去个人化"。俗话"人多胆子壮，恃众好逞强"说的就是这个道理。"去个人化"产生的环境具有两个性质：一是匿名性。即个体意识到自己的所作所为是匿名的，没有人认识自己，所以毫无顾忌地违反社会规范与道德习俗、甚至法律，做出一些平时自己一个人决不会做出的行为；二是责任模糊性。当一个人成为某个集体的成员时，他就会发现，对于集体行动的责任是模糊或分散的。参加者人人有份，任何一个个体都不必为集体行为而承担罪责，由于感到压力减少，觉得没有受惩罚的可能，没有内疚感，从而使行为更粗野、放肆。

"集体行为"的破坏作用也许是每个参与者都不曾想像的。那么，怎样避免"集体行为"在自己身上发生呢？关键一点就是培养辨别是非的能力，用理智控制自己的行动。遇事三思而行，冷静思考，谨慎行事。要充分认识到"集体行为"的危害性，不能为社会贡献，那么起码不要破坏社会。

千言万语汇成一句话，地球是人类的地球，中国是中国人的中国，自己是自己把握中的自己。只有不断学习，不断自我教育，才能站得高、看得远、走得稳。

**思考与练习**

1. 以小组为单位，设计一个目标，建立一个团队，说说每个人的团队管理计划。

2. 从自己的经验出发，谈谈小团体的危害性。

3. 你有过"集体行为"的经验吗？如果有，当时的想法是怎样的？现在如何评价当时的所想所为？

我们都在爱心中孕育生长；

再把爱的芬芳洒播到了四方；

我们要在爱心中大声地歌唱；

再把爱的幸福带进每个人的身上；

爱会带给你无限温暖；

也会带给你快乐和健康；

爱是 love，爱是 amour；

爱是 rak，爱是爱心，爱是 love；

爱是人类最美好的语言；

爱是正大无私的奉献；

　　这是中央电视台一个栏目的主题曲，一首著名的《爱的奉献》。

　　爱是什么？这是每个人生活中都会遇到的问题，是每个人都在思考的问题，也是每个人应该用实际行动回答的问题。《爱的奉献》给出了全面的答案。

　　爱是一种最美好的语言，爱是孕育我们成长的土壤，爱是带给人类快乐健康的阳光，爱是我们播撒芬芳的义务，爱是人类无私奉献的责任。

# 第一节  珍视家庭亲情

（1）上海租房建"新家"，一人负担全部开销

父母为了儿子上学，天天在外打工。可是一个月前，母亲被确诊患上癌症，一家的重担全部落在正在复旦大学读书的儿子身上。在上海太原路上一间阴暗的小房间里，记者见到了复旦大学中文系二年级学生张顺。为了给母亲治病，一个月前，他卖掉了贵州老家所有家当，筹集了 2 万元，带着母亲来到上海。

在这个不到 10 平方米的小房间，转身都很困难，现在这里就是张顺的"新家"。

"今年过年回去吗？"

"贵州已经没有家了，在上海的房子是租来的。现在，妈妈在哪里，哪里就是我的家。"听着张顺这样说，一旁的母亲一直在擦着眼泪。

"升中学那年，父亲下岗了，从此之后，父母一直到处打零工。"回忆起父母为供他读书所受的苦，张顺一次又一次地红了眼眶。"日子虽然很苦，可我的碗里却从来不缺肉吃，即便是赊，妈妈也会买肉给我补营养，而他们自己却用辣椒加茶水泡饭吃，天天如此。"

（2）母亲突然患上鼻癌

2004 年，张顺来到上海上学。为能减轻父母的负担，张顺没再向家里要过任何生活费。除了学校每个学期发的助学金外，他到处打工。

一年多的大学生活就这样风平浪静地度过了。正当这个家庭经济状况慢慢开始好转的时候，本来身体就瘦弱的母亲被检查出患上了鼻癌。医生告诉张顺，母亲还有希望，但需要 6 万元医药费，这笔钱对这个家庭来说无疑是个天文数字。

（3）带着母亲来到上海

"当时我的第一个念头就是要带妈妈来上海治病,我欠妈妈的太多了,我一定要治好她的病。"一个月前,张顺变卖了贵州老家的所有家当和房子,带着母亲来到上海。

"背着妈妈去化疗很开心,因为我看到了妈妈康复的希望。"医药费、生活开销实在太大,每次做化疗,张顺都会背着母亲到肿瘤医院。

知道张顺的遭遇后,复旦大学每个学期给张顺2 000元的助学金补助。复旦大学文学院的同学们到处为张顺想办法。许多同学还到处在BBS上发帖,为张顺寻求帮助。

摘自:上海《青年报》

张顺同学的成长故事,充满着浓浓的亲情,充满着孩子对父母的深爱。对于张顺,我们除了同情和叹服之外,还会有另外一种感情从心头涌起——对父母的感恩!

## 一、不忘父母养育恩

人来到这个世上,生命中扮演的第一个角色就是子女,父母给了我们生命,给了我们最无私的爱,父母教会了我们每一个第一,没有父母也就没有我们的世界。就这样,在父母的关爱中,我们一天天地成长,而父母却在一天天地老去。

最近有一则报道:世界首富比尔·盖茨在飞机上接受意大利《机会》杂志记者的采访。记者问他:"最不能等待的事情是什么?"比尔·盖茨没有回答记者所希望听到的"商机"两个字。他说:"天下最不能等待的事情莫过于孝敬父母!"所谓"百善孝为先",这位世界上最成功、最富有的人也同样会把"孝"字写进自己的人生词典里!

当面对"同学,你爱自己的父母吗"这样的问题时,可能大家会异口同声地回答"是"。可事实上却大有出入:妈妈买来的衣服,会抱怨太土气;偶尔下班回家晚了,耽误了做晚饭,便会大声斥责;平时连给父母打个电话、谈谈心的时间都很懒得付出;更不用说在父母的生日、母亲节、父亲节这样充满亲情的日子里为父母准备一顿丰盛的晚餐或是送上一份精美的礼物了!

有人做过这样的估算,现在的大学生,每个月的支出 95% 以上都是由家庭承担的。我们来简单计算一下:家长每年为读大学的孩子交纳的学费大概是 5 000 元、生活费大概是 7 200 元(600 元×12 个月)、住宿费约 1 200 元,再加上其他支出,这样一来,平均每年大概要 14 000 元,大学四年下来就得 56 000 元。这个数字对于一般老百姓而言,无疑是一个沉重的经济负担。在教育部科学技术委员会管理科学部与暨南大学共同在暨南大学举办的高校可持续发展管理论坛上,专家们提出:一个农民 13 年的纯收入才能供得起一个大学生 4 年的开销。

父母为我们的成长付出的血汗太多了! 他们的付出是不图回报的。可是,作为子女的我们,真的明白钱为何物吗? 知道这些钱来之不易吗? 真正理解父母的辛劳吗? 感激过父母的付出吗? 曾为新中国的创建立下赫赫战功的陈毅元帅,毅然能够挤出时间看望年迈的母亲,并给瘫痪的母亲洗尿裤,而我们又为自己的父母做过什么呢?

父母珍爱子女如珍爱自己的生命,这种关爱无微不至,这种关爱无私无求,正所谓:"母年一百岁,常忧八十几。"我们生日的时候,最先为我们祝福的是父母;我们取得进步的时候,最先给我们鼓励的是父母;我们取得成功的时候,最以我们为自豪和欣慰的是父母;我们遇到不顺心的时候,最为牵挂的依然是父母。舐犊情深,父母之爱,深如大海。

爱是人的本能,感恩和爱是人类最美好的情感。懂得感恩、心中有爱的人,才会体验到内心的快乐与充实,才会真诚地关心身边的每一个人,会呵护身边的所有。鸦有反哺之义,羊有跪乳之恩,懂得回报,学会关爱,就从感恩父母开始吧! 正如孔子所言:"孝悌也者,其为人之本也。"

## 二、学会与父母沟通

有人说:"世上有种结难以解开,它叫心结;世上有扇门难以敞开,它叫心扉;世上有条沟难以逾越,它是代沟。"

不知道从何时起,我们面对父母的时候,多了一些沉默,感觉与父母的关系不再像小时候那样亲密;我们会在自己的抽屉或日记本上加一把锁,妈妈对子女也变得更加好奇了,情不自禁地会偷听电话,想知道电话那头的声音是 boy 还是 girl;不经意间,我们也会听到父母在私下"研究我们"了:"他爸,最近我们儿子好像有什么心事?""今天收到女儿的一封信,我给她的时候,她好像很紧张。"……直到有一天,我们突然发现,带锁的日记本被人打开过,异性朋友的来信被偷看了,于是,和父母的冷战便开始了。从此,你对疑神疑鬼的妈妈更加抱怨了,父亲和儿子讲不了几句话就抬杠,女儿和妈妈之间的关系也不再亲密无间了。

那么,这种状况产生的原因是什么呢? 我们又应该怎样面对和解决呢?

### (一) 影响与父母沟通的原因

小时候,我们比较幼稚,思想简单,对父母有很强的依赖性,凡事都要说给父母听;父母对我们也倾注了很多的关心和爱护,所以,这一时期父母和子女之间的沟通一般问题不大。渐渐地,我们长大了,随着知识的积累和接触面的扩大,我们开始学会自己观察和思考人生,对一些问题有了自己的看法,有时觉得没有必要什么事都跟父母说,学会自己承担和解决,所以,与父母的沟通越来越少。

在《中国青年报》的头版曾刊登了一封"辛酸父亲的信",信中讲述了一位父亲在儿子上大学之后,勒紧腰带供儿子学习、吃穿、住行、玩乐,但儿子却越来越少挂念父母,无视父母的辛酸。为父的心痛和无奈,动人心扉。这封信曾在全国引起了轩然大波。

为什么这些不和谐的现象会发生在当代大学生这个让人羡慕的群体中呢? 透过现象分析本质,是缺乏有效的沟通。一方面父母没有让孩子看到自己的辛苦和牺牲,没有让孩子理解自己含辛茹苦的意义;另一方面,孩子没有正确对待父母的期望和要求,而父母又过于使用权威,在自己与孩子的心灵之间设下了一道无形的枷锁。

影响与父母沟通的原因主要有两点：一是自我心理因素，表现为逆反心理严重。随着成人意识的不断增长，我们开始用自己的眼光观察事物，不愿意被动接受父母的意见、观点，不愿意和父母讨论与自己有关的事情，对父母的批评和劝导往往报以抵触情绪，缺乏主动与父母进行沟通。二是子女与父母在生活经历、家庭观念、思维方式和行为习惯等方面存在差异，即代沟。这些差异，往往导致两代人在解决问题的方式等方面产生分歧，从而妨碍了他们的沟通。年轻不懂事的孩子总爱跟父母"对着干"，四五十岁的父母也爱跟自己的孩子"较劲儿"，都试图把自己的意见强加给对方，强迫对方接受。孩子的成人意识逐渐增强，自以为是大人了，但心理还不够成熟，一方面希望得到大人的尊重，另一方面对父母又缺少基本的信任，因此，逆反心理很强。

### （二）搭建心灵沟通的桥梁

为人子女，为人父母，为人之妻子，为人之丈夫，这是我们每一个自然人都必须经历的人生过程。所以，理解父母，学会与父母沟通也是当代大学生必须学习的一个人生课题。

#### 1. 正确看待父母的期望

"望子成龙，盼女成凤"是天下父母共同的心愿。每个父母都希望孩子比自己强，长大能有出息，有理想的工作，有幸福的生活，能够出人头地。当我们渐渐长大，有了自己的思想与认识事物的标准时，不同的教育背景和生活阅历，难免让我们与父母产生不同的看法和意见。而父母往往会以自己的社会阅历和生活经验告诫孩子，要把握机会，考入一流大学，进入热门专业，赢在"起跑线"上。其动机都是对孩子的爱心和责任心，所以，作为子女首先应该理解父母。

父母对我们学习上的叮咛、对我们考试分数的唠叨，其实都是一种爱的表达方式。作为子女，不应该过多地计较父母的语言、态度和方式。父母不可能都是教育专家，教育方法难免出现偏差。父母的严厉，是一种焦急的期待，是一种希望的寄托；父母的唠叨，是一种情不自禁的关心，是一种无微不至的关怀。懂得将父母的期望内化为前进的动力,并通过自己的努力让父母感到放心和欣慰,那才是我们应该做的。

每个人都有他眼中的世界,都有自己的理念和原则。当我们抱怨父母的不理解时,是否可以从他们的角度想一想?人到中年,要面临更多的责任和压力,老人需要赡养,子女需要培养教育,生活需要有稳定的经济来源,工作需要永不停息奋斗和学习等等。所以,作为子女理应学会体谅父母的压力和辛苦,学会自爱、自制、自立、自强,尽量避免给父母增添不必要的精神负担。

有时候,父母对孩子的期望很容易理想化,容易忽视孩子的个人兴趣、爱好和需要,以为目标定得高一点,孩子学习的动力就会大一点,殊不知压力过大就会变成阻力。当我们感觉父母的期望过高时,就应该主动与父母沟通,把自己的感受和困惑告诉父母,让父母了解自己的真实想法和实际能力,客观地评价期望目标的合理性和实施的可能性。通过与父母的沟通,调整目标,变爱的期望为前进的动力。

### 2. 真正理解父母的辛酸

当我们一个人逍遥自在地躺在校园的草坪上享受午后的阳光时,是否会想到在家辛苦劳累的父母此时在干什么?当我们随意挥霍钱财的时候,是否会想起父母正在为我们的生活费而精打细算?当我们沉浸在花前月下的时候,是否会想到父母那满脸的期盼?

理解父母的人,会经常给父母写信或打电话,及时汇报自己的每一次进步,进行感情沟通,让辛劳的父母感到安慰;不理解父母的人,会把自己和父母的情感仅仅维系在金钱上,父母成了他们名副其实的"衣食父母",什么时候缺钱了才会想起他们。有一个大学生,因为谈恋爱而花钱如流水。他本来很少跟家里联系,但在谈朋友之后却是催款信一封接一封。家乡人都说孩子懂事了,但他的父母却只能苦笑还之。有谁会相信,面对生活拮据的父母,儿子居然没有半句安慰,还大谈别人的老爸老妈如何大方。

中国自古讲求孝道,孔子言:"父母之年,不可不知也。一则以喜，一则以惧。"也就是说，父母的身体健康，儿女应时刻挂念在心。儿行千里母担忧！"谁言寸草心，报得三春晖？"父母的爱，是我们永远报答不完的，但我们可以为父母做些力所能及又实实在在的事，以此作为对父母亲情的点滴回报。比如：在父母生日的时候，送上自制的贺卡，或用自己的零花钱为父母在电台点首歌或亲自下厨为父母做点他们喜欢吃的东西；平日里，主动帮父母做点家务。还有，我们要牢牢记住一点：自己学习的进步和个人素养的提高永远是献给父母最珍贵的回报。

### （三）与父母分享快乐和忧伤

分享是沟通的前提，如果我们不将自己的感受与想法与家人进行分享，就容易产生误解，甚至冲突。一个人的快乐与人分享，就会变成两个人的快乐；一个人的痛苦与人倾诉，就会多一个人与你承担，痛苦也就减少了一半。

电视上曾有这样一个公益广告，主题是"别让你的父母孤独"。一位操劳大半生的母亲，周末辛辛苦苦地做了满桌子的菜，等来的却是一个个不能来吃饭的电话，不能回家的理由或充分，或牵强。最终，母亲还是独自吃了一顿无滋无味的饭。最让人心酸的镜头便是结尾处：在漆黑的夜里，空空荡荡的客厅中，母亲独自坐在沙发上，儿女送来的家庭影院早已没有了电视信号，只有那满屏的雪花点在暗夜里闪着幽幽的光……多么震撼人心的场景！

其实，父母的要求很简单——当他们有什么烦心事的时候，希望子女能够耐心地听他们唠叨；饭后希望有人给他们端杯热茶；阳光灿烂的时候希望有人陪他们出去散散心、晒晒太阳；子女成家了，希望他们经常回家看看……仅此而已。这些，比起他们为我们的付出又算得了什么呢？孝顺并非一定是物质和金钱的给予，一句话、一杯茶、一封信、一个电话，就足以让他们感动一生了。

我们对父母还有依赖，那是因为我们还小；父母对我们有了更多依恋，那是因为父母老了！在父母的有生之年，请珍惜与父母相处的每一段时光！"找点空闲，找点时间，领着孩子常回家看看，带上笑容,带上祝愿,陪同爱人常回家看看……老人不求儿女为家做多大贡献,一辈子不容易就图个团团圆圆……"

**(四)学习与父母沟通的技巧**

当我们与父母发生意见分歧时,对话比对抗更重要。没有父母不疼爱子女的,作为子女应该主动与父母沟通,了解父母的生日、父母的童年、父母的爱好,了解自己成长的历程,体会父母对子女的良苦用心。每天跟父母说说学校发生的事,也听听父母工作上的事,在沟通中积累情感,缩小代沟。

沟通绝对不是简简单单的一句话,沟通是一门艺术,是我们需要一生学习的艺术。这里,为了让大家和父母建立一个良好的沟通,我们提供一些建议:

(1)认清影响与父母沟通的原因,不要只顾抱怨父母不理解自己,而应从自身寻找原因,积极与父母交流沟通;

(2)尊重理解父母是有效沟通的关键和前提,只有体谅父母为自己成长所付出的辛劳,才能消除"逆反心理";

(3)与父母沟通要把握好时机,主动营造一个平和的氛围,避免谈判式的对立;

(4)虚心倾听父母的建议,付出积极的回应并落实在实际行动上;

(5)尊重理解父母不是无条件地盲从,要敢于坚持自己的正确意见。

血浓于水,父母是我们生命中最亲近的人,没什么问题解决不了的,只要我们用心去体会父母的辛酸和哀愁,多动脑筋选择时机主动与父母沟通,一切问题都会迎刃而解的。

## 三、相亲相爱的一家人

"我的家庭真可爱,美丽清洁又安详。姊妹兄弟很和气,父亲母亲都健康。虽然没有大花园,月季凤仙常飘香。虽然没有大厅堂,冬天温暖夏天凉。可爱的家庭啊,我不能离开你。你的恩惠比天长"——这首由台湾歌手蔡琴演绎的《我的家庭真可爱》,想必许多朋友都耳熟能详。它的旋律并不复杂,歌词也质朴无华,可它带给我们的却是对家庭炽热的情感。

有学者认为:"生活中最大的幸福和最深的满足,最强烈的感情和极度的内心平静,全都来自互亲互爱的家庭。"的确如此,家庭对我们每一个人来说都是极其重要的。从小在家庭中成长,品味着父母的关爱与兄弟姐妹的友爱;成年后,我们有了自己的小家庭,有了相伴一生的伴侣与亲爱的孩子……幸福的家庭永远是我们心中最温暖的港湾。

幸福应该是用爱搭建,用心经营的。家庭中,子女有子女的义务、父母有父母的责任,夫妇双方相互支撑,家和才能万事兴! 其实,在我们每一个人的心中,都会有一个相同的期盼:让爱驻我家! ——央视春节晚会上的这首歌是我们心中美好情愫的描绘,也是对幸福家庭的最好诠释:

> 我爱我的家,弟弟爸爸妈妈,
>
> 爱是不吵架,常常陪我玩耍;
>
> 我爱我的家,儿子女儿我的他,
>
> 爱就是忍耐家庭所有繁杂;
>
> 我爱我的家,儿子女儿我亲爱的她,
>
> 爱就是付出让家不缺乏;
>
> 我爱我的家,弟弟爸爸妈妈,
>
> 爱不是嫉妒弟弟有啥我有啥;
>
> 我爱我的家,儿子女儿我的他,
>
> 爱就是感谢不计任何代价;
>
> 我爱我的家,儿子女儿我亲爱的她,
>
> 爱就是珍惜时光年华;
>
> 让爱天天驻你家,让爱天天驻我家,
>
> 不分日夜秋冬春夏,全心全意爱我们的家;
>
> 让爱天天驻你家,让爱天天驻我家,

充满快乐拥有平安,让爱永远驻我们家。

**思考与练习**

1. 悉心体验:让学生把双肩背的书包挂在胸前,然后打扫教室卫生,体验母亲当年怀孕时的辛苦。用一分钟的时间仔细用心地凝望你的父母,说出你看到了什么。

2. 感动心灵:给父母写一封感谢信。

3. 温情回忆:说出家庭生活中一件能体现温馨的事,与同学们分享。

4. 小问题:你知道父母的生日吗? 给父母送过生日礼物吗? 了解父母的童年吗? 知道父母有哪些爱好吗? 每天与父母谈话的时间有多少? 你经常会因为什么问题与父母发生争执? 通常你会怎样解决?

5. 小测试:你对父母的关爱够不够?

下面所列项目,完全符合记 5 分,基本符合记 4 分,部分符合记 3 分,基本不符合记 2 分,完全不符合记 1 分。

(1) 记住父母的生日,并有所表达或表示。

(2) 在外时,经常给父母打电话,防止父母担心。

(3) 能积极主动地帮助父母做家务。

(4) 认真学习,让父母少操心。

(5) 经常与父母聊天或沟通。

(6) 能够体谅父母的唠叨,并不厌烦。

(7) 关心父母的身体状况或工作情况。

(8) 为父母做些事,例如帮他们捶背等。

(9) 有时间尽量多陪陪父母,例如陪父母下棋、陪母亲购物等。

(10) 与父母意见不一致时,能注意沟通方式,多从父母角度考虑问题。

如果你的得分在 40～50 分,说明你能较好地理解父母、挂念父母、体谅父母,希望你继续保持;

如果你的得分在 30～39 分,说明你已经注意到了对父母的关爱,但做得还不够好,需要更加努力;

如果你的得分在 20～29 分,说明你还不够关爱父母,需要加以改善;

如果你的得分在 19 分以下,说明你对父母理解不够、关心不够、体谅不够,需要去学习如何爱父母。

# 第二节　犹抱琵琶不再遮面
## ——大学时代的爱情

在当代著名的政治家中,希拉克的爱情可谓有口皆碑、难能可贵。希拉克在求学巴黎政治学院期间,他在上历史课时认识了一位漂亮姑娘,并爱上了她。她就是已经与希拉克相濡以沫48年的贝尔纳黛特·希拉克。当时,希拉克19岁,贝尔纳黛特18岁。两人恰当地对待和处理了已经发生的爱情,他们的大学生活并没有因为爱情的产生而带来不良影响。后来,希拉克以名列第一的优异成绩考取法国国家行政学院。这对于他来说是人生的转折点,因为在法国,许多知名的政治家都出自这所学校。随后,贝尔纳黛特也开始涉足政治。她的一举一动给了希拉克有力的支持,使希拉克获得了政治上的成功。生活中两人忠贞不渝,性格互补,成就了一段爱情佳话,他们的爱情堪称政治家爱情的典范。

## 一、无法回避的情感——爱情

### (一) 爱情的含义

爱情是人类的一种基本情感,是人类生活中一个古老而常新的论题。作为一个充满着浪漫和神秘色彩的命题,古往今来,没有人不向往和追求它。不同阶级以及不同道德观念的人们对爱情有着不同的理解,他们都对爱情作出了自己的解释。

两千多年前,古希腊思想家苏格拉底把人间的爱情解释为"天上爱神的赐予",恋爱者是被"爱神的箭射中",因此,恋爱者是不能驾驭爱情的。19世纪德国哲学家黑格尔认为:"爱情里确有一种高尚的品质。"柏拉图认为,爱情分肉体之爱和精神(心灵)之爱两种,肉体之爱是低级的、卑俗的，心灵之爱是高级的、高尚的、是真正的爱情。美国耶鲁大学心理学家斯坦伯格提出了爱情三元论的观点。他认为人类的爱情由三种成分组成：① 动机成分：虽然对人类来说，爱情的动机未必全是生理上的需求，但性驱力以及相应的诱因无疑是非常重要的。② 情绪成分：酸甜苦辣的爱情滋味。③ 认知成分：认知是一种控制因素，斟酌爱情的热度并予以调节。爱情就是由这三种成分彼此以不等量的混合所演绎的，它们三者缺一不可。

虽然他们对人类的爱情作了多方面的阐释，但这些阐释几乎都没有触及人类爱情的社会性。真正对人类的爱情从社会性角度进行科学阐述的是马克思主义的经典著作家恩格斯。他在系统分析和考察的基础上，指出"爱情是人们彼此间以相互倾慕为基础的关系"。

因此，所谓爱情，就是一对男女之间基于一定的客观物质条件和生活理想，在各自内心所形成的对对方的最真挚的仰慕之情和渴望对方成为自己终身伴侣的最强烈情感。

马克思说，真正的爱情是表现恋人对他的偶像采取含蓄、谦恭甚至羞涩的态度，而不是表现在随意流露热情的过早的亲昵。

苏霍姆林斯基说，如果没有崇高的社会目标将人们联结在一起，爱情就会变成地狱。

别林斯基说，爱情是生活中的诗歌和太阳。但如果要把幸福大厦仅仅建立在爱情之上，并在内心指望自己的一切意愿得到充分满足，他将是不幸的。

卡尔·罗杰斯说，爱是深深的理解和接受。

马斯洛说，爱的需要涉及给予爱和接受爱，我们必须懂得爱，必须能教会爱、创造爱和预测爱。

## （二）大学时代的爱情是健康而美好的情感

人类的爱情具有两种属性，即自然属性和社会属性。

爱情的自然属性就是性爱。人们发育到性成熟阶段，都会产生与异性相结合的要求，这种欲望是人与动物共有的自然本能。人类正是依赖这种本能繁衍后代，延续历史。从这种意义上来说，异性间的性爱具有生物学意义,合乎人的自然本性。人的这种自然本能和生理需要,是产生爱情的内动力,是爱情不可缺少的生理基础和自然前提。

大学生进入大学,一般来说,年龄大都在十八九岁,根据人的生理发育规律,这时已经进入性成熟阶段。产生与异性接触、交往甚至结合的欲望都是正常的生理需求。因此,大学生之间爱情的产生就是自然而然的事情,是一种健康的情感。

然而,人类爱情的更重要属性是它的社会属性。人对异性的要求不同于动物的要求,它不是以简单的自然方式而是以复杂的社会方式进行的,它受社会物质生活条件和社会伦理道德的制约。因此,人类的恋爱是性爱的人格化。爱情的社会属性净化了自然属性,使爱情发展成为理性的人类情感。

大学生是社会生活中特殊的人类群体,他们具有比一般人更高的学识水平和认知能力。大学生的学习生活历来被认为是象牙塔里的生活,他们的情感自然也被罩上了五彩的光环而备受注目,也令人向往。因此,大学生的爱情理应是一种以理性为基础的美好的情感。

## 二、当爱的来临不可避免时

复旦大学的《学生心情手册》中列举了判断爱情产生的九个标准:彼此接纳、欣赏渴望共处;不是单方面主动;在思想感受上体验亲密;彼此共享和分担;在一起时特别愉快;能为对方着想;有深刻的默契;有安全感和信任感;欣然接受对方成为自己生活、生命的一部分等。最近,一句调侃恋爱现象的俏皮话在大学生中流传:"大一按兵不动,大二蠢蠢欲动,大三全面出动,大四个个'反动'"。

由此我们发现,爱情已经开始贯穿于大学生活,成为大学生活的重要内容。大学生正处在知识体系和世界观形成的阶段,对爱情的理解也是五花八门,或出于好奇,或出于比附,或出于良好情感。如何理解爱情、树立正确健康的恋爱观,对每个大学生来说,都是具有深远意义的事情。

那么,怎样的爱情观才有利于身心健康和自身发展呢?

## (一) 爱情是权利和义务、责任和奉献的统一

爱的权利和义务是不可分割的。

人人都有爱的权利,忽视这一点就是泯灭人性。但是,如果只强调爱的权利,而不承担爱的责任,就会陷入非理性主义的泥潭。那种只图享受、不负责任的轻率行为理应受到指责。

一位教育家曾说:"爱情首先意味着对你爱惜的命运、前途承担责任。爱,首先意味着献给,把自己的精神力量献给爱侣,为她(他)缔造幸福。"这种爱的权利和责任的统一,是恋爱生活的基础。

## (二) 爱情地位的至高无上取代不了学业和事业的位置

匈牙利诗人裴多菲写道:"生命诚可贵,爱情价更高;若为自由故,二者皆可抛。"

爱情在人生中占有重要地位,没有爱情的人生是不完美的。但爱情不是人生的根本宗旨,更不是人生的全部。只为爱情而活着是苍白的,人生是不丰富的。人生的主宰应当是事业,只有伟大的事业对人生才具有决定意义。在青年人的心中应该有比爱情更重要的东西,即学习和事业。

在对待爱情和学业的关系上,大学生们普遍存在以下两种看法:

一种是认为爱情不会影响学业。持此观点者,大多数是热恋中的大学生和具有良好自我调节能力的大学生们。前者是因为刚刚接触到爱情,爱情对他们来说,是充满幻想、神圣、纯洁的,带有激情的,他们在热恋之中,正处在温柔之乡,不免要对自己学习的重视程度降低一点,也就所谓的没有什"大"的影响,即使他们发现有一点影响,也会认为没什么的,以后努力一点就过去了。后者是因为恋爱时间比较长,感情渐趋稳定,他们能恰当地处理爱情和学业的关系,使其各行其道,互不干扰。这样,学业与爱情就能得到健康的发展。

另一种就是爱情影响学习论。持此观点者一般是有过恋爱经历并且已经品尝了挫折和失败的苦果,或是单身的大学生。他们认为,人的精力是有限的,在一方面花费得多了,在另一方面就必然会减

少。爱情和学业本来就处在对立的两边,何况,爱情不是单单确定关系之后就不需要投入时间和感情了,相反,要想维持好彼此的感情,就要不断地投入,要精心地照顾,细心地呵护,爱情才能正常发展,才能充满旺盛的生命力。

看法归看法,重要的是怎样做。世界上没有绝对的好事,也没有绝对的坏事,处理得好,则万事大吉,处理得不好,则一败涂地。

爱情和学业都重要,但我们要看到重点中的重点。目前,我们大学生的身份仍然是学生,我们理应树立"学习为第一要务"的观点,我们要牢记:今天的学习不仅与未来的事业息息相关,也是将来爱情美满的基础。那种抛开学业谈恋爱的做法,不仅有碍成就事业,也难以获得幸福的爱情。那样做不仅是愚蠢的,也是可悲的。

因此,对于大学生而言,应该牢固树立在校期间学习重于爱情的观念,恰当地摆正情感的位置,把主要精力投入到学习和社会工作中,在实践中锻炼提高自己。

### (三)怎样使"两人世界"融入集体生活

爱情作为存在于文明社会两性之间的一种特殊情感,具有强烈的排他性的特点。排他性就是指抗拒他人对自己的恋爱对象予以任何性亲近的心理倾向。爱情所包含的特有的情感和义务,只能存在于恋爱的双方之间。尽管爱情之内也存在友谊,但是事实上,大多数的大学生还没有能力完全理性地处理好与集体的关系,往往容易陷入孤立的"两人世界"。

"两人世界"不仅在表面上游离于集体之外,更严重的是形成了"两人"和集体的隔阂,阻隔了他们之间的信息畅通,分割了集体的整体性,从个体的角度来说,也不利于"两人"的发展。

那么,在对待爱情生活和集体生活的关系时,怎样才是一种健康、科学的态度呢?

1. "两人世界"与班校集体

每个大学生都生活于几个特定的集体之中。在大学校园里,首先是班级和学院集体,然后是社区生活的集体。无论是哪个集体,都有明确的目标和要求。作为集体中的一员,每个人都有义务遵守集体的规则,按照集体的要求,为实现集体的目标而努力贡献个人的力量。

"两人世界"如果处理不好这种关系,往往独立行动,人为地拉大与集体的距离,破坏了集体的游戏规则,也使个体缺少了归属感,从而不利于自身的发展和进步。

2. "两人世界"与社会集体

每个大学生也生活在社会公共生活的大集体之中,社会自然有社会的运行规则和目标要求。尽管"两人世界"应该有属于自己的空间和理念,社会也保护其成员拥有这样的权利。但是,遵守共同的利益规则,信守一致的道德规范,拥有同样的社会荣辱观,是保证我们社会正常健康发展的必然要求。个体必须从属于整体,"两人"也必须从属于集体。

## 三、做理想爱情的智者

从生理学角度讲,大学生已经发育成熟,具备了产生爱情的条件。但是,从社会学的角度看,大学生在感情上还是一群懵懂的孩子,他们身上明显体现出身体发育成熟与心理发育滞后之间的矛盾,这些矛盾的存在必然导致其情感发展的曲折性。因此,大学生要驾驭自己的爱情,做理想爱情的智者,必须学会如何去爱。

### (一)学会如何去爱

1. 大学生要具备爱的能力

(1)爱需要有一定的经济条件。爱情是浪漫的,爱情是绚丽的,不管是花前月下还是休闲娱乐,爱情的培养和发展都需要一定的经济条件为基础。但是绝大部分大学生还是纯消费者,没有自己的经济收入,大学生自身的日常支出大多还依赖父母。在此情况下,如果再额外加上爱情的经济支出,无疑会大大加重父母的压力。这种做法在实际生活中说明了大学生还没有具备爱的能力,同时,也是大学生缺乏责任感的体现。

（2）爱需要心智成熟。大学生恋爱有着复杂多样的动机。一份调查报告显示：有41％的大学生认为谈恋爱是身心的需要。大学生正处在生理成熟但心理尚未成熟时期，对异性有着强烈的交往欲望，神秘的爱情充满着诱惑力。当机会出现时，即使自己的感觉还谈不上是爱，也会去尝试，有28％的学生认为恋爱是为了减少压抑和孤独。逃避痛苦是人的本能，在大学生活中，人际交往的障碍、业余时间的充足，又使他们产生了孤独感，在茫然和沮丧中希望通过恋爱来缓解压力、摆脱孤独；还有一些大学生喜欢跟着感觉走，一旦发现部分人在谈恋爱，就会因自己没有恋人而自卑。

也就是说，现代大学生的恋爱有很大一部分不是建立在心智成熟的基础上的，这样就势必给将来的爱情或婚姻造成一定的负面影响。因此，有一个成熟的心智是健康美好爱情的保证。

真正的爱情需要全面了解和认识对方，要判断对方是否具有良好的综合素质，是否具有积极向上的品格，是否跟自己志同道合并能相互促进。感情问题有时应该相信"顺其自然"和"水到渠成"之说，爱情是可以追求但绝不能强求的，我们应该具备正确的辨析和取舍能力。

爱情是甜蜜的、快乐的，但是爱情发展的过程并非都是一帆风顺的，所以，大学生要有足够的心理准备。失意之时，要学会自我心理调适，进行自我安慰，尽快从挫折中解脱出来，以轻松愉快的心态面对生活。

2. 大学生要把握爱的尺度

（1）要恰当地表达自己的爱。大学生受到年龄和人生阅历的限制，对恋爱问题还缺乏成熟、全面的认识，容易产生片面的看法。有些人认为既然恋爱了，就要两个人天天在一起，不必顾及在公共场所的言行；有人甚至认为，爱情就是两个人之间的事情，跟其他人没有任何关系，总是我行我素。尽管人们已经很宽容地看待大学校园里的爱情，但是，一些不文明的恋爱举动却让原本圣洁的爱情多少蒙上了一层阴影。

爱情是神圣而崇高的,是让人肃然起敬的感情。但是由于不少大学生缺乏这种意识,因此,常常在有意无意中采取简单、错误的方式去追求和对待爱情,甚至对对方缺乏最起码的尊重。马克思说,真正的爱情是表现恋人对他的偶像采取含蓄、谦恭甚至羞涩的态度,而不是表现在随意流露热情的过早的亲昵。

（2）爱需要保持适度距离。俗话说,"距离产生美",即使在最亲密的恋人之间也不例外。恋人总有在一起的渴望,这无可厚非。但作为单独的个体来说,人不能总是生活在与他人的亲密关系中,人要有自己独立的一面。只有两个人的独立个性都得到了发展,他们的结合才有稳固的基础和更大的发展。因此,那种整天形影不离的做法,不见得就是完美爱情的表现。而且,从审美的角度来讲,长时间、近距离的接触势必会产生"视觉疲劳",这也将对美好的恋情有所影响。不是有一句话叫"仆人眼里无伟人"么？靠得太近,情人眼里也没有完美之人。

当然,距离不仅仅是指生活中的现实距离,恋人之间保持适当的心理距离也是非常必要的。所谓心理距离是指恋爱双方应该主动给对方留出一片属于自己的交友空间,允许各自隐私的存在。爱情不是对对方的完全占有或者控制,如果连自己友谊存在的空间都不存在,那么,久而久之,爱情也将窒息而死。

要看清楚一件事、一个人,必然要保持一定的距离,这种距离其实就是一个度：太远,自然是"雾里看花"；太近,必然是"当局者迷",所以,要"不远不近"。

正所谓："若是两情久长时,又岂在朝朝暮暮？"

### （二）让爱情成为双飞的翅膀

爱情是一种奇妙的情感,就像一首歌曲里唱到的那样"相爱简单相处太难"。爱情是所有人际关系中最复杂、最微妙的关系。在恋爱中,我们要学会走进对方的内心,学会对自己、对对方都肩负起应有的责任,学会照顾自己和对方,学会倾听和理解对方,学会彼此包容和牺牲,学会相互鼓励和搀扶。

爱情有火一样的激情,也有水一样的柔情,有甜蜜也有痛苦,有快乐也有烦恼。想像中完美的和童话般的爱情并不是真正的爱情。爱情的过程就是一个促进各自成长的过程,健康的爱情总会促进双方的共同进步和发展。作家张小娴曾经这样评价爱情,"一份不好的爱情,让你为了一个人而放弃了整个世界,一份好的爱情却是通过一个人,让你看到整个世界。"

真正的爱情不是限制对方自由发展的桎梏,而应该成为相互促进、共同发展的源动力。爱情在促使双方心理不断成熟的同时,也应该使各自在自己专业领域得到进一步发展。古语说得好:"比翼鸟飞鹏程路,连理枝开幸福花。"这是人们对美好爱情的祝愿,也是对健康爱情作用和本质的解读。大学生应该使自己的爱情成为促进双方共同进步和发展的翅膀。

**思考与练习**

1. 讨论:

(1) 我们只要爱,有了爱,就有了一切;爱情是至高无上的,所以,我总是把爱情放在第一位。对此你有何看法。

(2) 有人说,大学生的爱情消费成就了大学校园周边的商业圈。你是否赞同这种观点? 请结合你身边的实际情况阐述。

(3) 你怎样看待那些发生在大学校园里自己身边的恋人之间的亲昵举动?

(4) 怎样的言行举止才是校园里的爱的恰当表达?

(5) 假如你失恋了,你将如何面对对方? 你将会做怎样的调适?

(6) 你如果正在经历爱情,你认为自己在学业和爱情之间精力分配是否恰当? 你是否做到了兼顾二者?

(7) 法国总统希拉克的爱情故事给了你怎样的启发?

2. 思考:请结合前文"做理想爱情的智者"中关于调查报告的分类,思考你恋爱的原因属于哪一种类型?

3. 小游戏:

如果你已经恋爱了,那么请你列举一份当月的"爱情消费账单",内容包括:通话费(手机、座机等)、伙食费、休闲娱乐费(旅游、外出、K歌等)、节日馈赠费(情人节、圣诞节、生日等)等。

请再列举一份当月的实际总支出账单。

然后把两份账单合计,就可以发现自己每月、每年、大学期间向父母转嫁了多大的经济压力。你的感受如何?

4. 自我测试题:

(1) 真正的爱情是当两个人面临生死考验时,双方总是毫不犹豫地把生的希望留给对方,把死的危险留给自己,就像《泰坦尼克号》中描述的一样。其实,生活中我们遇到更多的是现实的考验:如果你现在的角色是需要你立刻去完成一件事情,但是,恰好你恋爱的对方也需要你马上去做好另外一件事情,你会做怎样的选择?

(2) 恋爱观的心理测试:

① 你想像中的爱情是:

A. 具有令人神往的浪漫色彩　　B. 能满足自己的情欲

C. 使人振奋向上　　　　　　　D. 没想过

② 你希望同你恋人的结识是这样开始的:

A. 在工作和学习中逐渐产生感情

B. 青梅竹马

C. 一见钟情,难舍难分

D. 随便

③ 你对未来妻子的主要要求是:

A. 别人都称赞她的美貌　　　　B. 善于理家

C. 顺从你的意见　　　　　　　D. 能在多方面帮助自己

④ 你对未来丈夫的主要要求是:

A. 有钱或有地位　　　　　　　B. 为人正直,有上进心

C. 不嗜烟酒,体贴自己　　　　D. 英俊,有风度

⑤ 你认为完美的结合应该是:

A. 门当户对　　　　　　　　　B. 郎才女貌

C. 心心相印　　　　　　　　　　D. 情意相投

⑥ 你认为巩固爱情的最好途径是:

A. 满足对方的物质要求　　　　　B. 用甜言蜜语讨好对方

C. 对爱人言听计从　　　　　　　D. 努力使自己变得更完美

⑦ 在下列爱情格言中,你最喜欢的是:

A. 生命诚可贵,爱情价更高

B. 爱情的意义在于帮助对方提高,同时也提高自己

C. 有福同享,有难同当

D. 为了爱,我什么都愿干

⑧ 你希望恋人同你在兴趣爱好上:

A. 完全一致　　　　　　　　　　B. 虽不一致,但能互相照应

C. 服从自己的兴趣　　　　　　　D. 互不干涉

⑨ 你对恋爱中的意外曲折的看法是:

A. 最好不要出现　　　　　　　　B. 自认倒霉

C. 想办法分手　　　　　　　　　D. 把它作为对爱情的考验

⑩ 当你发现恋人缺点时,你的态度是:

A. 无所谓　　　　　　　　　　　B. 嫌弃对方

C. 内心十分痛苦　　　　　　　　D. 帮助对方改进

⑪ 你对家庭的看法是:

A. 能同爱人天天在一起　　　　　B. 人生有了归宿

C. 能享受天伦之乐　　　　　　　D. 激发对生活的追求

⑫ 有异性朋友时,你是:

A. 告诉恋人,并在对方同意下继续同异性朋友交往

B. 让对方知道,但决不允许对方干涉自己

C. 不告诉对方,因为这是自己的权利

D. 可以告诉,也可以不告诉,要看恋人的气量和态度

⑬ 看到一位比恋人条件更好的异性对自己有好感时,你是:

A. 讨好对方

B. 保持友谊,但在必要时向对方说明真实情况

C. 十分冷淡

D. 听之任之

⑭ 当你迟迟找不到理想的恋人时,你是:

A. 反省自己的择偶标准是否切合实际

B. 一如既往

C. 心灰意冷,对婚姻问题感到绝望

D. 随便找一个算了

⑮ 当你所爱的人不爱你时,你是:

A. 愉快地同对方分手　　　B. 毁坏对方的名誉

C. 千方百计地缠住对方　　D. 不知所措

⑯ 当你的恋人对你不道德地变心时:

A. 采取你不仁、我不义的报复手段

B. 到处诉说对方的不是

C. 只当自己瞎了眼

D. 从中吸取择偶交友的教训

⑰ 当你发现自己所爱的人已有恋人时,你是:

A. 更加热烈地求爱

B. 用一切手段拆散对方的关系

C. 若对方为确定关系,就进行合理的竞争

D. 不管对方是否确定关系,自己都主动退出"情场"

⑱ 你认为理想的婚礼是:

A. 能留下美好而有意义的回忆　　B. 讲排场,为别人所羡慕

C. 亲朋满座,热闹非凡　　D. 双方父母满意

(本问卷摘自胡克培主编:《思想道德修养和法律职业道德》,华

东理工大学出版社版)

# 第三节 爱 的 升 华

穷困大学生徐本禹没想过自己会当选"感动中国人物",他来北京之前甚至不清楚有这个评选。"我只知道让我来参加一个晚会。"为此,他还专门跟贵州省大方县(他支教的地方)县长学了一首山歌。面容黝黑的徐本禹告诉记者,他没有想过要"感动中国","(获奖)像做梦一样,我就是平平常常一个人,做了一件平平常常的事儿。"

2004 年 7 月 11 日,一篇题为《两所乡村小学和一个支教者》的帖子出现在因特网的"天涯论坛"上,内容是关于一个学生到西部农村支教。后来几个月间,几十万人点击了它,几千人跟帖,还惊动了一位省委书记,改变了几百名孩子的命运。这个支教者就是徐本禹。

当初奔赴大方县猫场镇狗吊岩村为民小学,22 岁的徐本禹只为"喜欢教那些孩子",为此他放弃了读研究生的机会。

天涯论坛上有人发回帖说:"徐本禹应该改名,叫汝本愚。"意思是说,徐本禹你这么做很蠢啊!国家培养一个本科生的成本需要4.5万元,这还不包括学生家庭的投资。回报社会应该有很多方式,可是你徐本禹却选择了性价比最低的方式,完全不符合经济学的原理!

而徐本禹说:"有的人一辈子收获不了一滴眼泪,可这个暑假,我几乎每天都被感动包围着。"正因为感动,徐本禹去了,正因为徐本禹去了,大方县的为民小学和大石小学变了。

徐本禹曾经回到母校华中农业大学作报告。谁也没料到,他在台上讲的第一句话是:"我很孤独,很寂寞,内心十分痛苦,有几次在深夜醒来,泪水打湿了枕头,我坚持不住了⋯⋯"本以为会听到豪言壮语的许多学生眼泪夺眶而出。

在得到很多支持和资助后,徐本禹仍然是那个记着"我娘讲的道理:当别人需要帮助的时候,伸出你的手"的山东农村小伙子。他会哭,会笑,会痛苦,也像许多男生一样为失恋而烦恼。徐本禹说,一根火柴本来只是为了能发出自己的一点亮光,但它点燃了整个天空,可火柴还是那根火柴。

徐本禹,一个朴实的大学生从繁华的城市走进大山深处,用自己稚嫩的肩膀,扛住了倾颓的教室,扛住了贫穷和孤独,扛起了本来不属于他的责任。

大学四年,徐本禹用奖学金和生活补助资助了五名大中学生,他说:"我感觉我做这件事情,我从内心里得到一种快乐,看到这边的孩子,那种没有钱读书的孩子,开始有了钱可以读书了,而且教室的环境慢慢得到改善,是我感到快乐的原因。这是我无形中的财富,是我永远可以珍藏的。我希望自己像根火柴,点燃千千万万人的爱心……"

## 一、广义的爱

正如歌词中所唱到的:"爱是人类最美丽的语言,爱是正大无私的奉献……"爱有着广阔的含义,爱包括亲情、友情和爱情,爱是爱家人、爱生命、爱社会、爱自然、爱我们生存的地球、爱生活中一切真、善、美的人和事。

爱是一种美好的心灵,是付出,是给予,是奉献。真正的爱是对人生真实的感知觉悟,是自我天性正面积极的弘扬,是造福社会的理念,是生命对美好事物的找寻、感动和喜悦,及在此基础上的成全和祝福、困难和磨炼。

一个人最大的不幸,不是得不到别人的"恩"和"爱",而是得到了却漠然视之。因为一个不懂得感激的人,只会把别人的给予当作理所当然,只会一味索取。而只会索取、不知回报的人,对家庭是一种不幸,对社会、对国家而言也是一个没有价值的人。

"老吾老以及人之老,幼吾幼以及人之幼。"尊老爱幼,是中华民族的传统美德。父母儿女亲情,是人类最原始最本能的情感,是一个人善心、爱心和良心形成的基础情感,也是大学生各种品德形成的基本前提。

对于大学生来说,感恩之情并不是简单地回报父母的养育之恩,它更是一种责任意识、自立意识、自尊意识和追求一种人生成就的精神境界。

## 二、爱的多元组曲

### 1. 对老师朋友同学的爱

教师对学生的爱是一种博大的爱,只有源源不断地给予,没有回报,没有索取。"没有爱就没有教育",教师是爱的使者,教师对学生的爱是尊重、理解、信任、赏识、宽容和鼓励。一个微笑,一句称赞,一个亲切的动作,便能温暖学生的心扉,成为学生永久的回忆和前进的动力。

我们应该感谢我们的老师,他们为我们的成长呕心沥血,他们赐予我们知识和智慧,教会我们如何学习,引导我们如何做人。没有他们,我们什么都不是。古人有"一日为师,终身为父"之说,自己的每一次进步和成功都离不开老师的辛勤耕耘。

我们也应该感谢身边的朋友。孔子曰:"有朋自远方来,不亦乐乎。"李白也有诗道:"桃花潭水深千尺,不及汪伦送我情。"在你取得任何成绩时,除了父母为你自豪以外,另一个为你高兴的就应该是朋友了。每个人都是平等的,要获得别人的关心和帮助,首先要学会关爱他人。"投之以桃,报之以李。"一个懂得关照他人的人,才能得到更多人的关照,才能获得更多的机会,取得更大的成功。是朋友给我们安慰和鼓励,是朋友赐予我们欢乐。用欣赏的目光看待朋友的优点,用赞美与微笑缩短与朋友之间的距离。朋友,是我们一生的财富!

### 2. 对集体学校的爱

大学是知识的海洋,它给了我们无比广阔的空间和宽阔的视野,为我们创造了无数的机会。我们在这里体会着人生的成功与失败,接受着思想的洗礼,学会了独立思考和理性分析,学会了用积极的眼光和心态去看待周围的人和事,学会了一分为二地看待问题……我们应该感谢我们的学校,是它为我们提供了锻炼的舞台,让我们自由地发挥,自由地成长;是它为我们创造了避风的港湾,我们可以无忧无虑地思考、学习。

我们也应该感谢我们的集体。雷锋曾经在他的日记中写道:"一滴水只有放进大海里才能永远不干,一个人只有当他把自己和集体融合一起的时候才能有力量。"俗话说:"大河涨水小河满;大河无水小河干。"只有集体利益得到了保证,个人利益才能够得到满足。林则徐有一句震撼人心的千古绝唱:"苟利国家生死以,岂因祸福避趋之。"只要是对国家、对集体有益的事,我们是不能因为个人的好恶、个人的利害而逃避的。感激生活的集体,是它让我们懂得了风雨同行、同舟共济、同甘苦共患难的道理,让我们具有了爱心、信心、耐心、责任心,学会了理解、宽容、团结与协作。

### 3. 对生活的爱

有人常说:"生活抛弃了我!"可是,幸福的人儿明白,在这个世界上,没有人必须为我们做什么,我们的生存并不是自己的成就。无论是父母的养育之情,师长的关切之爱,还是朋友的嘘寒问暖,或是陌生人的帮助,都是生活中应该感激的点点滴滴。幸福的人儿明白,面对挫折与不顺,我们应该换一个心态去看待,把它当成前进的动力。没有对生活的爱,又怎能感受到幸福呢?

高尔基是前苏联的一位伟大文学家,一次,他在一个孤岛上养病,他的儿子来看他。临走时,在父亲住的房子周围撒下了许多花种。春天来了,鲜花开放了,高尔基的病也好了。他十分兴奋,给儿子写了一封信,信中说:

你走了,可是你种的花却开放了。我望着它们心里想:我的好儿子在岛上留下了一种美好的东西——鲜花。要是你不管在什么时候、什么地方,留给人们的都是美好的东西,那将成为你非常美好的回忆,那你的生活该是多么愉快呀!

这个故事告诉我们,播种爱的人是幸福的,因为他给别人带来了快乐,自己也收获了幸福!

歌手丛飞永远地离开了,但是我们依然饱含敬意地向他喝彩!他是一名实力歌手,每场演出都收入不菲,但家里一贫如洗。他有自己的亲生女儿,却承担起183名贫困孩子的"爸爸"。1994年,丛飞在四川参加一场慈善义演,望着台下辍学孩子那一张张稚气的小脸,丛飞将身上的2 400元钱全部投进了捐款箱。从此,他把自己的所有都给了那些需要帮助的孩子,没有丝毫保留,甚至不惜向生命借贷。年仅37岁的丛飞生前最后的遗嘱就是捐献眼角膜,2006年4月20日,他的眼角膜使四位眼疾患者成功地接受了手术,重新看见了光明。"只要你快乐,只要你幸福,只要你圆上好梦,我就不辛苦。只要你开心,只要你如意,只要你回头一笑,我就很知足。"这是丛飞生前最爱唱的一首歌,他用青春和爱心谱写了一曲无私奉献的动人乐章!这种奉献精神一直延续到他生命的终点!我们要学习丛飞正确认识世界、正确认识社会、正确认识人生的丰富精神内涵,他的高尚朴实反映了社会主义新时期主流的世界观、人生观和价值观,是社会主义荣辱观的杰出实践者。

我们今天所拥有的一切,都是党领导人民艰苦奋斗得来的,应该倍加珍惜,应该以感恩的心态面对生活,应该热爱生活、欣赏生活。少一份抱怨,就会多一份幸福,否则就会导致"身在福中不知福"。多一份奉献,少一份索取,才会丰富人生价值的意义;应该多一份责任,多一些理解和包容,我们的生活才会更加和谐幸福!

### 4. 对国家和社会的爱

我们每一个人都不是独立的个体,作为一个社会人,都在不知不觉中接受着别人的恩惠和帮助,享受着国家和社会为我们提供的一切便利,同时,也应该承担起建设祖国的责任和义务,为中华之崛起而发奋读书。

青藏铁路,全程1142公里。它是世界上海拔最高的铁路,是世界上穿越冻土里程最长的铁路,它架起了世界最长的高原铁路桥,克服了高原筑路的三大难题,同时,融入了绿色环保和人文设计理念,实现了西藏"铁路、公路、航空"立体化交通的梦想，被国际社会誉为"可与长城媲美的伟大工程"。当汽笛声穿过唐古拉山口的时候，我们深深地被青藏铁路建设者的惊人智慧和坚强意志所折服！没有这些地球之巅的勇者，也就没有这条世界上最雄伟的铁路！

2005 年 10 月 12 日至 17 日，费俊龙、聂海胜驾驶"神舟六号"出征苍穹。美国国际空间站华裔科学家李杰信说，从他们打开返回舱门、飘进轨道舱的一刹那，中国就已经成为太空俱乐部的一等会员，"这是令每一个中国人骄傲的事情！"这是可爱的中国航天人以前所未有的高度，向世界见证了中国的实力！

2005 年 12 月 10 日，上海洋山深水港成功开港，中国人用自己的胆识和智慧缔造了又一个世界奇迹，奠定了上海国际航运中心的重要地位。洋山港建设者们以他们不辱使命的负责精神，勇挑重担的拼搏精神，保持本色的奉献精神，求真务实的科学精神，团结协作的大局精神，向世界诠释了一个真理：中国人是永远不甘落后的！我们不禁深深地为这种精神所感动，为洋山深水港的宏伟规模所自豪。作为新时期的大学生，也应该使自己成为祖国建设的强者，用自己的青春和热情奏起时代的最强音！

一个人的心有多大，他的世界就有多宽广。大学生是祖国的未来和希望，应该具有博大的胸怀，坚定的意志。应该懂得回报和感恩，懂得勇于承担责任。更应该了解国情、民情，了解人民之所需，到国家和人民最需要的地方去，到最艰苦的地方去。新时期大学生的爱国方式有两种，一种是正面积极的爱国，就是努力学习知识，掌握本领，承担起建设祖国的重任，为国家创造财富。另一种是狭义的爱国，就是规范个人行为，从完善自我做起，为国家节省财富，以此来体现对国家和社会的热爱。赠人玫瑰，手留余香。一个经常怀着感恩之心的人，心地坦荡，胸怀宽阔，会自觉自愿地给人帮助，助人为乐。人与人、人与自然界的生命都是相互依存的。因此，当我们期盼美好和谐的社会生活时，首先应该树立感恩之心，有了感恩之心，才会做出感恩的行动，并因此形成一种良好的社会生态循环。

### 5. 对环境和大自然的爱

蓝天给我们以自由遐想,大海给我们以深沉宁静,草原给我们以辽阔邈远,高山给我们以坚毅勇敢。当这些美好的品格汇聚成人类的至尊至美的时候,我们还有什么理由不对大自然心存感激呢?

我们赤条条地来到这个世界,就在理所应当地享受着大自然的甘泉,接受它的庇护,又在不经意间破坏它的面容。大自然给予我们的恩赐太多,离开了它谁也活不下去,这是最简单的道理。感恩太阳,那是对温暖的领悟;感恩蓝天,那是对幽蓝纯净的认可;感恩草原,那是对"野火烧不尽,春风吹又生"的折服;感恩大海,那是对兼容并蓄的倾听。自然就好比我们伟大的母亲,从来只知道奉献,而不求索取。但是,资源是会枯竭的,环境会被破坏的,如果我们不能像对父母亲人那样呵护我们赖以生存的空间的话,地球将会变成什么颜色呢?

胡锦涛总书记前不久提出"树立社会主义荣辱观"——要以热爱祖国、服务人民、崇尚科学、辛勤劳动、团结互助、诚实守信、遵纪守法、艰苦奋斗为荣,反之为耻。于是,"艰苦奋斗"再度被提起。可是,新时期的艰苦奋斗并非让我们都去啃窝窝头,而是赋予了艰苦奋斗新的内涵,那就是为了人类的可持续发展,从现在做起,从自身做起,节约资源,保护环境,爱护人类生存的空间等等。

懂得博爱与感恩,是一种心态,一种品德,一种处世之道,一种不可磨灭的良知,更是做人的最高境界,也是大学生应该具有的基本素质。从成长的角度来看,心理学家们普遍认同这样一个规律:心的改变,态度就跟着改变;态度的改变,习惯就跟着改变;习惯的改变,性格就跟着改变;性格的改变,人生就跟着改变。愿感恩的心改变我们的态度,愿诚恳的态度带动我们的习惯,愿良好的习惯升华我们的性格,愿健康的性格收获我们美丽的人生!

"感谢明月照亮了夜空,感谢朝霞捧出了黎明,感谢春光融化了冰雪,感谢大地哺育了生灵。感谢母亲赐予我生命,感谢生活赠友谊爱情,感谢苍穹藏理想幻梦,感谢时光常留永恒公正……感谢这一切一切的所有。"让爱的情怀和感恩的心灵伴随着孙悦的这首《感谢你》永远流淌在我们的心中!

**思考与练习**

    1. 结合自己的成长经历,谈谈学校在个人发展中的影响。

    2. 谈谈对自己人格发展影响最深的一条座右铭。

第七章

参与社会活动

大学时代是人生最宝贵的一段时期，它灿烂如春日的鲜花，热烈如夏日的艳阳，收获如秋日的果实。一届届的新生带着沉甸甸的希望，展开未丰的羽翼，抱着美好的向往，步入大学的殿堂。可是每个人是否思考过，大学究竟该如何度过呢？大学是人的一生中最为关键的阶段。这不仅因为，我们终于不用面对高考的压力，可以轻松地追逐理想、兴趣；离开父母的庇护，独立参与团体和社会生活；还在于我们不再只是单纯地学习或背诵书本上的理论知识，有机会在学习理论的同时亲身实践。从入学的第一天起，我们就应当对大学四年有一个正确的认识和规划，其中的含义不仅仅是掌握专业的知识，还要在大学中通过参与各种社会活动培养自己的综合素质。在国外的大学里，那些日后大有作为的人往往在学校里会积极参与社会活动和体育运动，因为这样做不仅能增长才干、提升人生境界，更会为自己赢得广泛的支持和欣赏，赢得友谊和影响力，而这一切在择业以及工作后都将一步步印证出它们的重要性来。

# 第一节　了解社会活动

　　钱伟长是我国著名的科学家、教育家。1912 年钱伟长出生在江南乡间的一个书香门第家庭。国家的贫穷,社会的动荡,旧的教育体制的制约,生活的艰辛,使得钱伟长形成了柔弱无力的体格。1931年考入清华大学时他的身高只有 1.49 米,是清华历史上第一个身高不达标的学生。体重太轻,肺活量不足,篮球投不进篮筐,跑 200 多米都感到非常的吃力。钱伟长在清华大学马约翰教授的教诲和激励下刻苦锻炼。他参加了校长跑队等运动项目的训练,使他的体格和体能都得到了长足的提高。更重要的是通过体育运动锻炼了意志,培养了其"自强不息,不怕困难,奋勇拼搏"的精神。几十年后他仍然记得马老的教导:"要重视锻炼,不要退缩,退缩救不了国,没有健康体格,科学也是学不好的。""体育运动不仅锻炼体力,更重要的是锻炼意志,要带着脑袋锻炼,正视自己的缺点,不断努力克服缺点,就战胜了自己得到进步,每个人也都有特点,发挥所长就提高了成绩,不论做什么工作,都要遵循这个原则,就是'自强不息'。要记住'不息',一辈子都要克服自己的缺点,坚持战胜自我就能成功。"

　　在回忆参加体育锻炼时钱老肯定地说:"不仅使我得到身体健康和体育竞技的锻炼,更重要的是使我得到耐力、冲刺、夺取胜利的意志的锻炼。这对我一生在工作上能闯过不幸的困苦年代,能承受压力克服种种艰辛而不失争取胜利的信念和斗志,创造了有力的保证条件。"

　　摘自平越等:《钱伟长体育思想初探》,载《体育文化导刊》2003年 7 月


　　经过高考的洗礼,新生们成为了高考中的幸运儿,步入了向往已久的大学殿堂。我们沉浸在对大学生活、对美好未来的憧憬之中,同

时也感受到大学生活的五颜六色和丰富多彩,大学的一切都是新鲜的,绚烂是大学生活的真实写照。的确,与刚刚经过的"黑色"高考不同,在大学中,内涵不同的课程学习,风格迥异的授课老师,色彩缤纷的文化活动,各不相同的社团类型,主题鲜明的实践活动,充满竞争的体育比赛,服务他人的志愿者活动,都给人带来不一样的感受,每一位同学都可以在自由的天地中淋漓尽致地发展自己的爱好,展示自己的魅力。

我们在大学中不仅学习知识,还要培养能力。一名大学生所吸收的知识量、所涉及的知识范围,是远远大于高中生的。这里的知识,不仅包括课堂讲授的和教科书的知识,而且还包括课外诸多层次的知识,例如人文知识、领导才能、组织方式、处事技巧等。学习这些知识所用的时间并不亚于课堂学习,它对大学生的意义也不亚于课堂学习。与课外诸多层次的知识学习相对应的,则是多层次的能力培养。能力的培养是现代社会对大学教育提出的一个重大任务。知识再多,不会运用,也只能是一个知识库"书呆子"。由于一些大学生存在高分低能的现象,使得大学生能力的培养成为高等教育中十分重要的问题。获取知识和培养能力是人才成长的两个基本方面,广博的知识积累是培养和发挥能力的基础,而良好的能力又可以促进知识的掌握。要想学有所成,将来在工作中有所发明、有所创造,对社会的进步有所贡献,就必须注意各种能力的培养,如科学研究能力、发明创造能力、捕捉信息的能力、组织管理的能力、社会活动的能力、沟通交流的能力、语言文字的表达能力等等。大学教育从某种意义上讲,正是培养有知识、有能力的高科技人才的重要环节。这就要求我们在校学习期间,必须在全面掌握专业知识和其他有关知识的基础上,加强多种技能的培养和智力的开发,在学习书本知识的过程中注重参与社会活动,使个人全方面能力得到卓越发展。

## 一、社会活动的重要性

社会活动作为大学四年生活中不可或缺的组成部分,恰恰是培养能力的重要载体。大学生要广泛地参与到各种社会活动中去,锻炼自己,通过参与社会活动,获得各方面能力的增长。参与社会活动对于大学生成长、成才而言,具有重要的意义。

(1) 参与社会活动,在实现大学生社会化的同时,还强化了学生的社会责任意识。在现实生活中,社会化是一个过程,是个人走向群体,进入社会,理解和认同社会规范和制度,逐渐承担越来越重要的社会责任,从而成为合格社会成员的过程。但是很多大学生,初入大学时还没有摆脱原来的依赖父母、一切包办的心理,不习惯个人的逐渐独立,对待大学中很多事务无从下手,如很多同学不习惯、不知道如何处理日常生活中的衣食住行,协调与老师、同学之间的关系,对于自身将要承担的社会责任更加无从谈起。作为接受高等教育的人才,应该充分理解个人的社会使命。而成功的社会活动经历对强化学生的社会责任感和养成宽容大度、善于合作的人格是很有帮助的。学生通过参与社会活动走出校门,深入社区,利用所学的专业知识,在服务社会的过程中接触社会,了解社会,增强了社会适应能力,大大加速了自身的社会化进程,也提高了学生对环境的主动调适能力。由于大学生社会活动不仅具有思想性、趣味性、娱乐性和实践性等特点,还具有相当的社会性,广大学生通过融入各种社会活动当中,在与社会的接触中锻炼自我,促进了自身的社会化进程,明确了自身的社会责任。

(2) 参与社会活动,还有助于大学生提高自身素质,为将来更好地适应社会奠定基础。通过参加社会活动,同学们学到了很多课堂上学不到的知识,提高了社会实践和社会交往能力,增进了对社会的了解,角色意识和社会责任感得到加强,更开阔了视野,增强了才干,促进了自身的全面发展。郑州轻工业学院曾对已经走上工作岗位的毕业生开展过调查,在对工作环境的适应方面,原先参加过社团活动的 80% 以上的同学表示能够及时适应;而从未参加过活动的学生,80% 的同学选择都是很难适应或很长时间才能适应。其中一个重要的原因就在于:社团活动的积极分子在学习书本知识的同时,并不局限于书本知识,他们舍得分一些时间和精力用于参与社会活动,在实践中获取生动的知识,与不同的人群交往,扩大活动的半径,走出校门到更远的地方去了解和观察世界,也因而具有专业书本上学不到的知识和本领。在日后的职场竞争和创业竞争中,就有足够的能力去适应环境。能从容应对各种意想不到的挑战,见多识广,富于独创精神,自然就多了成功的机会,快速适应也就毫不为怪了。

(3)参与社会活动,还有助于促进良好人际关系的形成。由于种种原因,很多大学生进校之后,不知道如何与陌生的老师、同学相处。同时伴随学分制和选课制发生的还有同学不同班,班集体的观念相对弱化的现象。一些大学新生入校后,想和别人交往,却又不知道该怎样交往。看似孤单,但是渴望交往其实是当代大学新生真实的写照。刚进校的大学新生正处于青春期,有着强烈的自尊、认同和归属的需要,但因为他们个个都很有个性,表面看起来热情开朗,其实往往自我封闭,不喜欢向别人敞开心扉。从心理学的角度讲,大学新生普遍处在第二次断乳——"心理断乳期",在心理上脱离父母,寻求独立。在这个阶段,同伴关系是青少年生活中的重要方面,几乎每个青年人,哪怕他再孤独,也总不免有些知心要好的伙伴,而且,也几乎没有哪个青年人不想有自己要好的知心伙伴。通过参与社会活动,在共同爱好和目标的引导下,"零距离"的交往,新生和老生可以敞开心扉,新生和新生之间可以消除陌生感,同学和老师之间可以共同交流,增进交流和理解,满足同学之间人际需求,促进和谐校园环境的形成。

## 二、社会活动的参与方式

社会活动是一种"活的教育",它可以培养我们服务的热诚,让我们在参与服务中成长,并促进自我了解和肯定、丰富自我的生活。在参与社会活动的过程中,我们应该以积极的精神、热诚服务的态度,达到成长的目的。我们可以从社会活动中,获得许多知识来源与领导能力训练,学会求知,学会做事,学会相处,学会成长,所获得的远比从教师教学中得到的更多。身心的调适和品德的涵养，都可以由社会活动来激发。

在实际生活中，我们不难发现，进入大学之初，每位同学的能力相差不大。但是经过四年的大学生活，彼此之间的差别却越来越大。一些学生经过大学四年的学习，能力离市场需求有差距，书本上的知识离实际操作有差距。所以，毕业的学长们会真诚地对学弟学妹建议，在大学勤奋学习的同时，最好还能够有工作的经验，如在学生会或者社团的经历，以及在班内从事的工作，哪怕你只是个小干事，或者只是个班级的信箱管理员，也会有更多的交流机会和经验教训，也才能有益于今后的社会生活。

社团是参与社会活动的方式之一。其实，高校学生社团发展至今已经有着超过百年的历史。我国第一个严格意义的高等学校的学生社团是1904年的京师大学堂抗俄铁血会，当时的青年学生通过集会、演讲、办报、发传单等方式抗议日本、俄国在我国东北地区发动战争。1919年"五四"前后，一大批现代意义的社团风起云涌，这是"五四"新文化和民主爱国运动的直接产物。他们广泛开展活动，出版刊物，进行宣传，对当时爱国民主运动的深入开展起到了积极的作用，同时也反映了那个时代青年们的生动活动的思想面貌。今天，社团仍然是青年人热衷参与的组织之一。上海市团市委日前对上海市青年的社会参与问题所作的调查显示：青年人普遍认为参加社团不仅可以得到工作、学习之余的放松，还可以结交朋友、展示才华、交流提高。青年人在社团活动中得到的满足感和快乐是参与的动力。超过八成的青年认为"社团组织是青年参与社会的重要途径"，而且业余社团举办的活动成为青年们除去学习、工作考虑之外，最愿意参加的活动。

在北京大学，每年新生入校的时候也就是一百多个学生社团集体行动的时候，铺天盖地的招新广告和花样翻新的促销手段让每一位新生眼花缭乱，北大人形象地称其为"百团大战"。学生社团是北大校园文化中最引人注目的部分，社团之多，活动之频繁，品位层次之高，涵盖领域之广，在中国高校内首屈一指。在众多社团中，山鹰社最大也最有名。它的训练很艰苦，不仅需要很好的体能，还需要很好的毅力。但是因为每年山鹰社都有一次攀登雪山的活动，并曾成功攀登上世界第六高峰卓奥友峰，因此，对许多学生还是有很大的吸引力，目前它的注册人员已超过2000人。学生们说："每周都会出去活动，一些老的队员特别照顾新的队员。比如他会帮你背很多东西，他会教你怎么装包，在山上的时候如果你有问题，他们会主动地帮助你，集体的力量，感觉特别好。""存鹰之心于高远，取鹰之志而凌云，习鹰之性以涉险，融鹰之神在山巅。"在十年的时间里，山鹰社渐渐形成了自己独特的社团文化，每一个参与者从纵横深广各个方面编织自己全新的知识结构和意志结构。

每年新生进校，很快就会被校园里到处张贴的招新启示和满天飞的传单吸引眼球，但是，千万别急着报名，沉住气，找到自己感兴趣的社团，先看看它的性质、以前组织的活动，再找师哥师姐聊聊，看该社团的口碑如何，最后还要看它的会费是否合理。如果上述方面你都能满意，那就报名参加一个喜欢的社团吧。在社团中，我们会结识到一群志同道合的好朋友，而且，还能把自己的想法通过社团付诸实践，充分锻炼个人的组织、领导等多种才能。

走进企业或单位，进行实习锻炼，促进专业知识的进步，也是社会活动的一种参与方式。参与这种社会活动，也许还能有助于今后的就业。大学生普遍希望能尽快地融入社会，找到自己满意的工作和位置。但是，目前高校毕业生就业方面存在的一个突出矛盾是毕业生的技能构建和市场需求存在差距：在就业竞争日趋严峻的形势下，企业更看重实践能力和工作经验，大学生又普遍存在实践能力、动手能力、实际工作能力与就业岗位衔接不上的问题。因此，在课余时间参与专业实践和实习，是我们与社会接触的一个很好的契机，它不仅可以帮助我们提前介入工作，还可以借此获得初步的工作经验。据相关高校就业部门统计，那些具有一定社会工作经验、具有一定企业实习经验的毕业生在求职时较为抢手，而一些大学生由于缺乏实习经验,无法获得用人单位的青睐。某重点高校的数学系毕业生小陈在一家外企软件公司面试,面试官最后一个问题让小陈终结了进入该公司的梦想。主考官问小陈,曾具体参加过哪些软件项目的开发,在每个项目中都做到什么程度,以及共完成过多少行程序代码的编写量等,而小陈却缺乏这种实践经验,最终没有被录用。可见参与社会实践活动,还有助于增加个人的工作经验,成为应聘时的"敲门砖"。

除了社团,加入到校、院、系的学生会,参与各类学科竞赛,开展各种文体活动;策划一个社会实践项目,走进街道、社区或者学校,了解基层情况,培养个人的组织能力;报名成为青年志愿者,为弱势群体提供服务,这些都是社会活动的参与方式。在这个广阔的展示自我、发展自我的舞台上,定能舞出我们青春的风采。

**思考与练习**

1. 谈谈你对大学中除了学习以外活动的了解。
2. 为自己度身定制一份大学生活的畅想图。

# 第二节 多彩的校园 青春的我们

菁菁校园中,一系列丰富多彩、形式多样的社会活动,让每位新生在参与的过程中,可以尽情展示自我和发展才能。那么,校园中究竟有那些活动呢? 让我们慢慢探究。

## 一、丰富多彩的社会活动

### (一) 社团文化活动

#### 天地英雄校园行

"天地英雄校园行"节目创办于 2003 年 1 月,它是一档在大学校园巡回演出的大型歌友会节目,每个月进驻上海的一所知名高校,录制 4～5 场华语当红歌手的大型歌友会,并在每周末通过音乐频道播出节目的录像剪辑。由于高校寒暑假的特殊情况,节目组还会在暑假举办户外的大型歌友答谢会。节目形式也由开始单纯的歌友会,发展为融演唱、游戏、学生歌手互动为一炉的综艺节目。

2005 年新年伊始,东视音乐频道品牌栏目"天地英雄校园行"又重磅出击。于台烟、吴克群、李圣杰纷纷亮相上海财经大学大礼堂,为学子们带来了最新最炫的音乐。演出现场,实力派歌手李圣杰的出场引爆了全场最高潮,掌声、哨声、叫声、呼唤声不绝于耳。当新歌《抓! 爱情的凶手》唱响时,大礼堂内荡漾起一片浪漫气息。曾经被李圣杰宣称唱了 5 300 多次的《痴心绝对》在校园行的现场又一次唱起,引爆了全场大合唱。除此之外,首次出现在上海高校的于台烟和吴克群同样带来了自己的代表作品,两人还在现场深情对唱了一曲《我想你不是真心爱我》,迎来掌声一片。

摘自 2005 年 1 月 11 日《青年报》:李圣杰引爆新一轮校园演出

## (二) 学习活动

### 英语学习，不再乏味

说起英语学习，很多同学都感到枯燥、乏味。但是由团中央发起的"青春学习行动"却给学生带来另外一种感受。青春学习活动的宗旨是通过传播、探讨和交流实用型英语学习方法和经验，分享英语学习成功人士人生奋斗的历程和感悟，调动高校学生学习英语的积极性，激发青年学生英语的热情，帮助青年学生掌握学习英语的科学方法，挖掘其语言潜力，引导其科学而有效地学习英语，提高广大在校学生英语应用水平，服务大学生成才就业，促进大学生素质拓展计划的全面实施。

每一次的讲座上，老师们广博的知识、辽远的视野都为同学们献上了一场生动诙谐、见解独到的英语大餐，从学习英语的方法、技巧，到国外学习的见闻，东西方文化的差异以及做人应有的文明素质、道德修养，应有的积极的人生态度和追求成功的信心，给同学们带来很多启发。他们对学习追求卓越的态度、对生活努力拼搏、奋发向上的信念更是激发了同学们学习英语的热情和信心，点燃了心中追求卓越、追求高品质生活、走向世界的勇气和人生理想。

摘自：http://www.neworiental.org

## (三) 体育活动

### 篮球嘉年华

CUBA 中国大学生篮球联赛是中国体育史上第一个面向高校、面向社会，以培养高素质、高水平篮球人才为目标，采取社会化、产业化运作模式的大学生专项运动联赛。1996 年开始酝酿，1997 年建章立制，1998 年正式推行，历经八年六届的发展，已成为国内篮坛二大赛事之一。

CUBA 中国大学生篮球联赛是由中国大学生篮球协会主办的一年一度的全国性传统体育活动，联赛的宗旨是"发展高校篮球，培养篮球人才"，它言简意赅地概括了 CUBA 联赛的人才观。和一些形式大于内容的"广告语"式的口号相比，CUBA 联赛的主题口号大多语言生动、文字洗练、格调清新、寓意深刻，从各个角度折射出 CUBA 联赛的特色、主张和文化气息。如：

"中国篮球新感觉！"

"上大学是我的梦想，打篮球是我的梦想，CUBA 是我圆梦的地方。"

"我要打篮球，我更要受教育。"

"今天是大学的篮球，明天是篮球的大学。"

"让篮球插上知识的翅膀腾飞。"

"领悟篮球、领悟体育、领悟文化。"

CUBA 联赛并不仅仅意味着少数大学生球员的竞技，它在大学校园里掀起了一股运动健身的热潮，同时也成为全国大学生最为关注的赛事之一。它的根本意义在于让大学生们广泛地参与进来，体验运动和健康的魅力，并借此丰富校园运动健身文化的内涵。

摘自：http://www.twzw.com/BookAll/7/550.htm#36771

### （四）青年志愿者活动

#### "最大的心愿就是有人跟我配型成功"

23 岁的吴海娅挽起袖子，殷红的鲜血流进了针管。加入骨髓信息库只需要 5 毫升的血做化验，其实是很简单的事。"如果真的要做配对捐献，也只要采集 50～100 毫升含有造血干细胞的血液就可以了。我们年轻人没关系，造血能力强啊。"小吴说，"我最大的心愿就是有人跟我配型成功。"

吴海娅是上海第二医科大学四年级的学生，4 月 29 日与她一起报名加入中华骨髓库的同学有 1 200 多人。在排队抽血的现场，很多人迫不及待地捋起了衣袖。从发起号召到现场采血，在这所学校只不过几天之间。连日来，从学校本部的基础医学院到各临床医院和附属医院，学生和青年医务工作者全都行动了起来，刷标语、出板报、忙报名。附属卫校的 120 名同学也报了名，医生告诉她们不满 18 周岁不可以加入骨髓库，她们就登记成了骨髓库的"预备志愿者"。

摘自：上海团员青年骨髓捐献志愿者活动纪实 http://news.eastday.com/epublish/gb/paper148/20010503/class014800014/hwz377450.

## （五）社会实践活动

### 实践出真知

清华大学新闻与传播学院二年级学生李强利用寒假回乡调查写了一份调查报告,名为《乡村八记》。2005 年 3 月,该院院长范敬宜把它寄给了温家宝总理,温总理于 4 月 28 日亲笔给范敬宜复信,对李强同学的农村调查给予很高评价和热情鼓励,被总理称为"用心观察,用心思考,用心讲话,用心做文章"。李强的八记标题分别是:一户农家的年收支明细账、村里的明白人、日益衰落的美丽山村、走进县城、访"青椒之乡"、乡党委书记谈乡政、县志上的县情、归途。内容涉及农民家庭教育支出、村级经济、农业发展、中学教育、农民的市场观念、乡镇机构改革、工业发展等问题。李强在后记中,明确表示了他的写作意图,那就是唤起人们去关注处于社会转型期的乡村世界。一个在校的大学生能够深入到农村去,认真细致地了解民情,写出有分量的调查报告,表现了一个年轻学子应有的勤奋、踏实的作风和认真了解农村、了解国情的科学态度。

对此,清华大学校长顾秉林指出,除了在校内学好必要的课程之外,清华大学的学生都会走出课堂,了解社会,解决实际问题;每年寒暑假,清华大学的学生都会根据自己的兴趣与专长去工厂、公司、社区进行实践;清华大学每年也有自己的实践教学计划,2004 年暑假,清华大学本科生有 300 多支队伍 3 000 多名学生参加了社会实践,水利系连续 10 多年都派出学生赴三峡库区实地实习,可以说,社会实践已经成为了大学生的第二课堂。

摘自:2005 年 11 月 19 日中央电视台"新闻会客厅"

## （六）科创活动

### 复旦一女生为古代遗骨测 DNA 发现上海人祖先之谜

上海人的祖先来自哪里? 这个谜底,竟是由复旦大学一个大学生揭开的。四年前,这位当时才 18 岁的女孩通过多学科深入研究发现,上海人属于古代越族的后裔,且与台湾高山族人同根同源。这个重大发现为她赢得了第七届"挑战杯"金奖,而今,她留学美国,正攻读博士学位。

林凌有个心愿:"要成为吴健雄式有女人味的科学家。"有时没轮上她做实验,她借口打杂也去凑个热闹。就因为凑热闹,她在大一时无意中了解到一个信息,历史系和文博系的学生正在做"上海人从哪里来"的课题研究。"何不参与合作,搞一个遗传学、人类学、历史学以及语言学等多学科交叉的综合研究?"林凌灵机一动,从别人手中接下了课题。"上海人从哪里来?"对这个问题人人感兴趣,可要拿出一份能说服人的报告绝非易事。林凌先在语言学、人类学上下功夫。

上海地区 10 个方言区,林凌和同伴取了 13 个点作人类学调查,每个点 100 个少年样本,男 50 女 50,然后拿少年样本跟同地区的成人样本相比照……调研过程的烦琐可想而知,仅此就花费了大半年。接下去要运用遗传学知识,林凌对马桥出土的古代遗骨作了 DNA 测试,又与现代人作比较。验证上海最早居民来源这种反复测试核对的工作很枯燥,惟独林凌坚持下来,有一段时间,她白天利用课余收集数据,为了得出精确的结果,晚上不厌其烦地反复检验,凌晨睡上两三个小时又匆匆赶去上课。林凌在越洋电话中告诉记者:"坚持就是胜利,这就是挑战的精神。"一年的辛苦没有白费,在验证了上海最早居民的来源后,林凌通过同源词、体质特征和 DNA 比较,还发现作为越族后裔的上海人,与台湾高山族人有着共同的渊源。

"经历了'挑战杯',我一下子从一个听不懂基本术语的小姑娘变成可以自己策划一些实验的熟练的研究者了。"林凌说:"是'挑战杯'让我今天走进了世界上最先进的实验室之一。在这里,做事并不在乎最初想法是怎样,更在于过程中不断的灵感迸发""挑战杯"创造了一个机会,学子们的视野,蓦然间不再局限在象牙塔内,他们走出教室、图书馆,打量和探索更广阔的世界。这是林凌告诉我们的故事,也是很多"挑战杯"参赛者的故事。

摘自张炯强:《复旦一女生为古代遗骨测 DNA 发现上海人祖先之谜》,载 2005 年 11 月 16 日《新民晚报》

按照社会活动的具体内容不同，社会活动可以分成社团文化活动、学习活动、体育活动、青年志愿者活动、社会实践活动和科创活动等六大类。社团文化活动指的是在团委的直接领导下由各级学生会、学生社团组织的各类理论学习、文化活动，如理论学习园地、校园文化艺术节、校园歌手赛、辩论赛、摄影赛以及各类大型文艺活动等。学习活动则是由各级学习会、学生社团组织的各类学习活动，如新生普通话大赛、未来教师职业技能大赛、英语四级模拟赛、新生数学竞赛和各类征文赛、演讲赛等等。体育活动则是体育部、学生组织主办、承办的学生运动会，足球赛，新生杯篮球、排球赛，趣味运动会等等。这三类活动是校园文化的重要构成部分，是一所学校亮丽的底色。从某种意义上来说，它们是学校的灵魂，它蕴藏在学校教育系统之中，以潜移默化的方式影响着教师和学生在学校教育活动、学校生活中的思维方式、价值观念和教育行为方式、人际关系及其学校生活样式。图书馆苦读的身影、运动场矫健的身姿、舞台上蓬勃的朝气、课堂中学子的执著，无不展示学生才能、陶冶学生情操、提高学生的艺术水平、营造多彩的校园氛围。社团文化活动、学习活动和体育活动就像跳动的音符，唱响着大学生热爱生活的优美和声。

青年志愿者活动也是社会活动中的一个重要内容。曾几何时，我们感慨在市场经济的大潮中，在一些消极的价值观影响下，大学生更为关注自身的发展，缺少了对周围对社会的关怀和回报，"雷锋不见了"曾是很多有识之士对于青年未来的一种担忧。但当"志愿者"这个名词悄然出现在我们身边的时候，我们才发现在日趋壮大的志愿者队伍中有着大学生年轻身影，我们用无私奉献社会的精神，让离开雷锋多年的现代人突然感受到现代雷锋的情怀，在服务回报社会的过程中实现自身价值。

青年志愿者活动是各类立足校园，面向社会的义务献爱心活动，如心系三老活动、义务家教、结合专业的公益宣传等。今天志愿者工作已经不是简单的一项具体工作，而它正随着学生关注度的提高和对于学生成长成材的巨大影响，而逐渐成为培养全面发展的人的人才培养目标的重要组成部分，成为弘扬校园文化主旋律的有效载体，成为校园文明精神的重要体现。在塑造社会主义精神文明、大力实施素质教育的今天，志愿者活动正在以"团结、友爱、互助、奉献"的主题不断深入青年群体的思想深处，成为了当代青年不断追求的理想境界，而这种理想也正与我们思想政治教育的目标相一致。志愿者活动的深入开展是青年大学生弘扬社会主义精神文明的具体实践方式，它有利于学生深刻理解现行的基本国策，增强社会责任感和历史使命；有利于发挥青年学生的知识优势，学以致用的参与社会工作；有利于学生在施展才华中正确认识和估价自己，提高实际工作能力，最终在不断的磨炼中锻炼毅力、培养品格、增强才干。

大学生社会实践是对大学生进行素质教育、培养大学生的创新能力、实践能力和创业精神的重要形式，是高校有组织、有计划地让大学生接触社会、参加社会活动、参与实际工作，从而达到认识社会、服务社会、认识自我、提高素质的重要教学活动。著名的科学家、教育家钱伟长提出要培养全面发展的人，要打破学校与社会之间的"一堵墙"，主张学生走出校门、深入实践、增长才干，他认为教学一定要有科学实践，科学要尊重实践，而且要经历实践，接受实践检验。社会实践一方面在课外为学生提供一个走向社会、培养实践能力的平台，另一方面实践与教学相辅相长，是学校教学和科研工作的延伸，以理论指导实践，以实践促进理论的提高，它有利于提升学生的专业素养，有利于拓展学生的综合素质。

社会实践是现在所提倡的实践教育的一个方面，它强调专业教育与社会实践的结合。今天，大学生社会实践已经成为深受同学喜爱的一项活动，每年期末考试之后很多同学不是直接回家而是去参加社会实践，大家从社会实践的活动中获得了乐趣，感受到了自己的成长。每所大学都鼓励学生利用假期时间参加社会实践活动，走出校园、了解社会、了解国情、了解民情，在实践中用自己的视角理解社会，思考未来的人生道路，在实践中更好地贴近社会，明确自己对国家、民族的责任，确定正确的人生前进方向。学校很多部门都在组织相关的活动,如学校团委主要是负责在课外时间组织全校学生的社会实践活动,学校团委会对实践的具体内容进行指导,并且学生在组队和联系的时候,团委会提供相应的支持,同时将实践的有关内容登记注册,制定比较规范的管理和培训措施,在实践结束后,及时评定相应的实践成果。

　　社会实践活动发展至今已经二十多年,近年来,结合新的形势,高校学生的社会实践活动也有了一些新的创新和发展。社会实践已经从最初的单纯在寒暑假期间组织学生认识社会,发展到今天的贯穿于整个教育过程的全面素质培养,活动内容也从原来的认知为主,发展到现在的包含调查研究、服务社会、实践教学、就业实践等多项内容。今天的社会实践,既有传统的专业实习,也有结合社会实际的实践活动,如农村问题调研、弱势群体帮扶、时事政策宣讲、科普文化巡演等。社会实践的目的,可以概括为"学知识、长才干、作贡献"三个方面,所谓学知识,就是要通过对社会实际需要的了解,学会综合运用知识;所谓长才干,就是要通过在社会实践过程中,培养协作能力、组织能力以及团队精神、吃苦耐劳、甘于奉献的品质;所谓作贡献,就是要通过运用自己所掌握的专业知识,为社会作出具体的贡献。也许在实践中,我们的认识还不全面,思考还不深入,但是这本身就是正常的,只要我们去思考、去观察、去总结就会有收获,毕竟社会需要我们去创造,我们是国家的未来。

## 二、异彩纷呈的大学社团

　　在社会活动的组织过程中,学生社团是一支重要的生力军,在各类活动中,都可以看到社团成员活跃的身影。据共青团中央和中国青少年研究中心日前进行的一项调查结果显示,有 80％以上的大学生参加过校内社团、跨校社团或网络社团,平均每人参加社团数为1.5个以上。据 2003 年对全国学生社团调查的不完全统计,上海高校学生社团 712 个,参与学生占上海高校学生总数的 72％;学生社团种类繁多,社团成员几十人、上百人甚至上千人不等。

学生社团具有自我服务、自我教育、自我管理、自我发展和重要的社会教化功能，其作用和影响力日益扩大，成为高校教育工作中重要的一部分。所谓的学生社团是大学生立足校园，基于共同兴趣和爱好、按照法律、按照一定的章程，自愿结成的具有固定成员和特定活动内容的群众组织。社团活动是大学生校园文化活动的重要组成部分，是大学生素质教育的重要载体，是高等学校中一道亮丽的风景线。它不仅丰富了大学生的生活，而且为大学生健康发展提供了课堂以外的活动机会，提供了锻炼自己能力、发挥自身特长、展现自己才干的机会。小普今年考取了武汉大学新闻学院的研究生，他这样说道："大二下学期进入校报是我大学生活的转折点，骨子里对文学的热爱和向往使我找到了挖掘潜能的平台。对新闻，由陌生到熟悉，到热爱，到确定为职业方向，全凭兴趣，大三下学期决心考武汉大学的新闻学。都说考研难，跨校难，跨校跨专业更难。为了这个奋斗目标，我每天自习时间都在10个小时以上，一些战友都陆续放弃了，但我没有。为了自己喜欢的事务力坚持到底，即使落榜自己也没有太大遗憾，最终我成功了。"无疑，加入校报得到的锻炼是小普成功的一个重要因素。

从某种意义上说，每个大学生都需要加入一个社团，因为社团可以鼓励学生全面兴趣爱好的发展。学生社团是引领校园文化气象、丰富学子生活、锻炼自我能力的舞台，是创建健康向上校园文化的生力军，也是同学们展示自我才华、锻炼自身能力的一片自由空间。大学生社团活动形式多样，包括社会调查、科技服务、勤工助学等社会实践活动以及各种类型的文体活动、学术交流等。

按照社团活动的主要内容，我们可以将社团大致可分为思想政治、学术科技、文体娱乐、志愿服务、创业或综合五种类型。

（1）思想政治型社团主要是以思想政治理论的研究和宣传为主要活动内容，以理论学习为主，通过开办专题讲座、读书报告会、办刊物等开展活动，社团成员相对比较稳定，活动也比较规范，活动质量也比较高，大部分学习型社团都聘请了专业指导教师，对学生的专业学习起到了较大的促进作用，成为学生的第二课堂。在此类社团中，邓小平理论研究会、"三个代表"重要思想研究会都是最具影响力的，学生的课题研究能力、考察实践能力、学习创新能力都能得到培养和锻炼，一批学生理论骨干层出不穷。

（2）学术科技型社团是以学术研究、科技发明与科技制作为主要内容的组织，以专业学习为主，范围涉及高校的主干专业和学科，如各种学生专业学会、科技兴趣协会、研究会、科研俱乐部、机器人协会等。这类社团主要结合大学生的学习、研究实际和学术背景，在社团中进行学术争鸣，团结创新，这类社团也受到越来越多学生的喜爱。在此类社团中，学生科技协会是社团代表之一。学生科协的主要任务是组织各类科技活动，进行全校性的科普宣传，培养善于使用科学技术服务社会的优秀人才，推进校园科技建设，使学生能够学以致用，努力营造校园内"讲科学、爱科学、学科学、用科学"的良好氛围。一些学校的这类社团还积极组织成员参与全国大学生科技创新大赛等活动，如复旦大学生命学社，它是与"挑战杯"共同成长和发展的，并在历届比赛中取得了良好的成绩；有的社团还在相应的各类比赛结束后利用社团开发的新技术、产品等与企业签订大数额合同，有效利用社会资源，为更好地开展社团活动打下了基础。

（3）文体娱乐型社团是大学生锻炼体魄、陶冶情操、发展爱好的重要途径，此类社团由于组织形式广泛，活动内容多样，在高校中的数量也最多，相对而言，也较受学生欢迎。由于此类社团大多根据学生的兴趣爱好自愿组成，范围涵盖体育、艺术、文学、摄影、书法、集藏等方面。

（4）志愿服务型社团是大学生组织起来服务社会、奉献爱心、锻炼自我的社团组织，包括爱心社、信鸽服务社、环境保护协会、动物保护俱乐部等。如北京大学的阳光志愿者协会创建的阳光骨髓库是中国第一家民间骨髓库即造血干细胞数据库，也是目前为止中国大陆地区规模最大的民间骨髓库，还是国际上第一个由白血病患者本人建立的成功骨髓库和第一个可以在线免费查询的骨髓库。骨髓库的建立者刘正琛和阳光志愿者协会开创了我国民间面向白血病患者志愿服务事业的先河。

（5）创业型社团是市场经济模式下涌现出来的新型社团组织，是科技类社团和服务类社团的深化和延伸，是大学生利用自身专业所长，利用科技发明和科研成果，依托校园，以勤工助学和创业为主要目的自我开发的实体。在综合类社团中，最具规模的就是学生会。学生会是由具有工作热情和开创精神的学生骨干组成的社团，它是全校学生利益的忠实代表，是沟通学校与学生的桥梁和纽带。学生会通常分为校院两级，设有外联部、文艺部、体育部、宣传部、人力资源部、实践部和办公室等部门。学生会的成员是通过学生代表大会民主选举产生的，他们代表了最广大学生的意愿，行使着学生赋予的权利。每一名学生会的成员都是值得光荣与自豪的，同时，也都是肩负着责任和义务的，所以经历过学生会磨炼的学生也必将是最具才干的大学生。例如，学生会体育部举行篮球联赛，相应的组织者就需要根据队伍数目、时间确定赛制，协调分组，确认裁判、场地，面对临时出现的各种问题，通过参与组织活动中的各种体验，自己也能够得到磨炼和提高。

**思考与练习**

从以上谈到的校园活动中找出自己最感兴趣的、最希望自己能在其中得到加强的以及最愿意参与的组织。

# 第三节　有限的精力　无尽的收获

大学生炒股，今天已不是"个别现象"。据说，在大学生股民中，来自经济管理系的学生占了大多数，其次是一些理工科的学生，文史类学科的学生相对较少。据了解，大学生进入股市的目的一般有二：一是为了提高自己适应社会的能力，也验证一下平时在课堂上学到的金融知识；二是想通过炒股改善经济条件。从数量上看，后者多于前者。他们认为每周在股市里花费三四个小时，而往往能略有收益，且能丰富课余生活，何乐不为。

但是社会对此的看法并不相同。一些人认为，对于既有经济条件又有经济头脑的大学生而言，利用自己的课余时间炒股并不是一件坏事，而是一件长知识、增见识、添才干的好事。起码有以下几点好处：一是可以丰富自己的经历，因为丰富的经历是人生一笔重大的财富，任何一段经历都是可供日后开掘、增长才干的矿藏；二是学会投资理财，走自立自强的人生之路，这对一些往昔饭来张口、衣来伸手的大学生是一种极好的锻炼机会，能提高他们的社会适应能力；三是能丰富大学生的课余文化生活。

也有人认为，大学生在学习时间炒股难免影响学业，即所谓一心不可两用。但是，如果让他们在寒暑假期间到股市里客串一下，还是很有意义的。一是充实了孩子的精神生活，买卖股票需要分析行情，研究走势，这就使得他们在假期里有事可做。二是开拓了"打工"的思路，除了做家教、搞促销、端盘子之外，还有炒股、电脑制作等新行当。三是经济工作是当前各行各业围绕的中心，因此有必要让孩子的思维之库逐步输入这个程序。四是也算让孩子在股市里打了一回工，不管盈亏，相信他们以后在花费钱时，肯定会倍加珍惜的。

实际上，的确有炒股得不偿失的例子。三年前，某学生考进重点大学，家里人都为他高兴。可是，他在大学里看到有同学炒股赚钱，也想试一试，争取赚点钱。炒股要资金，就想向父母要，可父母培养他读书已很吃力，根本拿不出钱来。但他对炒股决心很大，就向亲戚借，七拼八凑，终于筹来了 5 万元钱。这学生没有一点炒股经验，学习又很忙，没有太多的时间去研究炒股知识，他只能人云亦云，跟在别人后面选买股票。而结果，却让认为炒股肯定赚钱的他大受打击。他买的四只股，套牢了三只。为了抽出资金打翻身仗，他"割肉"把套牢的三只股票全部抛掉，亏了一万多。他又买了两只他十分看好的股票。可股票还是跟他过不去，一天不停地往下跌，弄得他再也无法安心读书，时时刻刻想着"解套"，想着如何炒股赢钱、翻本……到期末考试时，他的五门必修课，只通过两门。

摘自：http://www. why. com. cn/epublish/gb/paper1/607/class000100008/hwz77873. htm

如果我们把大学的专业知识教育称为大学学习的第一课堂，那么我们在大学期间所参加的各种活动就将成为我们学习的第二课堂。象牙塔里的我们已不局限于吸收知识养分的第一课堂，我们更多地向往多彩的校园生活及社会实践，它们给我们提供了发挥自己才干的舞台，在学好专业知识的基础上，我们更多地渴望走出校园，来到社会这个大练兵场中。我们的成绩来自课堂上的学习，更来自于工作和实践中的慢慢体悟。大学给每个人的时间都是相同的，如何处理好学习和社会工作之间的关系？如何在专业水平和实践能力上做到"双丰收"？对时间的管理显得至关重要，让我们运用时间管理来收获大学生活中的精彩。

## 一、正确认识时间

时间是什么？韦氏大辞典将它定义为"由过去、现在及未来构成的，过去、现在及未来的连续不断的连续线"。有些大学生对时间的把握不够准确或积极，"虚度"大学时光，毕业后回忆起大学生活时常常懊悔不已。美国有一位著名的大学教授,曾经向数百人提出这样一个问题:如果今天是你生命中的最后一天,你会做什么? 结果很多人回答的是后悔没有多读点书,没有好好地约束自己,没有尝试新的事物,没有多花点时间与家人相处等等。这些结果都表明一点:受访者均后悔没有好好利用时间、争取时间,并利用这些时间做应该做的事。但仔细分析一下,就会发现,问题不在于有没有时间,而是在分配和使用时间上出了问题。时间比金钱更有价值,时间就是生命。

时间正以稳定的速度无法阻挡地消逝着,它借不到买不着,无法储存,它是人生最宝贵的财富。时间好像永远奔跑在你前面,任你怎么追赶也不能跑得比它快,回头来看,你仍感到非常地沮丧、无奈甚至焦虑,感到时间还是不够用。时间转瞬即逝,不懂得利用时间的人是无能的人。要在大学生活中不断地锻炼自己就需要善于利用时间,要懂得运用时间这个最有价值的资产,做到有意识地、系统地分配利用,开展自己的学习和社会活动。

大学生处于人生发展的关键时期,我们思维活跃,积极热情。在校期间,我们的时间可分成学习时间、工作时间、休闲时间、家庭时间、个人时间、思考时间等。

### (一) 学习时间

学习是大学生成才的最基本的准备,具备专业知识的大学生是未来祖国建设的栋梁。学习充实了大学生的生活,活到老、学到老的终身学习的观念已经来临,每个人每天都在获取新知识或者熟悉新事物。

### (二) 工作时间

工作时间包括学生所有参与社会工作的时间,如学生在班级里担任班干部,在学生组织中担任职务,在校外的挂职锻炼等,这些所花费的时间都属于我们担任社会工作的时间。

### (三) 休闲时间

休闲时间包括休息、睡眠及体育活动的时间。人生就像马拉松比赛一样,千万别一开始就猛冲,浪费甚至透支了体力,要懂得放松,要养成一种良好的睡眠、休闲以及运动的习惯，才能把自己的身体状况调整到最佳状态。

**（四）家庭时间**

家庭是休息最佳的避风港，血浓于水的亲情是人生最应该珍视的东西。你要跟家人真心地相处，不要到了需要的时候才回家，才懂得去珍惜亲情。

**（五）个人时间**

有人把个人时间理解成自己跟自己约会的时间，这不无道理。个人时间是用来修身养性、充实自我的，是完全属于个人独自享受的时间。每个人不论是求学还是工作，甚至在家中，都有一种不允许被侵犯的个人时间，利用这些时间人们可以充实自己。

**（六）思考时间**

思考时间就是思考未来的时间。思考时间可着重用在计划自己未来的发展上，也可用在反省以前自己所做的事情是否正确、是不是值得等方面。思考如何再改进，如何再调整，如何让自己变得更好，而不必特别为了什么目的思考，可以天马行空地去想像，可以胡思乱想，如果发现了一些好的想法，或者是一些好的理念就应该立刻把它记下来。

在时间管理的过程中，我们常常会出现"忙、盲、茫"三个典型误区。"忙"是对大学生活的一切都十分感兴趣，不加区别的投入各种活动，乱忙一气；"盲"是在投入活动时，成效不好，瞎忙一气；"茫"是对大学生活缺乏规划，毫无目标，虚度大学光阴，无论哪种状态都是不利的。所以，我们在安排时间时一定不要瞎忙，也不要去乱忙，更不能茫茫然。

那么，怎样才能掌握时间呢？首先，要做到马上行动，决定了一件事情必须马上去做；其次，要调整好心态，暂时把其他的事情抛开，专心致志往往能成为成功的关键。最后，要调整好自己的思想，改变心境，以最大的热情把全部精力投入到这项活动中去。

## 二、有效管理时间

人的精力是有限的,如何利用自己有限的精力去锻炼自己的各方面能力,我们需要对时间进行管理。

### (一) 时间管理的目的

时间管理的目的就是将时间投入与目标相关的工作,达到"三效",即达到效果、达到效率、达到效能。效果是指确定的期待结果,效率是用最小的代价或花费所获得的结果,效能是用最小的代价或花费获得最佳的期待结果。

### (二) 时间管理的方法之时间管理优先矩阵

时间管理优先矩阵,是新一代的时间管理理论,把时间按其紧迫性和重要性分成 ABCD 四类,形成时间管理的优先矩阵。如图 7-1 所示。

| | 紧急 ────▶ 不紧急 | |
|---|---|---|
| 重要↓不重要 | A 重要<br>紧迫 | B 重要<br>不紧迫 |
| | C 紧迫<br>不重要 | D 不紧迫<br>不重要 |

**图 7-1 时间管理的优先矩阵**

其中,紧迫性是指必须立即处理的事情,不能拖延。重要性是指与目标是息息相关的,有利于实现目标的事物都称为重要,越有利于实现核心目标,就越重要。我们将要求完成的工作项目按照紧迫性和重要性的不同分别分在 ABCD 四个象限里,这样就可以对我们需要做的事情进行及时的规划。

例如,有些事情紧迫又重要,如有限期压力的考试;可能有些事情是紧迫但不重要的,如和同学外出购买生活用品;有些事重要,但是不紧迫,如学习新技能、建立人际关系、保持身体健康等。当然有很多事情不重要,又不紧迫,如琐碎的杂事,无聊的谈话等。如图 7-

2 所示。

| 紧急 —————————→ 不紧急 | |
|---|---|
| A 危机<br>　　紧急状况<br>　　有限期压力的计划 | B 学习新技能<br>　　建立人际关系<br>　　保持身体健康 |
| C 某些电话<br>　　不速之客<br>　　某些会议 | D 琐碎的事情<br>　　某些信件<br>　　无聊的谈话 |

重要 ———→ 不重要

**图 7-2　时间管理的重要性与紧迫性示意图**

　　通常，A 区的项目急待解决，需要快速高效地完成，B 区的项目需要及时完成，但当 A 区的事务过多时，可以适当地忽略或授权给别人进行；C 区的项目虽然不紧急但很重要，所以它们应该列入你的长远规划；D 区的事情能在空闲时在考虑实施或解决。

　　也有人利用时间管理优先矩阵，从不同类的事情要如何去安排，时间如何加以调整、加以运用等角度分析，发现注重哪一类事务，就能成为哪一类人，将人大致分为四类，如图 7-3 所示，大家可以作为参考。

| A 压力人 | B 从容人 |
|---|---|
| C 无用人 | D 懒人 |

**图 7-3　四种不同类型的人**

　　A 为压力人，认为每样事情都很重要，很紧迫。你应该做的是有条有理、有条不紊地去完成你的工作，你应该学习投资你的时间，去做一个从容不迫的 B 类人。

　　C 类人千万不要去做那种很紧急但不重要的事，那种叫做没有用的人。

　　D 类人总在应付一些杂事，做不重要又不紧迫的事的人，所以被称为"懒人"。

### （三）时间管理的方法之帕雷托时间原则

19世纪意大利经济学家帕雷托发现：80％的财富掌握在20％的人手中。从此这种80/20规则在许多情况下得到广泛应用。一般表述为：在一个特定的组群或团体内，这组群中一个较小的部分比相对的大部分拥有更多的价值。

在时间管理中，在优先顺序里，也有一个帕雷托时间原则，也称80/20法则。假定工作项目是以某价值序列排定的，那么80％的价值来自于20％的项目，而20％的价值则来自于80％的项目。

时间管理的重要意义在于能经常以20％的付出取得80％的成果，最后的结果占了80％的大部分。因此，在工作或生活中，我们应该把十分重要的项目挑选出来，专心致志地去完成，即把时间用在更有意义的事情上。

大学生活中，我们可以按照帕雷托原则对某一天或某一阶段的时间进行管理和安排，这样才可以提高自己的效率。在一个周期里，只做重要而且是必要的任务。例如，在复习过程中可以把80％的精力放在自己的薄弱的知识点上进行突破，而用20％的精力来巩固其他已经基本掌握的知识点。同时，每次最好集中在一件事上。实际上，每个人的特点不同，在当时的状况之下设定目标，应以每一次能够最完美地完成目标为原则，这样在计划周期结束时，每个人至少都处理了这些重要事情。

## 三、避开时间管理的误区

浪费时间的原因是多种多样的，我们在管理时间应注意绕开以下几个误区：

### （一）计划欠妥

计划欠妥会直接导致时间浪费，效率低下，所以大学生在从事社会工作、组织校园活动时，要多向老师和身边的同学学习，要确立有效的执行计划，并将它们记录下来。

### （二）贪求过多

小A性格开朗，爱好广泛，在高考中以非常优异的成绩考进了大学。抱着对社团活动的喜爱，他在大一时参加了三个社团。由于忙于参加和组织社团活动，大一下半年出现了挂科。从这个案例中我们不难发现，小A参加社团、积极融入大学生活的行动是正确的，但在选择社团的过程中，没有注意时间的安排以及和学习之间的协调，因此影响了学生的主业——学习，他的这种做法是得不偿失的。

我们在从事学校和社会活动中要注意分清主次、制定优先顺序与计划、从事工作的时间要切实际，注意自己还是学生，应当以学业为重。你不要估算说这件事情是小事情，很快就能把它做好，这是一种时间管理不当的潜在因素，效率不高，会浪费时间。

### （三）学会拒绝

小B是个害羞的女生，经过几轮面试终于凭借着出彩的写作水平被学生会宣传部录取。一天，学生会急需找些擅长出海报的同学制作一些宣传海报，由于新部长对小B不很了解，就临时给她布置了这个任务。小B因为害怕得罪部长就勉强答应了。结果，小B制作的海报未达到部长的制作要求被退了回来。大家都很同情小B的遭遇，她花了大部分的课余时间制作了几张不合格的海报。

有人会说，如果小B能去学学做海报就好了，当然这是一方面，但是，比起学做海报，其实小B更应该学会如何拒绝，现在有的学生因为害怕冒犯得罪别人而从不拒绝，这使他们无法认清可能的陷阱，如果没能达到预期结果，他们可能因此失去而不是得到尊重，又浪费了彼此的时间，可谓是"赔了夫人又折兵"。

在实际生活中，一些同学有一句口头禅："我没有时间。"那到底什么时候有时间呢？其实，成功与失败最大的差异在于：失败者总会说"我没有时间"；而成功者往往说"我一定能自己能腾出时间来"。赢得时间，就可以赢得一切。因为时间管理的关键就是对原先计划的控制，所以能够把计划的实施控制得很好，就能够赢得时间。时间是生命的本身，连自己生命本身都管理不好，还能管理些什么呢？

大学生行为指导与训练

为了确保自己在校园活动中过得有意义,有价值,我们必须很好地把握自己,有选择性地参与社团活动。很多成功的社会活动人士也都认为,毕竟每一位在校大学生投入在校园活动上的时间和精力是十分有限的,所以参与社会活动关键不在于数量的多少,而在于活动质量的高低。让我们共同行动起来,藉由丰富而健康的社会活动及社会参与,去营造缤纷的校园活动,也为未来开创年轻的岁月,点燃我们的激情。

**思考与练习**

1. 你能否进行有效的时间管理?请结合自己的实际情况回答下列问题:

(1) 你有随时记录的习惯吗?　　　　　　□有　　□没有

(2) 你是否经常注意到避开交通高峰?　　□是　　□不是

(3) 你是否在晚上睡觉之前为明天的学习和工作安排好计划?

□是　　□不是

(4) 你是否充分利用电话,在学习和工作中不打与工作无关的电话?　　　　　　　　　　　　　　　　　□是　　□不是

(5) 如果你有重要的工作要处理,而你的同学找你聊天,你能巧妙地拒绝吗?　　　　　　　　　　　　　□能　　□不能

(6) 你每天晚上是否将未完成的任务列入第二天的计划?

□是　　□不是

(7) 你是否在学习生活中利用 80/20 法则?　□是　　□不是

(8) 你读书时经常采用速读的方法吗?　　□是　　□不是

(9) 你是否能善用平时的零碎时间?　　□是　　□不是

时间管理是一种习惯。当你有好的习惯时,你的时间管理就会越管越好,你的大学生活就会越来越丰富。

2. 在图 7-3 所示的 ABCD 这四类人中,你认为自己属于哪一类人?

提示:你要成为一名从容不迫的人,成为一名压力很重的人,成

为一名无用的人,甚至要成为一名懒人的话,选择权在于你,决定权在于你。上述的情形都是决定于人们的心态,应如何看待自己,以及怎样决定让自己成为一名什么样的人,才能够适应这个社会,能够让你的未来活得更潇洒,活得更有意义。

3. 如果现在给每个人都发500元钱,你可以用这些钱去买下列的每一种商品,直到把钱花完为止。同时买完商品以后,不能退货,请慎重考虑。

| 看 得 见 的 | | 看 不 见 的 | |
|---|---|---|---|
| 事业成功 | 50元 | 你的名誉 | 50元 |
| 知识、经验 | 50元 | 爱情 | 150元 |
| 房子 | 50元 | 快乐 | 150元 |
| 车子 | 50元 | 健康 | 150元 |
| 周游世界 | 50元 | 友情 | 150元 |
| 你的名誉 | 50元 | 家庭和谐 | 150元 |
| | | 时光倒流 | 200元 |

提示:如果你经过认真思考,把它记下来,因为它们就是你要的东西,这些都是你的时间与精力所实现的人生目标。你来想一想看一下,这500元钱你会买什么。相信每个人一定会想,时光倒流200元,当然愿意买,因为时间大于金钱,时间比金钱更重要。你应该重新地检讨自己,确立你人生的目标。因此我们对时间的安排应该是有针对性地投入与完成,能够直接帮助我们实现人生奋斗的目标,或者是日常生活中具体的目标,也可以帮助实现人生的目标,所以时间管理中一定要对时间善加运用和投资,因为时间永远没有办法倒流。

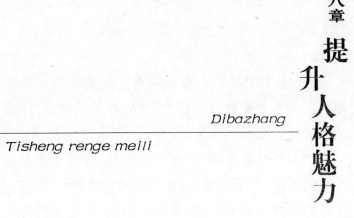

第八章

提升人格魅力

*Dibazhang*

*Tisheng renge meili*

什么是"人格"？人格是人用来充实内心世界的精神结晶。人具有充实的内心世界，就犹如通了电的灯泡，向四处发着洁净的光芒。

如果你貌若天仙，却满口污言秽语，那么所遇将是不屑一顾的蔑视，只一次交往，众人将对你敬而远之。

如果你相貌平平，却很有才识，对任何事情都有独到的见解，为人处世谦和，那么与你交往的人会乐意与你深交，成为知己。

上面两种反差，恰如其分地说明了一个道理：一个人之所以具有吸引人的持久力量，最主要是因其人格魅力而具有强大的吸引力，而并非因其容貌而吸引众人。

我们每位大学生在日常的学习与生活中也会有同样的感受，我们总是希望与那些品行高尚、人格健康的人相处，人格魅力才是最吸引人的一种完美体现。对于当代大学生而言，塑造个人的人格魅力是成功大学生活的精彩篇章。对于在校的大学生，应该首先从日常生活中的明礼、修身、诚信、守诺、正直、正义等点滴细节做起，提高自身的素质，形成自己独立的个人风格，不断塑造自己的人格魅力。

# 第一节 明礼修身

我国古代四大名著之一的《西游记》中，猪八戒有一回自告奋勇要前去探路，迎面走来一位村妇，他便大声嚷道："喂，胖女人，前面的路怎么走？"这胖妇人一听，气得一语不发，抢起扁担就要打起来，猪八戒连忙逃跑。还是孙悟空通情达理，他摇身一变，成了一个和尚，上前施了个礼，彬彬有礼地说："这位大嫂，请问前面是何去处？"立即就得到了村妇的指点。

从这则简单的小故事里，大家可以看到，问路这样的小事也要学会以礼待人，方能收到良好的效果，更不用说日常人际交往生活的其他方方面面了。英国著名的唯物主义哲学家培根说过这么一句话："礼貌就宛如一封通行四方的举荐信！"

自古以来，文明有礼就是人类文明的一个重要组成部分：西方国家的人们讲求绅士风度，所谓绅士就是指仪表端庄、语言文明的人。而我们东方国家的人们则提倡君子气量，所谓君子气量，也就是指胸襟广阔、人格高尚的人。无论是绅士风度还是君子气量，都是精神文明与素质文明中的一种高尚的境界！

## 一、"不学礼，无以立"

### （一）礼仪是建立良好人际关系的基础

随着人类社会文明的不断进步，人们越发意识到礼仪在社会交往活动中的重要作用，礼仪已经成为提高个人素质和单位形象的必要条件；礼仪是人们立身处世的根本、人际关系的润滑剂，是现代竞争的附加值。"不学礼，无以立"已成为人们的共识。作为当代的大学生，身居礼仪之邦，应为礼仪之民。知书达理，待人以礼，应是当代大学生的一个基本素养。

当代大学生随着年龄的增长和生活环境的变化,自我意识有了新的发展,他们十分渴望获得真正的友谊,进行更多的情感交流。大学生一般都远离家乡父母,过着集体生活,与其他同学处在平等位置,失去了以前那种对父母的"血缘上的"、"无条件的"依赖。因此,通过人际交往活动,并在交往过程中获得友谊,是适应新的生活环境的需要,是从"依赖于人"的人发展成"独立"的人的需要,也是大学生成功地走向社会的需要。事实上,在大学期间,能否与他人建立良好的人际关系,对一个人的成长和学习有着十分重要的影响。渴望友谊和情感交流是大学生心理的一个重要特点。但也有不少大学生却不同程度地表现出"自我封闭"的倾向。时常出现"孤独寂寞"、"没有朋友"的情绪体验。产生这种情况的原因往往是多方面的,较为普遍的原因有两个方面:一是没有真正理解什么是友谊,在人际交往过程中没有真正走出早期人际交往中形成的"依赖他人"、"不平等的"人际交往模式,在人际交往过程中表现出"依附于人"、"利用他人"、"个人中心"、"求全责备"等倾向,偏离了友谊"无私、平等、尊重"的根本原则;二是缺乏社交技巧,不善于表达自己的情感和思想,也不善于了解他人的情感和思想,缺乏共同的兴趣和爱好等,因而导致人际交往受挫或交际范围狭窄。长期发展的结果就是感到孤独寂寞,缺少朋友,形成一些心理障碍,不利于心理健康发展。大学生学习社交礼仪的基本规范和知识,有利于帮助学生掌握交往技巧,积累交往经验,在交往过程中学会遵循相互尊重、诚信真挚、言行适度的原则,就能很快与交往对象接近,使他们觉得你熟悉他们、理解他们、尊重他们。

同时,社交礼仪本身就是一种特殊的语言,大学生学习和掌握社交礼仪的基本知识和规范,就能凭借它去顺利地开启各种交际活动的大门和建立和谐融洽的人际关系。这样,不仅是形成良好的社会心理氛围的主要途径,而且对于大学生个体来说,也具有极其重要的心理保健功能。

### (二)明礼之人的表现特质

在人际交往中,讲礼明礼的人总是恰如其分地展示出自己的教养、风度和魅力,充分体现出其对社会的认知水准、个人学识、修养和价值。

（1）律己。礼仪规范由对待个人的要求和对待他人的做法两大部分构成。对待个人的要求,是礼仪的基础和出发点。学习、应用礼仪的人,懂得自我要求、自我约束、自我控制、自我对照、自我反省、自我检点。

（2）敬人。在礼仪中,有关对待他人的做法,比对待个人的要求更重要,这一部分实际上就是礼仪的重点和核心。明礼之人,懂得在对待他人时的一条最要紧的原则,即敬人之心常存,处处不可失敬于人,不可伤害他人的尊严,更不能侮辱对方的人格。掌握了这一点的人,就等于掌握了礼仪的灵魂。

（3）宽容。在交际活动中运用礼仪时,明礼之人能够既严于律己,又宽以待人。能够多容忍他人,多体谅他人,多理解他人,从不求全责备,斤斤计较,过分苛求,咄咄逼人。

（4）平等。在礼仪的核心点,即尊重交往对象、以礼相待这一点上,明礼之人对任何交往对象都会一视同仁,给予同等程度的礼遇。不会因为交往对象彼此之间在年龄、性别、种族、文化、身份、财富以及关系的亲疏远近等方面有所不同而厚此薄彼,给予不同待遇。但他们懂得,如何根据不同的交往对象,采取不同的具体方法。

（5）真诚。在人际交往中运用礼仪时,明礼之人讲究诚实无欺,言行一致,表里如一。因为他们懂得,只有如此,自己在运用礼仪时所表现出来的对交往对象的尊敬与友好,才会更好地被对方理解并接受。

（6）适度。明礼之人在应用礼仪时,为了保证取得成效,懂得注意技巧及其规范,做到把握分寸,认真得体。

（7）从俗。在遇到国情、民族、文化背景彼此不同的情况下,明礼之人懂得坚持入乡随俗,与绝大多数人的习惯做法保持一致。

## 二、礼仪在日常交往中的体现

在大学里学习,同学朝夕相处,是亲密的伙伴。同学情是大学生活中最宝贵的财富,它具有纯真、浪漫、充满活力的特点。与同学的日常交往,知礼懂礼,往往体现在如下几个方面。

### (一) 同学之间贵在沟通

有效的沟通是建立良好人际关系的基础,在沟通中要遵循相互尊重、以礼相待的原则。

著名华裔建筑设计师贝聿铭,在一次宴会中遇到这样一件事:当时的宴会嘉宾云集,在他邻桌坐着一位美国百万富翁。在宴会中,这个百万富翁一直在喋喋不休地抱怨:"现在的建筑师不行,都是蒙钱的,他们老骗我,根本没有水准。我只不过要建一个正方形的房子,很简单嘛,可是他们都做不出来,都是骗钱的!"贝聿铭听到后,没有直接地反驳这位百万富翁,他问:"那你提出的是什么要求呢?"百万富翁回答:"我要求这个房子是正方形的,房子的四面墙全都朝南!"

贝聿铭面带微笑地说:"我就是一个建筑设计师,你提出的这个要求我可以满足,但是我建出来这个房子你不一定敢住。"这个百万富翁说:"不可能,只要你能建出来,我肯定住。"贝聿铭说:"好,那我告诉你我的建筑方案,我将在北极的极点上建这座房子,因为在北极点上,各个方向都是朝南的。"

贝聿铭并没有使矛盾冲突升级,而是很好地、很委婉地反击了这位百万富翁。往往人们在进行沟通的时候,特别注重充分表达自我,而忽视了表达方式和技巧,以上例子说明,沟通要讲求技巧,要以礼相待,这在同学之间的沟通中同样适用。要善于沟通与交流,用心了解别人的需要、渴望、能力与动机,并给予适当的反应。在人际沟通中最重要的就是要学会倾听,倾听是了解别人最妙的法宝。除了倾听,适时赞美他人也是沟通妙法。美国钢铁大王卡内基,在 1921 年付出 100 万美元的超高年薪聘请 CEO 夏布(Schwab)。当时许多记者访问卡内基时问:"为什么是他"? 卡内基说:"因为他最会赞美别人,这也是他最值钱的本事。"甚至,卡内基为自己写的墓志铭是这样的:"这里躺着一个人,他懂得如何让比他聪明的人更开心。"有些同

大学生行为指导与训练

学,一个人整个下午都闷在图书馆读书,回到宿舍说话都带着火药味。对周围同学的情绪无暇顾及,更别说有耐心倾听了,这样的相处态度很容易陷入人际关系紧张的状态。大家因为共同的目标走在了一起,一起努力一起奋斗,使原来需要孤军奋战的大学生活显得有意义,这才是令人向往的大学生活。

### (二) 同学之间贵在相互尊重

相互尊重包括尊重对方的人格、习惯、劳动和劳动能力等。相互尊重是任何时候任何地方与人相处的原则,受到尊重是一个人的心理需要,充分地尊重他人是一个人的良好道德和综合素质的体现。

同学之间的相互尊重体现在以下几方面:① 见面要主动与同学打招呼问候,与同学打招呼一方面表示对同学的尊重,另一方面表明自己有自信健康的心态。② 当同学遇到困难,如学习暂时落后、遭遇不幸、偶尔的失败时,不应嘲笑、讽刺、歧视,而应热情帮助,真诚地伸出援助之手。③ 对同学的相貌、体态、衣着不要品头论足,对同学的生理缺陷尤其不能嘲笑,更不能给同学起带侮辱性的绰号。④ 同学之间要相互包容,如有同学考前或参加重要活动时需要晚上在宿舍看书,或者很晚回来,灯光会影响室友休息,这就需要相互包容。⑤ 男女同学之间的交往要相互尊重,谈吐举止要有分寸。交往既要大方又不能轻浮,开玩笑要讲究分寸,不宜动手动脚,打打闹闹。

### (三) 同学之间贵在热情相助

热情相助,就是要学会在相互尊重的基础上帮助同学。并不是所有的帮助都能收到很好的效果,不恰当的帮助可能适得其反。这里就要分清同学中哪些是需要别人帮助的,哪些帮助必须点到为止。有些伤害是需要保密的,属于隐私一类,这时就要适可而止,对对方不愿意说的部分就不要过分追问,否则可能会引起误解。有些同学自尊心强,过于敏感,他们不愿意接受别人的帮助或者对别人的帮助怀有戒心,这时就要讲究方式、方法,对同学的帮助一定要讲究分寸,讲究时间、地点、事件的性质,不能一概而论。这样才会给别人安全感,你的帮助才能给别人快乐,让自己获得友谊。

一个禅师走在漆黑的路上，因为路太黑，行人之间难免磕磕碰碰，禅师也被行人撞了好几下。他继续向前走，远远看见有人提着灯笼向他走过来，这时旁边有个路人说道："这个瞎子真奇怪，明明看不见，却每天晚上打着灯笼！"

禅师也觉得非常奇怪，等那个打灯笼的盲人走过来的时候，他便上前问道："你真的是盲人吗？"

那个人说："是的，我从生下来就没有见过一丝光亮，对我来说白天和黑夜是一样的，我甚至不知道灯光是什么样的！"

禅师更迷惑了，问道："既然这样，你为什么还要打灯笼呢？你甚至都不知道灯笼是什么样子，灯光给人的感觉是怎样的。"

盲人说："我听别人说，每到晚上，人们都变成了和我一样的盲人，因为夜晚没有灯光，所以我就在晚上打着灯笼出来。"

禅师非常震动地感叹道："原来你所做的一切都是为了他人！"

盲人沉思了一会儿，回答说："不是，我为的是自己！"

禅师更迷惑了，问道："为什么呢？"

盲人答道："你刚才过来有没有被别人碰撞过？"

禅师说："有呀，就在刚才，我被两个人不留心碰到了。"

盲人说："我是盲人，什么也看不见，但我从来没有被人碰到过。因为我的灯笼既为他人照了亮，也让他人看到了我，这样他们就不会因为看不见而撞到我了。"

禅师顿悟，感叹道："我辛苦奔波就是为了找佛，其实佛就在我的身边啊！"

这则盲人点灯的故事告诉我们：点灯照亮他人的同时，更照亮了自己。这就是助人为乐的道理。在生活中，我们应该时刻记得：帮助他人也就等于帮助自己。

### 三、注重内在修养，提升礼仪水平

在现实生活中，知礼、守礼、行礼的人会赢得他人的尊敬和信任，然而，礼仪修养绝不仅仅是一种外在的行为表现形式，它是与人内在的道德、文化和艺术修养密切相关的,是其内在的道德、文化和艺术修养的反映和折射。古人云:"相由心生。"说明了这两者之间的关系。大学生要在勤奋求知中不断地充实自己,以提高自己的礼仪水平。

### (一)思想道德修养

思想道德修养是指一个人的道德意识、信念、行为和习惯的磨炼与提高的过程,同时也是指达到一定的境界。有德才会有礼,缺德必定无礼。道德是礼仪的基础。在现实生活中,为人虚伪、自私自利、斤斤计较、唯我独尊、嫉妒心强、苛求于人、骄傲自满的人,对别人不可能诚心诚意、以礼相待。因此,只有努力提高思想道德修养,不断地陶冶自己的情操,追求至善的理想境界,才能使人的礼仪水平得到相应的得高。

### (二)文化修养

风度是人格化的表征,是精神化的社会形象,它是人们长期而又自觉的文化思想修养的结果。有教养的人大都懂科学、有文化。他们思考问题周密,分析问题透彻,处理问题有方,而且反应敏捷,语言流畅,自信稳重,在社会交往中具有吸引力,让人感到知识上获益匪浅,身心上愉快舒畅。相反,文化层次较低的人,缺乏自信,给人以木讷、呆滞或狂妄、浅薄的印象。因此,只有自觉地提高文化修养水平,增加社交的"底气",才能使自己在社交场上温文尔雅、彬彬有礼、潇洒自如。

### (三)艺术修养

艺术是通过具体、生动的感性形象来反映社会生活的审美活动。艺术作品积淀着丰厚的民族文化艺术素养,更凝聚着艺术家的思想、人生态度和道德观念。因此,我们在欣赏艺术作品时,必然会受到民族文化的熏陶,同时也受到艺术家世界观、道德观等方面的影响,倾心于艺术作品所描绘的美的境界之中,获得审美的陶醉和感情的升华,思想得到启迪,高尚的道德情操和文明习惯就会培养起来。因此,要有意识尽可能多地接触内容健康、情趣高雅、艺术性强的艺术作品,如文学作品、音乐、书法、舞蹈、雕塑等,它对人们提高礼仪素质大有裨益。

## 四、修身明礼,从身边做起

学问与人品、治学与做人,是两个不同的问题。人品不是学问的必然结果,一个知书不识礼、知识水准与道德水准严重不协调的学生,成不了一个优秀人才。九层之台,始于垒土。莘莘学子无论今后是为政、经商、治学,首先是要做人。礼节习惯,看似一个很简单的问题,但它的作用不容忽视。德国总理在犹太人墓前的一跪,尼克松访华时伸出的友好之手,是外交礼仪的典范,这两个简单的礼仪举止,抚平了民族仇恨,开创了国家之间交流的契机。我们不是国家元首或政府首脑,举手投足的影响不会那么大,但我们的一言一行,都是自身素质修养的体现,对个人影响很大。

礼仪最重要的是从小处着眼。缺乏基本的礼仪常识、不会问候、不会谦让、不会尊重师长,被相当一部分人认为是无所谓或者是无足轻重的小事。但是,这看似无足轻重的小事,就有可能给人留下一个深刻的印象。现阶段,这个印象可能会使你失去很多朋友,或被人误解,或遭人怨恨。等到了走进社会,这个印象就很有可能让你失去工作、失去机会、失去很多很多。请记住一点,"没有人会迁就你",除了自己的至亲手足,除了自己的好友亲朋,没有人会容忍你的无礼举止;即使身边的人容忍你的无礼,也会在他人心里留下伤疤。所以,从小处着眼,随时随地注意自己的一言一行应该符合基本的礼节要求,的确是待人处事的首要条件。一次给老人让座、一次问候他人,并不能说明你的修养有多高、品质有多好。礼仪习惯的养成应该是由外到内、由低到高的一个递进的渐变过程,需要经受时间的考验。作为当代大学生,应该很好地掌握一些必需的礼仪知识。

近年来,我国高校大学生中与礼仪相悖的行为日益加剧,相当一部分人从温文尔雅的社会精英滑落到被某些文章称之为"丑陋的大学生",这一变化令人瞠目,不能不引起我们的深思。据报载,在人才招聘会上，言谈儒雅、服饰得体、仪表端庄、神态大方、礼仪到位的大学生更能受到用人单位的青睐。也就是说，在市场经济大潮之下，社会对大学生的个人素质提出了更高的标准和更加具体的要求。

礼仪昭示了个体的文明素养水平，一个人的内心世界往往通过外在的行为举止表现出来。我们难以使每个人都成为"绅士"或"淑女"，但学礼仪、讲礼仪是必不可少的，文明的素养是由内向外的，通过外在的礼仪状况，人们可以或多或少地窥见其内心世界。加强礼仪修养，重视道德教化，既彬彬有礼，又人格高尚，内外结合才能真正使个体的文明素养落到实处。换言之，礼仪不是虚伪的面纱，而是真诚的表达。礼仪和良知是应该统一起来，也是可以统一起来的。

**思考与练习**

1. 检查自己待人方面的经历，看看自己在怎样的程度上对别人表达了尊重？自己是否体会到这是与人交往的重要礼节？

2. 你认为关于校园礼仪有哪些礼仪要求？

3. 情景训练：四人一个小组设计一个见面情景，将接电话、称呼、介绍、握手、问候、递接名片等交际礼节，连贯地演示下来，并对各组的表演进行评价。

4. 案例分析：

（1）风景秀丽的某海滨城市的朝阳大街，高耸着一座宏伟楼房，楼顶上"远东贸易公司"六个大字格外醒目。某照明器材厂的业务员金先生按原计划，手拿企业新设计的照明器材样品，兴冲冲地登上六楼，脸上的汗珠未及擦一个，便直接走进了业务部张经理的办公室，正在处理业务的张经理被吓了一跳。"对不起，这是我们企业设计的新产品，请您过目。"金先生说。张经理停下手中的工作，接过金先生递过的照明器，随口赞道："好漂亮啊！"并请金先生坐下，倒上一杯茶递给他，然后拿起照明器仔细研究起来。金先生看到张经理对新产品如此感兴趣，如释重负，便往沙发上一靠，跷起二郎腿，一边吸烟一边悠闲地环视着张经理的办公室。当张经理问他电源开关为什么装在这个位置时,金先生习惯性地用手搔了搔头皮。好多年了,别人一问他问题,他就会不自觉地用手去搔头皮。虽然金先生作了较详尽的解释,张经理还是有点半信半疑。谈到价格时,张经理强调:"这个价格比我们预算高出较多,能否再降低一些?"金先生回答:"我们经理说了,这是最低价格,一分也不能降了。"张经理沉默了半天没有开口。金先生却有点沉不住气,不由自主地拉松领带,眼睛盯着张经理,张经理皱了皱眉:"这种照明器的性能先进在什么地方?"金先生又搔了搔头皮,反反复复地说:"造型新、寿命长、节电。"张经理托辞离开了办公室,只剩下金先生一个人。金先生等了一会,感到无聊,便非常随便地抄起办公桌上的电话,同一个朋友闲谈起来。这时,门被推开,进来的却不是张经理,而是办公室秘书。

请指出金先生的失礼之处。

(2)一位刘小姐和一位姓张的男士在一家西餐厅就餐,男士小张点了海鲜大餐,刘小姐则点了烤羊排。主菜上桌,两人的话匣子也打开了,小张边听刘小姐聊起童年往事,一边吃着海鲜,心情愉快极了,正在陶醉的当口,他发现有根鱼骨头塞在牙缝中,让他不舒服。小张心想,用手去掏太不雅了,所以就用舌头舔,舔也舔不出来,还发出啧啧喳喳的声音,好不容易将它舔吐出来,就随手放在餐巾上。之后他在吃虾时又在餐巾上吐了几口虾壳。刘小姐对这些不太计较,可这时男士想打喷嚏,拉起餐巾遮嘴,用力打了一声喷嚏,餐巾上的鱼刺、虾壳随着风势飞出去,其中的一些正好飞落在刘小姐的烤羊排上,这下刘小姐有些不高兴了。接下来,刘小姐话也少了许多,饭也没怎么吃。

请指出本例中姓张的男士的失礼之处。

# 第二节 诚 信 守 诺

南京一名高校在校生最近一个月内换了三个手机号码。如此频繁换号,只为利用话费结算的滞延时间恶意欠费,把手机卡打爆就扔掉换新卡。

据一些在校大学生说,前段时间有人到高校宣传推销,搞"买一送一"活动,只需花 50 元,就能买到两张内含 50 元话费的手机卡,而且不用任何身份证明和资料登记。由于手机话费结算有滞延时间,而且在停机前允许用户透支一定数目的话费,许多同学就利用这一点在停机前狂打长途,恶意欠费。

摘自新华网南京 2004 年 1 月 3 日电

美国著名的计算机软件开发工程师之一——威廉·赫德森,大学毕业时在上班的第一个星期,被分配每天提前半个小时到办公室,专门做打扫办公室卫生的工作。然而事实上,每天都有一名清洁工如期而至,一声不响地干完活再离去,他从未动手去打扫卫生。在一星期后的汇报工作中,他如实地向经理报告了自己一天都没干过清洁工作的事实。但他并没有因此丢掉工作,反而被经理调往公司的一个比较重要的岗位去工作。

当威廉·赫德森问及为什么时,经理是这样回答他的:"你什么都没干,正如你所说的。但有一点你干了,而且干得很出色,那就是你的主见,还有你的诚信。打扫卫生仅仅是个误会,但对公司来说,你的诚信,却是一个意外的收获。"

改编自《8 种成功心态》

# 一、诚信无价

## （一）为人处事，诚信为本

为人处世，最根本的就是有诚信。"诚信"就是诚实守信，包含着既不自欺，亦不欺人，包含着坚守自己的做人的本质，也反映着对他人的处世态度。荀子说过"君子养心莫善于诚"，诚信是美好心灵的核心。芸芸众生，面对充满竞争和诱惑的社会，有的人迷失了自我，有的人在自我的笼罩下，失去了社会的认同；而有的人却在茫茫人海把握自身，成为命运的主宰，坚守诚信是他们的法宝。诚信就是正直、为人正派，诚信就是坚持原则、声张正义，诚信就是保持人格尊严，诚信地对自己，诚信地对他人，诚信地对社会，诚信地对待自己理想信念。现代社会是建立在诚信的基础上，"言必信，行必果，诺必承"，诚信乃修身之本。诚信人的"一个行动，胜过一行纲领"，没有工作，没有事情，威廉·赫德森为什么得到上司的信任，就是因为他有了为人最重要的承诺——讲究诚信。

诚信是现代人最靓的名片。市场经济是一种契约的经济，诚信是市场经济的基础，没有信用，就没有市场。同样一个人失去了诚信也就等于失去了搏击市场的基础，诚是一个人的根本。待人以诚，就是信义为要，俗话说精诚所至，金石为开。人们之所以喜欢把大学生称为"天之骄子"，就是因为大学生充满朝气，追求知识，追求理想和真理。一个人一生随职业不同地位不同而拥有不同的交往名片，但是有一张名片是最深厚又最靓丽的，同时又需要用一生去描绘，那就是诚信。明人朱舜水修身处世，一诚之外便无余是。故曰："君子诚之为贵。"诚信是人生最好的通行证，而签发这张通行证的不是他人而是自己。

但是在大学校园中，有时候我们面对急功近利的浮躁时，诚信有时是否也会被人暂时忘却在一边？比如，当我们在为足球人员不尽心踢球、打球时，当遇到黑哨现象时，我们会情不自禁、义愤填膺地迸出一句"你们的职业道德何在"，可是在济济一堂的大教室，我们有时却或讲话,或看报,究其因往往归罪于上课质量,这时,作为学生的"职业"道德蒸发了。每年为阻止作弊,学校不得不施以高压,学生不得不大作承诺,但结果总不令人如意。打爆手机,随时更换新卡,不留身份,欠费逃单的"天之骄子"们经常性地忽略这一行为所带来的消极影响,社会对大学生的诚信缺失、品德沦丧的不良评价又多了一笔浓墨。

### (二) 诚信是成功的法宝

诚信不仅是现代人的立身之本、生存之道,还是成功的法宝。日本小池国三的成功就是很好的例证。小池国三 13 岁背井离乡,在一家小商店做店员,同时替一家机器公司做推销员。一次,他推销机器十分顺利,半个月与 33 家客户签订了合同。后来,他发现所卖的机器比其他公司出品的同样性能的机器价格贵。这时,他想,自己的客户如果知道了,一定会后悔,更谈不上以后的生意。于是他就带着合同,挨家挨户地进行说明,请客户废约。

然而,他这样做,不但没令客户反感,反而更多的客户把他介绍给亲朋好友和邻居。同时,人们加深了对他的信赖和敬佩,使他后来成为日本证券公司的创业者、小池银行和东京瓦斯公司的董事长。小池国三最初的成功并非得益于人们对他年幼的同情,而是他独具人格魅力的诚信。

### (三) 诚信是事业最可靠的资本

日本著名的松下电器公司总裁松下幸之助年轻的时候曾一度失业,一次他到一家大工厂去谋职。瘦弱矮小的松下走进这家工厂的人事部,请求给安排一个哪怕是最低下的工作。这家工厂人事部的负责人看到松下衣着肮脏,又瘦又小,觉得很不理想,就找个理由说:"我们现在暂不缺人,你一个月后再来看吧!"这本是一个托辞,但没想到一个月后松下真的来了,这人又推托说现在有事,过几天再说。隔几天松下又来了,如此反复多次,这位负责人干脆说出真正的缘由:"你这样脏兮兮是进不了我们工厂的。"于是,松下回去借了一些钱,买了一件衣服穿戴整齐再次登门,这人一看实在没办法,便说:

"关于电的知识，你知道太少，我们不能要你。"两个月后，松下又来了，说："我已学了不少电的方面的知识。您看我还有哪方面差距，我一项项来补。"

这位人事主管盯着他看了半天，才说："我干这行几十年，头一回碰到你这样找工作的，真佩服你的耐心和韧性。"

结果松下如愿以偿地进了这家工厂，以后又以其超人的努力逐渐成为一个非凡的人物。

现代社会，对人的最大考验，莫过于面对一切诱惑，一个人能否诚实、自我约束、公正和坦诚，信、智、勇是自立于社会的三个条件，但诚信是第一位的。松下之所以求职成功，不就是他诚心和诚意吗？同时，这又何尝不是他建立庞大的松下王国的人格基础。

人是理性的，但有时又脱离不了他的感性欲望，因此，人往往会被物欲所蒙蔽。这时，坚守诚信有时给人似乎是海市蜃楼——美丽但不实用，但是，对人而言，人格本身就是财富，而且是财富的源泉。一个受到良好训练的人，只要坚持走自己的路，成功一定会到来。

其实，诚信的品德是人生中最珍贵的财富。在这方面投资，虽然不像在物质上投资那样马上能获得回报，但诚信的人可以从赢得的尊敬和荣誉中获得回报。现代社会是建立在诚信的基础上，诚信的人必将笑到最后，诚信是事业最可靠的资本。

诚信也是现代文明的重要标志，是为人之道、做人之本，是一个人为学和立业的根本，也是当代大学生塑造健康人格、实现人生价值的道德基石，无诚则万事难成。

然而，随着市场经济负面因素的冲击，社会上诚信缺失的现象层出不穷，即使是在被称为"象牙塔"的大学校园里，这种足以让古人不齿、让今人心痛的缺失诚信的现象也是屡见不鲜。考试作弊、成绩造假、抄袭他人作业、论文剽窃、充当"枪手"替考、荣誉证书造假、毕业自荐信造假、编造假简历、拖欠助学贷款等不诚信的现象在高校校园里频频发生，甚至连偷盗事件也由我们贵为"天之骄子"的大学生的全权策划或是"友情"出演。莎士比亚说："如果要别人诚信，首先自己要诚信。"我们不能把诚信挂在嘴边，而要把诚信落在实处。

## 二、诚信危机

### （一）诚信危机的表现

"信以待物，宽以待人"，这是先辈们教育后代如何做人处世的至理名言。然而时代发展到今天，社会上的一些欺诈行为和不诚实的现象，使得一些人对这一"信条"产生了怀疑，彼此之间特别是不太熟悉的人之间打交道时，常常会在心里打上一个重重的问号："这人可信吗？"这种信任危机已逐渐浸透到社会的各个领域，仅在日常生活中表现出的"三不信"就很能说明这个问题。

一是不信其真。由于制假者的无所不能、无所不包，致使消费者对商品"真伪难辨"。上过当、吃过亏的人们在选购商品时，总是显得小心翼翼。这边是顾客拿着商品翻过来转过去地看，"不信其真"；那边是收银员拿着顾客给的钞票，在验钞机下验来验去，"疑心是假"。

二是不信其善。由于一些骗子、恶人的卑劣行为，使得一些人对"好人做好事，善人行善事"也产生了怀疑。类似电影《离开雷锋的日子》里那个乔安山的故事，在各地不断重演。

三是不信其诚。正如一些下岗职工渴望能有个工作去应聘时那样，虽然诚恳得无以复加，就差把心掏出来了，但人家还认为这是嘴皮子上的功夫，还要追问一句"你用什么来保证你的忠诚？"令人难堪。

### （二）警惕几种校园诚信危机

#### 1. 考试作弊，无视诚信

目前，考试作弊现象的屡禁不止已成为令许多学校尴尬的话题。尽管学校三令五申、严惩重罚，仍有不少同学以身试法。诚实应考，遵守规则，这是校园文明对诚信的呼唤。

大学生群体是一个可塑性很强的群体，如果放弃了自身的努力而寄希望于考试投机，无形间就淡化了道德自律和遵纪守法观念，养成浮躁、极不务实的不良习惯。如果学校不把治理考试作弊当作一项大事来抓,就会助长投机和自欺欺人的不良风气,最终会导致学生群体素质和教学质量的下降,进而影响到学校的声誉和发展。

明日早上考试,今晚就占座位的现象绝非夸张。占了座位后就开始做夹带,桌面上写得满满的,字迹模糊而又清晰。

据粗略的调查,当问及"您有过考试作弊行为吗"时,有不少学生承认自己曾有过考试作弊的经历,其中有的学生偶尔作弊,有的学生经常作弊;还有在由于考试作弊受过处分的学生中,有一半的学生表示"如果查不出,还会作弊,否则就得挂科"。

### 2. 拖欠学费,威胁诚信

近年来,高校学生拖欠学费的现象也日趋严重。笔者在网上了解到新疆大学高职学院学生拖欠学费情况日趋严重,对学院各方面的正常工作造成了冲击和影响。在万般无奈之下,高职学院组织成立调研收费组,经调研发现,93.82%的欠费学生的家庭是有能力承担学费的,真正因家庭经济困难而无力承担学费的学生只是少数。来自和田的学生艾某已经拖欠了整整三年的学费共9 600元,讨费组在他家见到:自建的房屋足有60米长,2辆汽车和3辆摩托车停放在院内;拜城县的学生艾某开学时,家里本来要给他学费,可他说学校可以贷款,还有很多同学都没缴学费,所以自己暂时不用缴了,就这样欠着学校3 300元的学费。讨费组到他家中后,他父亲当场就缴清了所欠学费。有的是由于家庭原因,"确实没有钱";有的是准备好了学费,到学校后抱着看看风头的心理,"可以逃就逃";最后一种是家长准备好了学费,却被学生用来买电脑、数码相机、谈恋爱……

### 3. 助学贷款,期待诚信

为使贫困学生能顺利完成学业,政府和银行开通了助学贷款业务,为大学生提供最优惠的贷款政策,对一些特困生来说,助学贷款甚至成了他们能够完成学业的惟一经济来源。当我们的同学拿到期盼已久的助学贷款,感激之余是否将诚信放在第一位呢? 是否准备着以实际行动来回报国家给予的真诚帮助?

可有个别学生就乘机钻这个空子,毕业后对贷款时的所有承诺都置之不理,在背弃了贷款协议的同时也背弃了自己的诚信原则,给国家造成了损失,更重要的是影响了学校和银行合作的信用,给以后靠助学贷款上学的贫困生埋下了后患。所以,不按时还甚至不还助学贷款,不仅仅是个人的问题。

助学贷款是由国家财政贴息,无需任何担保和抵押的个人信用贷款。由于贷款周期长、学生毕业后流动性大等因素,加大了信用贷款的风险性。然而,银行依然每年发放大量的助学贷款,因为银行方面相信,受过高等教育的大学生是社会群体中诚信度较高的一类,他们的个体素质应该能够为银行发放贷款做最可靠的信用担保。

4. 简历做假,考验诚信

毕业生为能找到一份满意的工作,千方百计地争取机会,使出浑身解数以引起用人单位的注意,这本是无可厚非的,但有些毕业生在求职简历中夸大自己的才能和所谓的优势,甚至无中生有。

诚信是就业市场上一张必备的通行证。即使我们简历作假获得了一份工作,但上了岗位后,我们用什么去展示。有一用人单位在招聘人才时,收到某学校同一班级多名学生的自荐材料,结果发现许多证书或获奖证明都是经过“克隆”的。同一个班上,竟有四位班长、六位校学生会主席。许多学生多家签约,有的甚至撕毁就业协议。

如果说这都是因为现在大学生求职压力大、就业难而出于无奈,那大学生在校期间的种种有失诚信的行为又做何解释?曾经有一位学生家长反映,他给自己小孩找了个大学生家教,大学生自称是数学系的高才生,拿出学校的成绩单中数学成绩都在 85 分以上,多次获学校学生奖学金,是学校“三好”学生。但就是这样优秀的大学生,连初中的数学题都解不出来,结果家教自然是没有做成。

以上提到的仅是校园诚信危机突出的方面。还有许多置诚信于不顾的现象屡见不鲜,你有过或经历过这些情况吗?大学生年少气盛,有较强的虚荣心,有时不注意在小事上守信用,比如:Z同学今天忘带卡,没法吃饭,借了他人饭卡一用,过后却忘了这件事;应该 8:00 上课,却总是姗姗来迟,难道早 5 分钟的时间也真的没法保障;一个不善于拒绝他人的人,有时因能力所限,答应替人办的事却不能落实,十分为难……

大学生为人处世容易随心所欲,较少考虑环境影响,有时不注意在小事上坚守诚信。其实,诚信无小事,其他人就是通过点点滴滴的小事来评价你的诚信度,而每个人也正是通过点滴小事来培养自己守信用的习惯,俗话说习惯成自然,当你形成了如上这样的习惯时,以后就会慢慢地失信于人。长久下去,则会给自己的事业发展埋下隐患。

## 三、生活因诚信而美丽

曾经有一位名叫穆巴拉哈的犹太商人,因为品德高尚而受到人们的尊重。穆巴拉哈拥有大量的财富,但是,他的成功之路却坎坷曲折、困难重重。当他还是一个小商贩的时候,他常常与别人合作。有一次,他努力赚到了一笔资金,准备与一位富商合作,将自己的商业计划变为现实。那位富商想盗用他的商业秘密,就假装答应了。事实上,当穆巴拉哈将商业计划说出来以后,那位富商却不讲信用,将穆巴拉哈踢开了。这使穆巴拉哈遭受到沉重的打击,令他在很长一段时间里意志消沉。不过,穆巴拉哈本人却不接受商人都奸诈这个说法,他说自己就是一位讲信用的商人,虽然自己的商业秘密被盗取,但他一点儿也不气馁,并坦然地说:"不就是做生意的想法嘛,我多的是,只是苦于没有资金。"经过几十年的努力,穆巴拉哈成了一位非常成功的商人。他也没有因那件事而耿耿于怀,而且帮助过很多商人,使他们也获得了巨额的财富,他非常愿意与别人合作。穆巴拉哈说:"我愿意与别人分享财富,我愿意看到别人成功。"穆巴拉哈因为人格魅力而受到人们的尊重,同时他自己也承认,这对他的致富有非常重要的作用。他甚至说:"如果我也采取恶劣的态度对待别人,他们不会尊敬我,在工作中也不会帮助我。所以,我的成功有他们一半的功劳。"

马克思就曾说过:"友谊需要忠诚去播种,热情去灌溉,原则去培

大学生行为指导与训练

养,谅解去护理。"墨子说:"言必信,行必果。"孔子说:"与朋友交,言而有信。"信用是处理人际关系的必守信条,敌对双方谈判要守信用,做生意双方成交要守信用,上、下级讲话要讲信用,甚至连父亲对刚懂事的儿子讲话也要讲信用。我国历史上有个著名的故事:曾子的儿子吵闹不休,曾妻就骗他说:"等你父亲回来,杀猪给你吃。"曾子回家听到妻子告诉他这件事后,果然持刀把猪杀了。显然,曾子是在培养儿子的信用意识。

短暂而宝贵的大学时代,不仅是不断汲取知识、掌握技术的最佳时机,更是努力塑造美好人格、提升自我的关键时刻。北京大学校长许智宏在"信用中国论坛"上,对大学生们讲:"作为大学生,应该明确,在市场经济中,人格信誉是自身最宝贵的无价资产,是每个人的立身之本。"随着社会的发展,个人信用越来越重要,个人信用记录不良的人,将来走进社会也很难有所成就,这就要求大学生们格外珍惜自己的信用。我们不仅要加强专业知识的学习,更要学会做人,要在日新月异的社会中把握自我、提升自我、超越自我,努力形成科学的世界观、人生观、价值观,实现人生的价值。

**思考与练习**

1. 联系自身实际,谈谈如何塑造信用人生?

2. 谈谈作为一名大学生,周围有哪些不诚信现象?

3. 考验诚信:

操作目的:通过对社会生活中道德行为的选择,加强对诚信意识的培养。

操作步骤:

(一)针对以下5个问题,考虑一下如果你遇到这种情况,会采取怎样的行动,并想想为什么。

(1)你因急事乘坐一辆出租车,上车后,在后座上发现了一只皮包,显然是前一位乘客遗失在车上的,皮包内有不少现金,你会毫不犹豫地将这只包交到派出所吗?

（2）你同室的一位同学丢失了一个计算器，而你却在另一寝室的好朋友那里见到过，对此，你怎么办？

（3）水房中有水龙头没关好，自来水"哗哗"的流，你经过那里，会进去顺手把它关掉吗？

（4）当你坐在一辆公共汽车上时，忽然车子抛锚了，司机和售票员招呼大家下去帮助推一下，可许多人仍旧站着不动。这时候，你会放弃座位下去推一下吗？

（5）你到图书馆查阅资料，发现一篇很有价值的文章，但文章较长，又没有复印的条件，你是否会趁人不注意一撕了之？

（二）把自己的答案归纳整理，并以相同或类似的问题与同学、师长讨论，然后与自身的答案加以比较，从中得出符合道德规范的结论，并在实际生活中遇到类似问题时以实际行动来证明自己的选择。

# 第三节 勇敢正直

一位73岁的日本老人，承受着巨大的压力，用自己大半生的时间对日本政府侵华战争的罪行进行着不懈的追问。在他身上，人们看到了跨越国界和民族的正义力量，这力量启示着人们，在捍卫正义的道路上，人们可以超越一切界限，而惟一不能失去的就是正义响在心中的声音，他就是获得"感动中国·2003年十大年度人物"称号的日本著名律师尾山宏先生。

这个如今连睫毛都花白的老人，作为中国战争受害者的代理律师，从1963年起参与了40年来所有的对日诉讼案件：历时32年的"教科书诉讼案"、"山西慰安妇案"、"731人体试验案"、"南京大屠杀案"、"浙江永安无差别轰炸案"、"刘连仁劳工案"、"李秀英名誉权案"以及"遗弃化学武器及炮弹案"……

尾山宏等日本律师成立的"中国人战争受害者索赔要求日本律师团"，无偿代理这些诉讼，并自行垫付一切费用，此外他们还多次自掏腰包将中国受害者接到日本东京出庭。而他们中的大多数人生活条件很一般，将大部分精力投注在诉讼案件上的尾山宏，自己只能以为企业做法律顾问养家糊口。

除了生活上的艰辛，尾山宏还要承受来自国内的种种压力。尾山宏及其律师团的举动触怒了日本国内右翼势力。许多人给他发来恐吓信，恐吓电话的铃声经常在半夜里响起……但尾山宏对此不屑一顾："他们越猖狂越表明自己心虚。"

然而，尾山宏的正义之举受到了中国人乃至全世界的尊重，人们称他"是一个为正义，而同那些丧失记忆的人进行抗争的斗士"，而他所代理的诉讼"不仅贡献于中国和日本，而且贡献于全人类"。

尾山宏曾说道："勇于忏悔自己国家的罪行，才是真正的爱国心；

一个有良心的国家应该正视历史、进行道歉、作出赔偿，而非极力否认、设法掩盖；唯此才能得到世界人民的尊重。"

在竞争日趋激烈的当代社会里，竞争的关键是智商、体魄还是实际能力？显然，这些都是必备的条件。但除此之外，如果一个人想攀登高峰、获取大的成功，还需要一个更重要的前提因素。有了它，一个人的能量可以发挥出双倍、三倍的效力。这一奇迹般的品格就是：正直。案例中的尾山先生和他的同伴们正是以他们对正义的执著追求和正直的人格赢得了世界人民的信任和尊敬。

正直可以带来友谊、信任和尊重，正直者还会成为公众崇拜的偶像。美国曾经数度评选历史上最伟大的总统，那些名列前茅的，往往是以品格取胜的。正因为如此，亚伯拉罕·林肯、华盛顿总是榜上有名；而我国最近几年推选的感动中国的人物，有许多也正是因为他们的良知和正直才入选的。人类之所以充满希望，很大成分是因为人类热爱正直，崇尚正直。

正直是源自于良知的责任感，正直是俗世洪流的中流砥柱，正直是一种对生命最高贵的承诺，正直体现着一种磊落的人生风骨！"做人正而不拙，直而不迂"——古往今来，在做人的诸多品德中，正直一直被看作是一个人的立身之本、处世之基、精神之柱。

当代的大学生，要学会正直，做一个正直的人，因为正直是做人的根本。

## 一、正直的内涵

正直，作为做人的根本品质，是世界各民族最为崇尚的美德之一，历来为人们所称道和赞誉。中国古代成语"刚正不阿"就是赞扬正直的；民间所说的"人正不怕影斜，脚正不怕鞋歪"，也是赞扬正直的。陈毅同志有一首明志诗，也是颂扬正直的斗士："大雪压青松，青松挺且直，要知松高洁，待到雪化时。"诗中所描写的青松，不屈服于恶劣环境的重压，永远高耸、挺拔，正是正直人品的生动写照。陈毅同志一生襟怀坦荡，坚持正义，公正无私，直至晚年还与祸国殃民的"四人帮"进行面对面、不调和的斗争，是一位具有高尚正直品德的革命家。我国人民历来崇敬那些具有正直品格的人，屈原、司马迁、包拯、海瑞、林则徐、闻一多、李公朴……都在人们心目中留下了难忘的光辉的形象，成了人们学习的榜样。

正直不仅是中华民族所崇尚的传统美德，也是当代世界各国人民所瞩目的优良品格。据美联社报道，韦氏大辞典在 2005 年公布的本年度 10 大在线查询热门字眼中，"integrity（正直）"一词荣登榜首，有将近 20 万人在线查找其解释。韦氏总裁摩尔斯先生认为"正直"的含义是需要全社会来共同寻找定义的。马萨诸塞大学新闻学教授拉尔夫·怀特黑德则认为，这代表着美国民众一直在关心的价值观和道德观，可能"坚持原则、清正廉洁"已经变成罕见的东西，越来越多人感到陌生，平时碰到这个字都得查字典搞明白是什么意思。

从这一调查也反映出，在当代社会，我们更需要正直，需要成为正直的人，那么究竟何谓"正直"？要对"正直"这一词汇下明确的定义确实很难，"正直"不是一个或几个词汇可以概括的，而是许多优秀品质的涵括，具有无与伦比的价值：正直是诚实守信，敢说真话；正直是有勇气承认错误并改正；正直是富有同情心，具有责任感；正直是坚定不移，朝着一个目标前进；正直是坚持正义、公正无私……

一个具有正直品德的人不谋私，不贪利，不文过饰非，不隐瞒自己的观点，不偷奸耍滑；对他人不阿谀奉承，不溜须拍马，不阳奉阴违，不包庇坏人坏事；处理事情，敢于主持公道，伸张正义，抨击邪恶，不怕打击报复……一个具有正直品德的人是堂堂正正、光明磊落的人。

正直如茅盾笔下的白杨，亭亭玉立，绝无旁逸斜出；正直如周敦颐笔下的莲花，出淤泥而不染。

正直就是实事求是地书写自己的历史，公正，诚实，坦率，不瞒不欺，不吹不拍，不随波逐流，勿以善小而不为，勿以恶小而为之。

但正直绝不仅仅是独善其身，它容不得作假，容不得恶，容不得中庸，容不得缄默。一个正直的人，在歪风邪气面前，敢于直抒胸臆，据理力争,他们有鲁迅踢鬼的勇气和胆略,他们有彭德怀那敢说真话的气魄。

## 二、正直的力量

对很多人而言,正直是一件艰难的事。因此,正直的人站在我们面前,显得那样有力,那样让我们产生情不自禁的仰慕感,这就是正直的力量。

著名企业家李开复在一篇名为《做一个诚信正直的人》的文章中有这样一段描述:

我在苹果公司工作时,曾有一位刚被我提拔的经理,由于受到下属的批评,非常沮丧地要我再找一个人来接替他。我问他:"你认为你的长处是什么?"他说:"我自信自己是一个非常正直的人。"我告诉他:"当初我提拔你做经理,就是因为你是一个公正无私的人。管理经验和沟通能力是可以在日后工作中学习的,但一颗正直的心是无价的。"我支持他继续干下去,并在管理和沟通技巧方面给予他很多指点和帮助。最终,他不负众望,成为一个出色的管理人才。现在,他已经是一个颇为成功的公司的首席技术官。

与之相反,我曾面试过一位求职者。他在技术、管理方面都相当出色。但是,在谈论之余,他表示,如果我录取他,他甚至可以把在原来公司工作时的一项发明带过来。随后他似乎觉察到这样说有些不妥,特别声明:那些工作是他在下班之后做的,他的老板并不知道。这一番谈话之后,对于我而言,不论他的能力和工作水平怎样,我都肯定不会录用他。原因是他缺乏最基本的处世准则和最起码的职业道德——"诚实"和"讲信用"。如果雇用这样的人,谁能保证他不会在这里工作一段时间后,把在这里的成果也当作所谓"业余之作"而变成向其他公司讨好的"贡品"呢?这说明:一个人品不完善的人是不可能成为一个真正有所作为的人的。

从李开复所举的两个例子中,我们就可以看到正直的力量了。正直的人,实际上意味着他受着某种信念的支持和推动。

**（一）正直意味着高标准地要求自己**

许多年前，一位作家在一次倒霉的投资中，损失了一大笔财产，趋于破产。他打算用他所赚取的每一分钱来还债。三年后，他仍在为此目标而不懈地努力。为了帮助他，一家报纸组织了一次募捐，许多要人都慷慨解囊，这是一个诱惑——接受这笔捐款将意味着结束这种折磨人的负债生活。然而，作家却拒绝了。他把这些钱退还给了捐助人。几个月之后，随着他的一本轰动一时的新书的问世，他偿付了所有剩余的债务。这位作家就是马克·吐温。在这里，正直成为作家不懈努力的基石，也奠定了作家今后的成功。

**（二）正直意味着有高度的名誉感**

伟大的弗兰克·劳埃德·赖特曾经对美国建筑学院的师生们发表讲话，他说："这种名誉感指的是什么呢？那好，什么是一块砖头的名誉感呢？那就是一块实实在在的砖头；什么是一块板材的名誉呢？那就是一块地地道道的、名副其实的板材；什么是人的名誉呢？这就是要做一个正直的人。"短短几句话，将做人的标准明明白白地展示在我们面前。

**（三）正直意味着具有道德感并且遵从自己的良知**

马丁·路德在他被判死刑的城市里面对着他的敌人说："去做任何违背良知的事，既谈不上安全稳妥，也谈不上谨慎明智。我坚持自己的立场；上帝会帮助我，我不能作其他的选择。"

**（四）正直意味着必要时刻的自我牺牲**

捍卫真理，克服谬论是要付出一定代价的，很可能面对别人的责难、攻击、讥讽，可能会陷于孤立，甚至牺牲自己的生命。但中华民族毕竟是崇尚正直的民族，个人虽有所失，但给社会造福，为人民谋利益，他们的业绩和品德终会受到人们的尊敬和怀念。爱尔维修说："做一个正直的人，就必须把灵魂的高尚与精神的明智结合起来。"一个正直的人，他心中就像蕴藏着一颗太阳，他的一切行动都会放射出光彩。他将是一个大写的人，一个无私、赤诚、勇敢的人，一个在真理面前旗帜鲜明的人。

### （五）正直意味着有勇气坚持自己的信念

这一点包括有能力去坚持自己认为是正确的东西，在需要的时候义无反顾，并能公开反对自己确认是错误的东西。在一所大医院的手术室里，一位年轻的护士第一次担任责任护士。"大夫，你已经取出了十一块纱布，"她对外科大夫说，"我们用的是十二块。"

"我已经都取出来了，"医生断言道，"我们现在就开始缝合伤口。"

"不行。"护士抗议说，"我们用了十二块。"

"由我负责好了！"外科大夫严厉地说，"缝合。"

"你不能这样做！"护士激烈地喊道，"你要为病人想想！"

大夫微微一笑，举起他的手让护士看了看这第十二块纱布："你是合格的护士。"他说道。他在考验她是否正直——而她具备了这一点。

### （六）正直意味着自觉自愿地服从

从某种意义上说，这是正直的核心，没有谁能迫使我们按高标准要求自己，也没有谁能强迫我们献身，同样，没有谁能勉强我们服从自己的良知。然而，不管怎样，一位正直的人是会做到这些的。

第二次世界大战期间，当美军部队正设法冲出敌人的包围时，一位陆军上校和他的吉普车司机拐错了个弯，迎面遇上了一个德军的武装小分队。两个人跳出车外，都隐藏起来。中士躲在路边的灌木丛里，而上校则藏在路下的水沟中，德国人发现了中士并向他的方向开火。上校本来很容易不被发现的，然而，他却宁愿跳出来还击——用一把手枪对付几辆坦克和机关枪。上校被杀害了，那名中士被捕入狱。后来，他对人们讲述了个故事。为什么这位上校要这样做呢？因为他的责任心要强于他对自己安全的关心，尽管没有任何人勉强他。

正直是强大的力量，它使一个人具备了更大的勇气和力量去迎接生活的挑战，使一个人在危难和邪恶面前不会苟且偷安，畏缩不前。正直是魅力的源泉，它会给一个人带来友谊、信任、钦佩和尊重，使之成为真正出类拔萃、德高望重的人。

### 三、做一个正直的人

赵文平生前只是一个不为人知的"小生意"人，默默无闻地做事，正正派派地做人。但是他用生命诠释了如何做一个正直的人。

赵文平是汾阳市恒利源超市门前的电脑画像师。2004 年 10 月 4 日 14 时许，有两名男子企图盗窃超市门前的一辆摩托车。当时，赵文平与超市的保安史举仁几乎同时发现了这一情况，他俩不约而同地冲上前去想将窃贼抓住。两名歹徒见有人前来多管闲事，便掏出事先准备好的利刀一阵乱砍。手无寸铁的赵文平和史举仁被穷凶极恶的歹徒砍得身上血流如注倒在血泊中，两犯罪嫌疑人见状，慌忙择路而逃。

赵文平被送往医院后，经抢救无效不幸身亡。一个仅有初中文化的电脑画像师，在他人的财产遭到侵害时，见义勇为，挺身而出，在与手持利刀的歹徒搏斗中，年仅 26 岁的生命停止了呼吸……此后，赵文平奋不顾身、见义勇为的英雄行为被广为传颂，社会各界以各种形式表达哀悼之情。

赵文平生于 1978 年 9 月 29 日，汾阳市文峰街道办东关村村民。1986 年入学，在东关小学期间，他学习勤奋刻苦、热爱集体，曾多次被评为学校"三好"学生、"优秀少先队员"、"模范班干部"。1992 年 9 月以优异的成绩考入东关中学。在校期间，他继续保持勤奋好学、乐于助人的传统美德，并在学习之余帮助体弱的父母干些力所能及的家务和农活。1994 年，因家庭经济拮据、生活困难，为了给妹妹上学创造必要的条件，赵文平放弃了自己的学业，离开了心爱的学校，从此挑起了家庭生活的重担。1999 年到 2001 年三年期间，他利用业余时间自学成才，掌握了电脑照相技术，2003 年 3 月靠国家小额贷款购置了一套电脑照相器材，开始以电脑摄影为业。可就在他的事业刚刚起步的时候，他却走了，走得那么突然……为了保护他人的财产，面对邪恶，他毫不犹豫地选择了正义。

赵文平没有较高的学历,却有着高尚的思想道德境界;他没有令人羡慕的职业,却有着令人敬佩的敬业精神;他没有什么豪言壮语,但他却用生命诠释了正直的含义。的确,正直就像那伟岸的高山,在笑看风云的变幻;正直就像那纯洁的莲花,出污泥而不染;正直就像那挺拔的翠竹,在迎接岁月的考验;正直就像那苍劲的青松,立寒冬而巍然! 正直是许多优秀品质的结晶体,因此,要做正直的人,就必须从多方面着手努力。

### (一) 加强自己的社会责任感

它要求我们逐步树立正确的人生观和世界观,明确自己为什么活着,应该为社会作出怎样的贡献。只有把自己的命运与集体、国家、社会的命运紧密结合起来,才有正直品德的思想基础。拥有责任感的我们踏入社会后会发现,责任感是最关键的工作品质,正是这种品质决定了我们会比别人做得更好。一个拥有责任感的人具备主动承担责任的精神;一个拥有责任感的人会为达到尽善尽美的目标付出全部努力;一个拥有责任感的人是善始善终的人。

### (二) 全面提高自己的思想品德修养

正直,不是孤立的品格,它与一个人各方面的思想道德密切相关。一个不善良的人,谈不上正直,因为他没有同情心,就不会疾恶如仇,也不会从善如流;一个不勇敢的人,也谈不上正直,因为他胆小怕事,就不会揭发批评坏人坏事,也不会热情地歌颂好人好事。因此,要使自己成为一代新人,必须自觉提高自己的道德修养,净化自己的灵魂;必须从各方面加强自己的思想品德修养,要多读书,多了解我国的历史,了解什么是中国人的传统道德。要认真从中华民族优秀的道德传统中汲取养料,使正直有一个整体的道德基础。人只有"行得正,坐得直",才能直言不讳、坦诚无私。此外,还要向时代的英雄人物学习,因为每个时代都有自己的代表人物,而这些人物都集中体现了这个时代的社会道德精神。所以要提高自己的认识水平和分辨能力,真正做到"心明眼亮"。

### （三）要学会实事求是地分析问题，有策略地发表意见

当发现了比较重大的需要揭发、批评的问题时，不能急于表态、盲目行事，应该做深入细致的调查研究，了解事情的来龙去脉，并做具体的分析，透过现象，抓住问题的实质，然后再采取行动。发表意见，也应根据问题的不同性质、情况，讲究策略。千万不能把"炮筒子脾气"当成正直的代名词。讲究策略，无损于正直的品格。如果发现了明显的坏人坏事，则应当机立断，采取行动。

### （四）要经常反省自己的言行，是否有背于正直的品格，及时改正不足

任何优良道德品质的形成，都是有一个过程的，从开始有所认识，到真正成为自己的品德，需要经过反复认识、反复实践的过程，自我教育起着关键性的作用。即使一种品德在自己身上养成了，也不会一劳永逸，客观世界在发展变化，主观世界也在发展变化，自我教育永无止境。

魅力天生乎？非也。它是一种学问、技能，只要努力研究，经常磨炼，魅力会自然成为性格的一部分。人格魅力的培养，亦非一朝一夕，而是一个长期的日积月累的过程，是一个漫长的从量变到质变的飞跃。世上没有免费的午餐，要做到历史感人、现状迷人、前景醉人，拥有真实而持久的魅力，就必须付出巨大的努力，所谓"勤奋是金"，说的就是这个意思。有句古语说得好："腹有诗书气自华。"书，是先人智慧与现代知识的积累，也是记载历史教训与传播进步观念的工具。读书，可以陶冶情操，促进良好道德的形成。作为一名 21 世纪的当代大学生，我们应该自信地告诉自己：一个"孜孜不倦的学者，知人论世的智者，兼善天下的仁者，乐天知命的通者"，肯定拥有独有的人格魅力。

**思考与练习**

1. 阅读本节后，相信你对"如何做一个正直的人"有了一定的思考，请你在以下的小卡片中填写你认为的"正直"所需要具备的要素。

```
┌─────────────────────────────────┐
│         做一个正直的人           │
│   1. _____    2. _____     │
│   3. _____    4. _____     │
│   5. _____    6. _____     │
│   7. _____    8. _____     │
│   9. _____   10. _____     │
└─────────────────────────────────┘
```

2. 案例分析：

案例一：11 月 18 日市禁毒支队民警许澄和犯罪嫌疑人搏斗时，右手掌被掰成粉碎性骨折，无人援手。

案例二：11 月 27 日下午，市刑警支队反扒大队民警贺文志只身擒扒手，遭遇扒手反抗，围观的数十位市民冷眼旁观，竟无一人上前相助。

我们的社会一直提倡要不顾个人安危，见义勇为，哪怕是流血牺牲。但现实常常是"麻木"的看客不少，而见义勇为者寥寥无几，究其根源是什么？思考一下，如何改善社会风气，增强市民的社会公德意识，使浩然正气成为社会的主流。

3. 假如你在车上遇见正在发生的偷窃行为，你的正义和机智应该体现在哪里？

第九章

培养职业素养

Dijiuzhang

Peiyang zhiye suyang

虽然寒冬已经过去，但是，在全国各大"火暴"的招聘会上，却早已充满入骨三分的寒意：

——2006年普高大专以上应届毕业生将突破360万，这个数字并未累计数百万中专和职高技校应届生！

——根据"中国大学生"www. chinacampus. org 提供的数据，过去三年国家公布的数字，毕业生就业率在70％以上。根据2005年北京高校毕业生就业指导中心的调查显示：企业接收大学生后一两年内流失率在30％以上，因为吃不了苦而被淘汰的高达50％。

——根据"职友集"www. jobui. com 提供的工作职位搜索统计数据，春节前，职场上要求"有经验"的岗位占到95％，而求职者中，应届毕业生却占到65％以上！

——据《大学周刊》www.57show. com 资深记者杨艾祥走访的数据显示：近期的招聘会上，北京、上海、天津、广州等地统计的不完全数据显示，不少本科生希望的薪酬在2 500元左右；而一些人才机构的调查数据显示，企业的平均预算水平在1 700元左右。

……

面对如此严峻的情况，同学们，你们准备好了吗？

# 第一节　认识你的职业潜质

　　方刚,男,毕业于清华大学。在校期间,跨文理科相继学了流体控制、计算机和中文三个专业,现为搜狐网副总编。

　　1991 年,方刚从湖南省岳阳市考入清华大学流体控制专业。在大一学年的学习过程中,他发现自己对于计算机产生了浓厚的兴趣,在他的眼里,计算机是如此神奇! 它能把数学的逻辑之美转化成为创造之美。"你可以与计算机交流,因为它是有思想的,和它对话的感觉令人激动,同时也会让人觉得很深邃!"方刚这样描述自己对计算机的感觉。

　　于是上大二时方刚开始选修计算机专业,一方面他刻苦努力地学好计算机专业理论知识,另一方面,他时常花费大量的课余时间进行上机操作,每解决一个难题,每攻克一个程序,他都会兴奋不已,在那个时候,他已隐隐地意识到,自己将要从事与计算机有关的工作。

　　功夫不负有心人。1995 年,当他拿着流体控制专业和计算机专业的学士学位走出校门时,一家计算机杂志成为他事业的第一个坐标。从事计算机领域的工作,对方刚来说是情理之中的事;而从事写作工作,对他来说也很自然:从大一开始,他就有写作的兴趣,并且还参加了学校的诗社和文学社。在众多的校园刊物上,都经常会出现方刚的名字。

　　这样的选择可以说是兴趣和专业的高度吻合了,方刚对工作十分投入。他所任职的杂志社在当时的业界具有高度的专业性,是当时中国与美国等先进国家交流计算机专业信息的重要窗口,也是专业人士了解新技术、学习新知识的重要渠道。方刚在其中的历练使他收益颇丰。

　　后来他的职业道路又经历了 N 次变化:做过报纸,干过网站,最后来到了搜狐。他与计算机和网络的关系越来越紧密了。

"上大学就好像进入一座宝山，我不能入宝山而空手返，而兴趣就是我最好的老师。"正是在释放自己兴趣的过程中，方刚的思想得到了无限拓展。

## 一、个性特质和兴趣

当今社会是人才高度发展的社会，处处存在竞争。要想在激烈的竞争中立于不败之地，在提高自身的素质的同时，一定要注意做到扬长避短。李白有诗云："天生我才必有用"，说的就是这个意思。因此，我们只有了解自己，知道自己是什么样的人，知道自己想要干什么，才能制定自己的计划，指导自己的行动，才能够更容易地实现自己的理想，达到目的，在竞争中脱颖而出。

选择职业是人生中的一项重大抉择，它不仅决定一个人将来从事什么工作，而且在很大程度上决定一个人将来的成就如何。但是，合适的职业并不是仅凭一般的直觉来选择的，除了根据社会的需要，了解各种职业情况和要求以外，还有一个重要的因素，就是个人职业兴趣。

兴趣是人积极探索某种事物的认识倾向。职业兴趣决定了一个人择业的方向以及其在该方向上乐于付出的努力程度。并不是每一个有能力的人都会成功，绝大部分成功者都是那些具备一定能力，又对所从事的工作真正感兴趣的人。微软中国研究院（现微软亚洲研究院）院长李开复博士在 2005 年写给大学生们的四封信中语重心长地对当代的大学生们提到：为了成为最好的你自己，最重要的是要发挥自己所有的潜力，追逐最感兴趣和最有激情的事情。

当你对某个领域感兴趣时，你就会在走路、上课或洗澡时都对它念念不忘，会表现得孜孜不倦、废寝忘食，并且做事效率一定很高，从而很容易在该领域内取得优异成绩；而如果一个人的职业与兴趣不吻合，那么他就很难表现出积极主动性，工作上只是勉强应付，事倍功半，自然难以有所作为。即便你靠着资质或才华可以把它做好，你也绝对没有释放出所有的潜力,更毋论成功的人生了。因此,每一个大学生都应该了解自己的兴趣、激情和能力,并在自己热爱的领域里充分发挥自己的潜力。

比尔·盖茨曾说:"每天清晨当你醒来的时候,都会为技术进步给人类生活带来的发展和改进而激动不已。"从这句话中,我们可看出他对软件技术的兴趣和激情。1977年,因为对软件的热爱,比尔·盖茨放弃了数学专业。如果他留在哈佛继续读数学,可能成为数学教授,但不太可能会有今天的成就。2002年,比尔·盖茨在领导微软25年后,却又毅然决然地把首席执行官的工作交给了鲍尔默,因为只有这样他才能投身于他最喜爱的工作——担任首席软件架构师,专注于软件技术的创新。虽然比尔·盖茨曾是出色的首席执行官,但当他改任软件架构师后,他对公司的技术方面作出了更大的贡献,更重要的是,他更有激情、更快乐了,这也鼓舞了所有员工的士气。

比尔·盖茨的好朋友,美国最优秀的投资家——华伦·巴菲特也同样认可激情的重要性。当学生请他指示方向时,他总是这么回答:"我和你没有什么差别。如果你一定要找一个差别,那可能就是我每天有机会做我最爱的工作。如果你要我给你忠告,这就是我能给你的最好的忠告了。"

比尔·盖茨和华伦·巴菲特给我们的另一个启示是:他们热爱的并不是庸俗的、一元化的名利,他们的名利是他们的理想和激情带来的。美国一所著名的经管学院曾做过一个调查,结果发现,虽然大多数学生在入学时都想追逐名利,但在拥有最多名利的校友中,有90%是入学时追逐理想而非追逐名利的人。

## 二、培养兴趣,开拓视野

如何寻找兴趣和激情呢?首先,你要把兴趣和才华分开。做自己有才华的事容易出成果,但不要因为自己做得好就认为那是你的兴趣所在。你要客观地评估和寻找自己的兴趣所在:不要把社会、家人或朋友认可和看重的事当作自己的爱好;不要以为有趣的事就是自己的兴趣所在,而是要亲身体验它并用自己的头脑作出判断;不要以为有兴趣的事情就可以成为自己的职业,例如,喜欢玩网络游戏并不代表你会喜欢或有能力开发网络游戏;不要以为有兴趣就有这方面的天赋,不过,你可以尽量寻找天赋和兴趣的最佳结合点。例如,如果你对数学有天赋但又喜欢计算机专业,那么你完全可以做计算机理论方面的研究工作。

为了找到真正的兴趣和激情,你可以问自己:对于某件事,你是否十分渴望重复它,是否能愉快地、成功地完成它?你过去是不是一直向往它?是否总能很快地学习它?它是否总能让你满足?你是否由衷地从心里(而不是从脑海里)喜爱它?你人生中最快乐的事情是不是与它有关?如果你能明确回答上述问题,那你就是幸运的,因为大多数学生在大学四年里都在摸索或悔恨。如果你仍未找到这些问题的答案,那你应该就给自己更多的机会去接触更多的选择。敢于去尝试的人,一定是聪明的人。他们不会输,因为即使他们不成功,也能从中学到教训。只有那些不敢尝试的人,才是绝对的失败者。大学生应尽力开拓自己的视野,这样,你不但能从中得到教益,而且也能找到自己的兴趣所在。

兴趣不是天生生就的:没见过钢琴怎么能成为钢琴演奏家?没踢过足球怎么知道足球那么有味道?没做过实验怎会知道世界这么奇妙?但是,兴趣却是可以后天培养的。寻找兴趣点的最好的方法是开拓自己的视野,接触更多的领域。惟有接触你才能尝试,惟有尝试你才能找到自己的最爱。而大学正是这样一个可以让你接触并尝试众多领域的独一无二的场所。

因此,大学生应很好地把握在校时间,充分利用学校的资源,通过使用图书馆资源、听讲座、打工、参加社团活动、与朋友交流、使用电子网络等不同的方式接触更多的领域、更多的工作类型和更多的专家学者,从而寻找到自己的兴趣点,从兴趣中获取快乐,从追求中获得力量。

### 三、兴趣与职业

当然，兴趣不代表成功，对某一职业有兴趣并不意味就一定能干好这个职业。只有当你对某一种职业生涯感兴趣并具备与该职业生涯相适应的能力和个性时才能做好这项工作。因此，要成功地选择和规划职业生涯道路，就必须对自己的职业兴趣、能力和个性都有一个准确的评估和了解，才可能根据自身特点选择一条最适合自己发展的道路，开拓成功的职业人生。

有位名人曾夸张地说过：如果人能从事自己感兴趣的工作，那么，人生就是天堂。兴趣给人的活动过程带来的乐趣由此可见一斑。你们可能对感兴趣的职业存在着相同程度的渴望，问题在于你感兴趣的职业是什么？回答这样的问题，我们先要面对的是更为基础的问题：由于我们不可能在数以千计的职业中，去找寻自己所感兴趣的职业，首先须将庞杂的职业归为数量有限、适合操作的职业群（这种归类与国家公布的职业分类不同），然后再去发现自己感兴趣的职业群。

对于职业归类的研究，由来已久，所划分的类别当然也是众说纷纭。对我们影响比较大、且有配套的兴趣量表的，当属美国心理学家、职业指导专家霍兰德的相关理论。霍兰德通过研究得出经典的霍兰德职业倾向理论，通过测评、分析可以帮助测评者发现和确定自己的职业兴趣和能力特长，使我们对与自身性格匹配的职业类别、岗位特质有更为明晰的认识，从而在我们就业、升学、进修或职业转向时，做出最佳的选择。下面，我们就介绍一下霍兰德职业倾向理论。

霍兰德的职业理论，其核心假设是人可以分为六大类，即现实型、研究型、社会型、传统型、企业型、艺术型，职业环境也可以分成相应的同样名称的六大类，人格与职业环境的匹配是形成职业满意度、成就感的基础。各个兴趣类型的特点及较为适宜的职业环境如表 9 - 1 所示。

## 表9-1 劳动者类型与职业类型对应表

| 类 型 | 劳 动 者 | 职 业 |
|---|---|---|
| 现实型<br>（实际型） | ① 愿意使用工具从事操作性工作；<br>② 动手能力强，做事手脚灵活，动作协调；<br>③ 不善言辞，不善交际。 | 主要指各类工程技术工作、农业工作。通常需要一定体力，需要运用工具或操作机器。<br>主要职业有：工程师、技术员；机械操作、维修、安装工人，矿工、木工、电工、鞋匠等；司机，测绘员、描图员；农民、牧民、渔民等。 |
| 探索型<br>（调研型） | ① 抽象思维能力强，求知欲强，肯动脑，善思考，不愿动手；<br>② 喜欢独立的和富有创造性的工作；<br>③ 知识渊博，有学识才能，不善于领导他人。 | 主要指科学研究和科学实验工作。<br>主要职业：自然科学和社会科学方面的研究人员、专家；化学、冶金、电子、无线电、电视、飞机等方面的工程师、技术人员；飞机驾驶员、计算机操作员等。 |
| 艺术型 | ① 喜欢以各种艺术形式的创作来表现自己的才能，实现自身的价值；<br>② 具有特殊艺术才能和个性；<br>③ 乐于创造新颖的、与众不同的艺术成果，渴望表现自己的个性。 | 主要指各类艺术创作工作。<br>主要职业：音乐、舞蹈、戏剧等方面的演员、艺术家编导、教师；文学、艺术方面的评论员；广播节目的主持人、编辑、作者；绘画、书法、摄影家；艺术、家具、珠宝、房屋装饰等行业的设计师等。 |
| 社会型 | ① 喜欢从事为他人服务和教育他人的工作；<br>② 喜欢参与解决人们共同关心的社会问题，渴望发挥自己的社会作用；<br>③ 比较看重社会义务和社会道德。 | 主要指各种直接为他人服务的工作，如医疗服务、教育服务、生活服务等。<br>主要职业：教师、保育员、行政人员；医护人员；衣食住行服务行业的经理、管理人员和服务人员；福利人员等。 |

| 类 型 | 劳 动 者 | 职 业 |
|---|---|---|
| 企业型<br>（事业型） | ① 精力充沛、自信、善交际，具有领导才能；<br>② 喜欢竞争，敢冒风险；<br>③ 喜爱权力、地位和物质财富。 | 主要指那些组织与影响他人共同完成组织目标的工作。主要职业：经理企业家、政府官员、商人、行业部门和单位的领导者、管理者等。 |
| 传统型<br>（常规型） | ① 喜欢按计划办事，习惯接受他人指挥和领导，自己不谋求领导职务；<br>② 不喜欢冒险和竞争；<br>③ 工作踏实，忠诚可靠，遵守纪律。 | 主要是指各类与文件档案、图书资料、统计报表之类相关的各类科室工作。<br>主要职业：会计、出纳、统计人员；打字员；办公室人员；秘书和文书；图书管理员；旅游、外贸职员、保管员、邮递员、审计人员、人事职员等。 |

　　霍兰德所划分的六大类型，并非是并列的、有着明晰的边界的。他以六边形标示出六大类的关系，如图 9 - 1 所示。

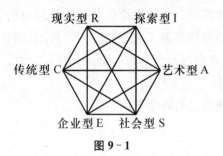

现实型 R　　探索型 I

传统型 C　　艺术型 A

企业型 E　　社会型 S

图 9 - 1

　　从图中可以看出：每一种类型与其他类型之间存在不同程度的关系，大体可描述为三类：

　　（1）相邻关系。如 RI、IR、IA、AI、AS、SA、SE、ES、EC、CE、RC 及 CR。属于这种关系的两种类型的个体之间共同点较多，现实型 R、研究型 I 的人就都不太偏好人际交往，这两种职业环境中也都较少机会与人接触。

（2）相隔关系。如 RA、RE、IC、IS、AR、AE、SI、SC、EA、ER、CI 及 CS，属于这种关系的两种类型个体之间共同点较相邻关系少。

（3）相对关系。在六边形上处于对角位置的类型之间即为相对关系，如 RS、IE、AC、SR、EI 及 CA 即是，相对关系的人格类型共同点少，因此，一个共同人同时对处于相对关系的两种职业环境都兴趣很浓的情况较为少见。

人们通常倾向选择与自我兴趣类型匹配的职业环境，如具有现实型兴趣的人希望在现实型的职业环境中工作，可以最好地发挥个人的潜能。但职业选择中，个体并非一定要选择与自己兴趣完全对应的职业环境。一则因为个体本身常是多种兴趣类型的综合体，单一类型显著突出的情况不多，因此评价个体的兴趣类型时也时常以其在六大类型中得分居前三位的类型组合而成，组合时根据分数的高低依次排列字母，构成其兴趣组型，如 RCA、AIS 等；二则因为影响职业选择的因素是多方面的，不完全依赖兴趣类型，还要参照社会的职业需求及获得职业的现实可能性。因此，职业选择时会不断妥协，寻求与相邻职业环境、甚至相隔职业环境，在这种环境中，个体需要逐渐适应工作环境。但如果个体寻找的是相对的职业环境，意味着所进入的是与自我兴趣完全不同的职业环境，则我们工作起来可能难以适应，或者难以做到工作时觉得很快乐，相反，甚至可能会每天工作得很痛苦。

去尝试发现自己的兴趣吧！

**思考与练习**

1. 根据自己的职业定位，对四年大学学习生活做个设计。问问自己：

（1）我知道自己要成为一个什么样的人吗？

（2）我明确了自己的职业定位吗？

（3）在这四年里，我将以一个什么样的状态投入到学习中去？

（4）在学习专业知识的同时，为配合我的职业定位，我应该在其他哪些方面寻求发展？

(5) 我每一个学期,每一学年具体应该怎么做?

2. 制定一个明确的职业学习目标:

(1) 大四毕业时,我的学习方面应达到怎么样的成绩? 比方说,我的英语水平、计算机水平怎么样,等等。

(2) 根据自己的职业定位,将参加什么样的社会实践活动,从而培养出自己的实践能力。

如果你还没有想要的目标,就意味着你对自己的大学生活没产生明确的期待。这样,你就会缺乏努力的动力,你的学习生活就没有方向,因此你的行动就会落后于别人,大学毕业时,你就会缺乏竞争力,因此,你一定要把握好自己的时间,把握好一切学习机会,为自己今后职业生涯发展多作考虑,向自己提出一些具体的要求。

3. 替自己至少找一个学习的榜样或是明确一个自己赶超的对象。在大学生活刚开始时,寻觅及寻找学习的榜样将有助于你吸取别人的经验教训,提高自己的抱负水准。你可以问自己:

(1) 我与他(她)的差距还有多大?

(2) 他(她)是如何成功的?

(3) 我应该从哪几方面努力?

通过对这些问题的思考,让自己在大学生活里有赶超的对象,有较明确的目标,这是激励自己的好方法。如果在每一件你想改善的事情上都能找到学习的榜样,经过一次次的实践后,你给自己的定位也会越来越高。这是你不断成长、成熟的过程。

# 第二节　成功的职业准备

基本情况：王鲲鹏，男，28 岁，硕士学历，IT 业技术人员

职业成功秘诀：充分的职业准备，良好的职业规划

王鲲鹏的职业生涯道路很简单，硕士毕业后就一直在现在的 IT 公司工作，而 IT 业的薪酬一直居于各个行业薪酬榜的前列。从业三年，王鲲鹏就跨入了 30 岁前年薪 10 万元的队伍。

王鲲鹏是如何获得这一职位，如何在 30 岁前实现年薪 10 万元的目标的呢？这离不开他充分的知识积累和良好的职业规划。要知道 IT 业的收入高，对从业人员的要求更高，跨进这个高薪行业有着很高的壁垒。

工科出身的王鲲鹏，大学里学的专业是材料加工与自动化，但是专业之外，他不仅涉猎了自动化、计算机的知识，还对营销学产生了浓厚的兴趣。勤奋的王鲲鹏还花了很多时间在英语学习上，他的 TOEFL 和 GRE 分数都高得足以申请到美国的名校留学。出于家庭经济的原因他放弃了出国的打算，决定留在国内。王鲲鹏很早就为自己定位于 IT 业，为此，他不仅在专业上丰富自己的理论知识，也在项目和课题操作上提高自己的实际动手能力。

在毕业的前一年，王鲲鹏的身影就经常出现在各个 IT 公司的招聘会场。他觉得在招聘会上不仅可以实地了解公司的情况、文化，更重要的是可以熟悉公司招聘的程序，了解公司需要什么样的人才，知道自己的优势和不足，可以更早地对症下药。这使王鲲鹏在正式找工作的时候游刃有余。凭着出色的专业能力和面试技巧，王鲲鹏拿到了三家 IT 公司的 OFFER。经过深思熟虑，王鲲鹏选择了现在就职的公司，因为他认为现在的公司拥有更大的技术优势和发展潜力，这正是成功 IT 公司必须具备的优势所在。

王鲲鹏在公司从事的是技术翻译工作,他出色的英语能力和计算机专业知识为他赢得了这个高薪职位。尽管在这项工作并不如想像中那样富有激情和创造力,甚至有点枯燥,加上 IT 业工作的高压力、高强度,很多同事在工作不到一年的时候就离开了公司,但王鲲鹏没有放弃,除了努力去适应公司文化、在工作中调整自己的心态外,他更重视锻炼自己应对压力的能力,此外技术翻译的工作机会也使他有更多机会接触到最前沿的技术动态,使自身的业务水平和知识能力得到了很大的提高。

结合自己的营销学知识、良好的外语沟通能力和技术积累,王鲲鹏给自己下一步的定位是到公司的海外部从事技术服务工作,从单纯的内部技术支持到外部技术营销、技术服务也是一条技术人员比较青睐的职业路线。王鲲鹏相信自己会在海外部得到更大的发展,他有信心能够获得这样的机会,他的"薪情"届时也会再上一个台阶。

王鲲鹏获得高薪的秘诀在于他选择了 IT 行业,IT 行业作为一种典型的知识导向型的行业,对于从业人员的素质要求非常高。要想进入这样的行业,要想获得像王鲲鹏这样的高薪,在 30 岁前实现年薪 10 万元,就必须具备充分的知识积累。王鲲鹏的工作不仅要求他有很高的专业技术能力,还要具备较为突出的英语能力。他在大学阶段充分地打造了自己的这些能力,从而为他获得高薪提供了有益的帮助。

王鲲鹏的职业规划能力也是值得一提的。一是体现在他找工作的时候,充分积极的准备,提前一年"模拟应聘";二是体现在他对自己未来职业生涯的规划上。知识导向型的工作收入成尖峰状,从业人员的职业生命相对比较短,因此对自身职业也需要再探索、再规划,王鲲鹏已经开始着手于从单纯的技术人员向海外技术服务过渡,就是一条比较成熟的职业生涯规划道路,这对于职业生命的延长和自身价值的提升会有着良好的促进作用。

## 一、为什么要进行职业准备

当我们开始从事与自己将来的职业有关的任何活动时,就开始了自己职业生涯的旅程。当我们第一次被问到将来要做什么工作的时候,当我们无意识地模仿医生给"小动物"治病的时候,当我们开始对玩具汽车的运动原理感兴趣的时候,似乎就已经有了关于职业的模糊概念。因此,可能在上幼儿园甚至更小的时候,我们就曾想过将来想要从事的职业。但对于我们中的大多数人来说,这种模糊的职业理念一直持续到进入大学,仍然没有变得清晰,使我们进入大学初期感到前程一片茫然。在毕业生就业找工作时,我们常常会听到同学们有这样的问题:"我不知道自己适合干什么工作?""我究竟该与哪个单位签约?"也常常会看到,许多毕业生面对多种选择,往往左挑右选,犹豫不决,从而错失良机。我们竟然在毕业的时候仍理不清自己需要什么,将来要走向哪里,现在又能做什么。这都说明,我们需要及早做职业准备,建立管理自己人生的意识。

至于说为什么要进行职业准备,还是让我们看一看下面一个小案例吧!

几乎是照着其他同学的简历全部 copy 了一份,小 C 就随着人群走到了人才招聘市场。场内人头济济,招聘单位倒是不少,但转了几圈后,满怀信心的小 C 变得十分沮丧,甚至有些气恼。"几乎每一张招聘广告都要求应聘者有工作经验,可我还没毕业,上哪里积累经验?"本来以为凭着名牌大学热门专业的优势,凭着几年辛苦换来的好成绩,可以轻松找到一份工作的小 C 现在茫然了,"经验"就像一把无形的枷锁套在了小 C 身上,使本应有的自信打了折扣。

从小 C 的例子我们可以得到怎样的启发呢? 俗话说,"人无远虑,必有近忧"。尽管"大学生就业形势不容乐观"的报道屡屡见诸报端,尽管老师、家长以及学长们一再强调要及早作职业准备,许多大学生仍然没有意识到它们与自己的关系是如此的近。因此,小 C 所面临的被动就成了许多大学毕业生的尴尬。

那么,职业准备不足会给我们带来哪些不利影响呢?

(1) 不知道自己 80% 的生命能量如何发挥应有的效率。因为对自己的需要不了解,面临着各种选择时,不知道为什么要选择,也不知道为什么不选择。也就是说,生活没有前进的目标和动力。

(2) 因为不作职业准备,也就意味着我们放弃了把握自己命运的主动权,把自己应对自己承担的责任交给了他人、环境,而最终我们只能被动地接受随之而来的结果。

(3) 没有准备意识,我们就不知道自己的面前还有多少任务需要去完成,也不了解自己的起点在哪里,自己想走向何处。也就是说,不知道自己真正的需要是什么,也不知道如何去实现自己的需要。

(4) 因为没有准备,我们会经常面临措手不及的状况,看着别人优胜于自己,只能对当初后悔莫及。

(5) 因为没有做好职业准备,虽然学业完成了,但不懂工作环境中应有的待人处事的基本原则,所以会很快因为人际关系不适应而放弃工作。

……

这些都是说服我们自己为将来的职业做准备的理由,同时它既是我们行动的动力,也是我们行动的目的。因此,我们在着手准备之前,需要理清自己作职业准备的理由。

## 二、职业准备的原则

### (一) 培养核心竞争能力

职业的发展对个人的知识和经验提出了更高的要求。但是这种要求既是广度的,更是深度的。职业准备中必须要注重以专业知识为基础的核心竞争能力培养。

梭罗说过:"判断一个人的学识,就要看他主动把事情弄清楚的程度。如果我们走进 1 000 家航海罗盘制造工厂,我们都会看到罗盘指针在被磁化之前所指的方向是不确定的。但是指针被磁石磁化具有特殊属性之后，它们就会永远指向北方——忠实于两极了。因此，一个人不会固定地指向一个方向——除非他能够树立一个精通业务的方向，渊博的知识才可能对其发展大有裨益。"

泛泛地了解一些知识和经验是远远不够的，你至少必须在某些事情上知道得比别人多。努力加强自己的专业知识，一直到你比你的同行知道得更多，做得比别人好。然后，借着经常练习和不懈的好奇心，强化你的专业领导地位。如果你不能比他人知道得多，就无法领先。

这就是所谓的"核心能力"，它通常是用来描述一个企业的竞争状态，但是我们认为它应用在个人的职业生涯上也很贴切。如果我们在职业的选择上游移不定，就无法积累某个领域的核心知识和经验，就无法在个人竞争中形成自己的优势。我们经常可以看到许多上知天文、下知地理、口若悬河、夸夸其谈的人一事无成，而那些术业有专攻的人却成就斐然。

趋向专业化，是全世界的生活通则。而在生物界里，每一个物种寻找新的生态位置并发展新特征，是生命本身的演化方式。没有核心能力的小公司将会无法生存，没有核心竞争能力的个人，注定一辈子拿死薪水。

"核心能力"能够让自己与他人区别开来，使自己变得不可取代。但是取得这种能力需要一个长期的训练过程，需要在职业生涯中做出正确的选择。

一些人刚刚积累了一些职业经验和社会资源，却因为看到一点点诱惑或者遇到一点点挫折就改换门庭，结果将自己长时间积累的全部资源弃之不用，核心能力自然无法形成。

许多生活中的失败者几乎都在好几个行业中艰苦地奋斗过，如果他们的努力能集中在一个方向上，也许他们可以获得巨大的成功。

请注意那种知名的天赋——多才多艺。许多人失去了成功的机会，就是因为他们一开始就没有选择一个正确的方向，并且持之以恒地走下去。"无所不通"像一团鬼火，迷惑了无数有前途、有思想的年轻人，让他们一事无成。如果企图掌握好几十门职业技能，你就不会精通任何一门。

一位著名的企业家说过："万事通在我们那个年代还有机会施展，但是现如今已经一文不值了。"

### (二) 建立正确的择业观

许多同学感觉自身条件很好，但在就业中却屡屡碰壁，原因在哪里？其实很简单，一句话，问题出在"择业观"上。建立正确的"择业观"的是职业准备中的重要原则与内容。

福州大学毕业生就业指导中心 2003 年就业"白皮书"中分析了六种落后的择业观念给毕业生就业带来的困难，这里加以引用，以期对各位有所启示。

一是攀比心理。应届大学毕业生寻找选择就业单位时，往往是拿自己身边同学的择业标准来定位自己的就业标准。在这种心理作用下，即使某单位非常适合自身发展，但因某个方面比不上同学选择的就业单位，就会彷徨甚至放弃，事后却后悔不已。

二是盲目求高心理。部分大学生单向考虑自己的就业理想，要求用人单位十全十美，工资、福利、住房、地理位置、工作环境，无不在其考虑之中，却忽视了如此完美的单位能否接纳自己。不掂量自己的才学，不给自己合理定位而盲目求高，最终导致不少大学生与适合自己的用人单位失之交臂。

三是不平衡心理。部分大学生或因自身综合素质和能力不足，或因时机把握不准而找不到理想的工作单位，但这些大学生往往不正确归因，反而怨天尤人，从而产生不平衡心理。这种不平衡心理往往导致少数大学毕业生对社会对人生产生偏颇看法。

四是自卑心理。在竞争激烈的求职场上，部分大学生因所学专业不景气，或因自己的专业知识、专业技能及综合素质不如其他同学，或因求职屡次受挫，产生强烈的自卑感，并进而转化为自卑心理。有这种心理的大学生往往没有信心和勇气面对用人单位，不能适当地向用人单位展示自身的长处，从而严重影响了就业与择业。

五是自负心理。与自卑心理相反，部分应届大学毕业生因所学专业紧俏，或因就读学校为名牌学府，或因自己无论专业知识还是综合素质都高人一筹，或因为被不少用人单位垂青，而产生了一种睥睨一切、高人一等的极端自负心理。在这种心理支配下，往往是"这山望着那山高"，这个单位不顺眼，那个单位也不如意，从而错过不少适合自己发展的用人单位。

　　六是依赖心理。有部分应届大学毕业生，虽然接受了四年大学教育，但在很多事情上还是缺乏应有的分析和解决问题的决策能力。在择业就业时，对一个单位是否适合自己，往往不是凭自身思考来决断，而是依靠父母师长之意、师兄师姐之言进行取舍，表现出较强的依赖心理。

　　观念是行动的先导，好的观念必然会有好的行动。

### （三）切莫忽视职业道德的培育

　　有个老木匠准备退休，他告诉老板，说要离开建筑行业，回家与妻子儿女享受天伦之乐。老板舍不得他的好工人走，问他是否能帮忙再建一座房子，老木匠说可以。但是大家后来都看得出来，他的心已不在工作上，他用的是软料，出的是粗活。房子建好的时候，老板把大门的钥匙递给他。"这是你的房子，"他说，"我送给你的礼物。"

　　老木匠震惊得目瞪口呆，羞愧得无地自容。如果他早知道是在给自己建房子，他怎么会这样呢？现在他得住在一幢粗制滥造的房子里！我们又何尝不是这样。我们漫不经心地"建造"自己的生活，不是积极行动，而是消极应付，凡事不肯精益求精，在关键时刻不能尽最大努力。等我们清醒过来，审视自己的处境时，却发现早已深困在自己建造的"房子"里了。

　　把你当成那个木匠吧，想想你的房子，每天你敲进去一颗钉，加上去一块板，或者竖起一面墙，用你的智慧好好建造吧！你的生活是你一生惟一的创造，不能抹平重建，即使只有一天可活，那一天也要活得优美、高贵，墙上的铭牌上写着："生活是自己创造的。"

　　在职业素养的各大因素中，职业道德是大学生最轻视的因素。

职业道德更多的是一种职业态度和职业规范,是保证职业行为有序有效进行的必要保证,是职业常青的重要保证。在职业事业发展阶段和立业实现阶段,做人都是比做事更重要的,职业道德的最高境界是立信,即说到做到。职业道德的低下在就业生存阶段还是可勉强维持的,但大学生要谋求更大的职业发展,内化学习职业道德是必不可少的功课。

一句话,态度决定一切,你的职业态度决定你的职业高度。

### 三、职业生涯规划

#### (一) 职业生涯规划对我们获得职业成功的重要意义

简单说,职业生涯就是一个人终生的工作经历,是一个人一生中所有与职业相联系的行为与活动,以及相关的态度、价值观、愿望等连续性的经历过程,也是一个人一生中职业、职位的变迁及工作理想的实现过程。

职业生涯规划是针对决定个人职业选择的主观和客观因素进行分析和测定,确定个人的奋斗目标和职业目标,并对自己的职业生涯进行合理规划的过程。

职业生涯规划要求你根据自身的"职业兴趣、性格特点、能力倾向,以及自身所学的专业知识技能等"自身因素,同时考虑到各种外界因素,经过综合权衡考虑,来把自己定位在一个最能发挥自己长处的位置,以便最大限度地实现自我价值。一个职业目标与生活目标相一致的人是幸福的,职业生涯规划实质上是追求最佳职业生涯的过程。

哈佛大学的爱德华·班菲德博士对美国社会进步动力的研究发现,那些成功的人往往都是有长期时间观念的人。他们在做每天、每周、每月活动规划时,都会用长期的观点去考量。他们会规划五年、十年,甚至二十年的未来计划。他们分配资源或做决策都是基于他们预期自己在几年后的地位而定。这一研究成果,对于刚刚跨入社会的职场人士有着重要的启示作用。下面,我们来共同分析一个案例：

在沈阳市的一次大型招聘会上，毕业于某名牌高校的小何向浙江一家汽车公司申请一个机械工程师的岗位。他学的是机械专业，在大学期间各门功课都优秀，毕业后的五六年时间里，从事过医药、空调、摩托车等产品的销售、品质主管，换了六七个工作，但是没有机械方面的工作经历。招聘者看了他的情况后认为，如果他毕业后稳定从事过机械方面的工作，则正是公司需要的人选，但是因为没有这方面的工作经验，公司无法录用他。

小何的例子表明了很多大学生盲目就业，给自己所带来的危害。由于没有长远打算，很多大学生年轻时只是随波逐流地换工作，到了30多岁还没有职业定位。这种情况之下，继续下去出路不大，重新定位又要费很大力气，不得不陷入一种尴尬的境地。

大学生首先要认识到职业生涯规划的重要意义，职业生涯活动将伴随我们的大半生，拥有成功的职业生涯才能实现完美人生。因此，职业生涯规划具有特别重要的意义。

**1. 职业生涯规划可以发掘自我潜能，增强个人实力**

一份行之有效的职业生涯规划将会：① 引导你正确认识自身的个性特质、现有与潜在的资源优势，帮助你重新对自己的价值进行定位并使其持续增值；② 引导你对自己的综合优势与劣势进行对比分析；③ 使你树立明确的职业发展目标与职业理想；④ 引导你评估个人目标与现实之间的差距；⑤ 引导你前瞻与实际相结合的职业定位，搜索或发现新的或有潜力的职业机会；⑥ 使你学会如何运用科学的方法采取可行的步骤与措施，不断增强你的职业竞争力，实现自己的职业目标与理想。

**2. 职业生涯规划可以增强发展的目的性与计划性，提升成功的机会**

生涯发展要有计划、有目的，不可盲目地"撞大运"，很多时候我们的职业生涯受挫就是由于生涯规划没有做好。好的计划是成功的开始，古语讲，凡事"预则立，不预则废"就是这个道理。

### 3. 职业生涯规划可以提升应对竞争的能力

当今社会处在变革的时代，到处充满着激烈的竞争。物竞天择，适者生存。职业活动的竞争非常突出，尤其是我国加入WTO后，要想在这场激烈的竞争中脱颖而出并保持立于不败之地，必须设计好自己的职业生涯规划。这样才能做到心中有数，不打无准备之仗。而不少应届大学毕业生不是首先坐下来作好自己的职业生涯规划，而是拿着简历与求职书到处乱跑，总想会撞到好运气找到好工作。结果是浪费了大量的时间、精力与资金，到头来感叹招聘单位是有眼无珠，不能"慧眼识英雄"，叹息自己英雄无用武之地。这部分大学毕业生没有充分认识到职业生涯规划的意义与重要性，认为找到理想的工作靠的是学识、业绩、耐心、关系、口才等条件，认为职业生涯规划纯属纸上谈兵，简直是耽误时间，有那时间还不如多跑两家招聘单位。这是一种错误的理念，实际上未雨绸缪，先做好职业生涯规划，磨刀不误砍柴工，有了清晰的认识与明确的目标之后再把求职活动付诸实践，这样的效果要好得多，也更经济、更科学。

### (二) 大学毕业生职业生涯规划的流程与主要内容

要做好职业生涯规划就必须按照职业生涯设计的流程，认真做好每个环节。职业生涯设计的具体步骤概括起来主要有以下几个方面：

#### 1. 自我评价

也就是要全面了解自己。一个有效的职业生涯设计必须是在充分且正确认识自身条件与相关环境的基础上进行的。要审视自己、认识自己、了解自己，做好自我评估，包括自己的兴趣、特长、性格、学识、技能、智商、情商、思维方式等。即要弄清我想干什么、我能干什么、我应该干什么、在众多的职业面前我会选择什么等问题。

#### 2. 确立目标

确立目标是制定职业生涯规划的关键，通常目标有短期目标、中期目标、长期目标和人生目标之分。长远目标需要个人经过长期艰苦努力、不懈奋斗才有可能实现，确立长远目标时要立足现实、慎重选择、全面考虑，使之既有现实性又有前瞻性。短期目标更具体，对人的影响也更直接，也是长远目标的组成部分。

### 3. 环境评价

职业生涯规划还要充分认识与了解相关的环境，评估环境因素对自己职业生涯发展的影响，分析环境条件的特点、发展变化情况，把握环境因素的优势与限制。了解本专业、本行业的地位、形势以及发展趋势。

### 4. 职业定位

职业定位就是要为职业目标与自己的潜能以及主客观条件谋求最佳匹配。良好的职业定位是以自己的最佳才能、最优性格、最大兴趣、最有利的环境等信息为依据的。职业定位过程中要考虑性格与职业的匹配、兴趣与职业的匹配、特长与职业的匹配、专业与职业的匹配等。职业定位应注意：① 依据客观现实，考虑个人与社会、单位的关系；② 比较鉴别，比较职业的条件、要求、性质与自身条件的匹配情况，选择条件更合适、更符合自己特长、更感兴趣、经过努力能很快胜任、有发展前途的职业；③ 扬长避短，看主要方面，不要追求十全十美的职业；④ 审时度势，及时调整，要根据情况的变化及时调整择业目标，不能固执己见，一成不变。

### 5. 实施策略

就是要制定实现职业生涯目标的行动方案，要有具体的行为措施来保证。没有行动，职业目标只能是一种梦想。要制定周详的行动方案，更要注意去落实这一行动方案。

### 6. 评估与反馈

整个职业生涯规划要在实施中去检验，看效果如何，及时诊断生涯规划各个环节出现的问题，找出相应对策，对规划进行调整与完善。

职业生涯规划，对大学生而言，至关重要。美国的成功学大师安东尼·罗宾斯曾经提出过一个成功的万能公式：成功＝明确目标＋详细计划＋马上行动＋检查修正＋坚持到底。从这个公式中可以看出,我们要想成功,首先要有明确的目标和详细的计划。我们在职业生涯领域也是同样,首先要选择一个最适合我们发展的行业和工作,然后确定目标,同时对我们的整个职业生涯进行初步规划,最后付诸行动,并且经常地对自己的目标和计划进行检查修正,坚持到底,定能水到渠成,获得职业生涯的成功。

**思考与练习**

根据"大学毕业生职业生涯规划的流程与主要内容"的介绍编制一份自己的职业生涯规划。

# 第三节 择业技能与技巧

2005 年 8 月,新华网(www. xinhuanet. com)与京华传媒网(www. jhcm. com)联合对外宣布,两家机构将共同推出"中国传媒商务频道"。消息一出,立刻引起业界的热烈回应。有专家认为:"此次合作开创了中国传媒行业垂直门户网站与国家重点新闻网站战略性合作的先河,这必将对中国传媒产业与商务合作模式产生深远影响。"面对外界的高调褒奖,制造这条新闻的重要人物——陈海却显得格外平静,在他看来一切都是意料之中的事。

陈海,毕业于华中师范大学中文系,京华传媒网创始人。翻阅他的简历就会发现,完全不符合刚过而立之年的"常规"经历。从大学开始,他曾经想当作家,希望成为记者,干过中学教师,做过财经记者,也曾在创业的大潮中搏击。而在他所从事的职业中都有过辉煌的成绩:1997 年,陈海的一部中篇小说获得了"路遥青年文学优秀作品奖";他在大学时期的新闻报道,视角独特,让他荣获湖北省大学生科研成果一等奖;走出学校大门后的他,告别多家媒体后,在其"媒体为我服务"观念指导下,开始在不同的报刊上开设自己的财经人物专栏,并于 2002 年 6 月将这些专访结集《智慧改写命运——财富时代创业经典个案》;他还出版了《海归时代》和《创业中国》两本填补国内海归研究空白的丛书;2002 年初他开始和别人合作运作京华传媒网,经过三年多的运作,京华传媒网成功转型为中国传媒商务门户网站,成为中国传媒网站第一品牌。

从一个怀揣梦想的有志少年到驰骋业界的媒体精英,在这个过程中陈海的每一步似乎是水到渠成的,但其实在这个看似行云流水的"神话"背后,除了他超群的个人能力外,他出众的择业能力和技巧的运用扮演着十分重要的角色。

## 一、树立正确的能力观

当你怀揣着录取通知书、怀抱着无限憧憬进入大学校园的时候,除了充满踏入象牙塔的喜悦外,是否还有一种对未来事业的憧憬? 在接下来几年的校园生活中,当你看到学长们在就业大战中前仆后继的时候,是否产生过一种不安? 面对这种不安,你会有怎样的选择? 是临时抱佛脚,把市面上吹捧得炙手可热的各种面试技巧当作救命稻草,还是用四年的时间来提高自己的择业能力,为自己建筑一个更坚实和广阔的平台呢? 很多人都会选择后者。确实,对于每个在校的大学生来说,择业能力的培养是为自己将来顺利就业所做的必需积累。

根据《辞海》上的定义,能力为:“成功地完成某种活动所必需的个性心理特征。分一般能力和特殊能力。……人的各种能力是在素质的基础上,在后天的学习、生活和实践中形成和发展起来的。”同样是在《辞海》中有关技巧的定义为“较高的技能”。因此,从这两个定义中可以发现,两者是同宗同源的,技巧应该是建筑在能力之上的,而且应当是建立在“较高”能力之上的。那么,如何才能形成这个“较高”的基础呢? 正如定义中所说的,能力是在后天“形成和发展起来”的,由此可见,能力的培养很大程度上受到外界因素的影响。因此,在能力培养的过程中,首先要对外界因素有一个比较充分的认识。

### (一) 对社会的认识:从“前喻文化”到“后喻文化”

现在在学校学习,接触到的老师基本上都是自己的前辈,年龄要比自己长,因此我们习惯于被告知如何去做一件事情。但当你进入社会,尤其现在的社会已经不再完全以资历来作为成功的衡量标准,你也许会发现,在职场中领先于你的可能是比你年轻许多的人。比如你去培训,教你的老师可能比你小;再过几年后,或许你面对的客户居然是你在学校的师弟、师妹。因此,在择业能力的形成过程中也特别要注意——我们的心态很重要。

### （二）对人生的认识：从"干电池"到"蓄电池"

过去我们说人一生前半生是学习的，后半生是工作的。在这种观念之下，人的一生就像干电池，泾渭分明，所以那种专业十分细化的大学教育可以为我们将来的工作奠定基础。现在，社会分工在进一步加强的同时，各行业之间的交叉和综合也成为一个不可阻挡的趋势。因此这就意味着，我们在从学校毕业之后，仍旧需要一边工作一边继续学习，这种状态现在已经几乎成为社会共识，并且有其专门名词：终身学习。在这个过程中，每个人都好比是一个蓄电池，一边充电一边放电。我们大学教育的一个重要功能就是培养一种能够自主学习、继续学习的人才。从干电池到蓄电池的转变，不仅仅是大学教育目标的改变，也同样涉及到我们择业能力的形成——我们的择业不再是大学学习的水到渠成、自然而然的结果。

### （三）对学校的认识：从"工业方式"走向"工农业方式"

所谓工业方式就是班级教学，过去私塾里面一个老师教几个学生，那叫农业方式。在农业方式里，因为学生数量比较少，所以老师能够比较充分地了解学生，因此可以"因材施教"。后来我们进入工业化了，产品的大批量生产和商业化气息也"润物无声"地渗透到了我们神圣的"象牙塔"之中，师生的亲疏程度随之发生了微妙的改变，这样的方式有它的好处，效率高，但是"人才"的培养变成了"商品"的制造，在这一进程中，丢失的似乎不仅仅是大学生的个性化。现在我们逐渐认识到这种教育方式存在着不足，在本科生教育中也推出了导师制度，目的就是在单纯的"工业"方式里加入"农业"方式中合理的成分——个别指导，通过挖掘个性，来产生人才。教育方式的转变对我们的择业能力形成同样有十分重要的作用——在充分接受普遍性教育的同时，更要特别注重对自己个性的挖掘。

### （四）对工作的认识：从求职谋生到丰富人生

为什么提高能力呢？为什么提高素质呢？有一种回答是为谋生而求职。这种理念是没有错误的，但是它又太过于片面了。我们来算一下，一个人一天工作 8 小时，一周工作 40 小时，一个月工作 160

小时,一年工作 2 000 小时,一生工作的时间是 70 000 小时,试想如果仅仅为了谋生而度过人生中这宝贵的 70 000 个小时,对我们意味着什么? 或许看不到自己的发展,完成不了素质的提升,不能更好地服务社会,无法丰富我们的阅历、我们的人生。过去一辈子做一件事情,走不了;现在,你是可以走的,是可以选择的,从工作,到职业,到事业,到最终找到你的召命或业志。流动概念对于人的发展和社会的进步是极其有意义的,特别是拓展我们的经历,你要知道经历就是财富。因此,人才流动的意义绝不仅仅是为了谋生,而是为了丰富人生,当然,这种理性的选择不同于盲目的、无诚信式的"跳槽"。这对我们择业能力同样十分重要——只有在不断地前进中、选择中,才能使自己的理想更加完美。

## 二、培养择业能力从自我认知开始

在古希腊帕尔纳素斯山神庙的一块大石碑上刻着这样一句话:"你要认识你自己!"这句话在大学生择业中也具有十分重要的现实意义。引子中的主人公陈海,他的个性当中有擅长和人打交道的成分,做一名接触实际生活的记者比凭想像写小说的作家更适合他。他喜欢曝光黑幕,敢于打抱不平。他把文学青年的浪漫和激情用到了理性分析和人际突破上,这是他能够成为一名好记者的关键因素。

自我认知对于择业能力的培养具有十分重要的意义。首先,自我认识是发挥我们个人主观能动性的基础。正如著名的成功学大师拿破仑·希尔所言:"一切的成就,一切的财富都是始于自我认知。"我们只有在实事求是地认识自己的基础上才可能将择业能力的培养作为一项自觉的行为融入到四年的大学学习和生活中。其次,自我认知对于大学生心理调节具有十分重要的意义。在择业能力培养的过程中,我们会面临来自社会、家庭、同学等方方面面因素的影响,从而会产生许多心理误区,比如互相攀比,强求平衡;孤芳自赏,虚荣侥幸;缺乏主见,依赖他人;寻求依托,自命不凡等等,只有通过自我认知,对自己有了正确、客观的了解和评价,才可以避免心理冲突,防止心理障碍。

现在,随着人们对心理学知识的不断重视,市面上有了越来越多的测试题目来协助我们完成自我认知。但是真正切实有用的自我认知过程体现在我们的行为上,这就涉及到如何将自我认知的"成果"转化到求职的"行动"上。而这个过程应该把握住三个关键词:

## (一) 诚实

小 D 参加一个公司的面试。在等待的时候,公司有人送来茶水和香烟,为了缓和一下会议厅的冷清气氛,包括小 D 在内的三个参加面试的人都点燃了香烟。面试开始后,小 D 被安排在最后和老板见面。不知什么原因,前两位求职者不到 5 分钟就被送出公司。当小 D 进入后,老板很客气地和他打声招呼,并顺手递给他一支香烟。他本想拒绝,想谎称自己不会抽烟,但觉得还是诚实一点好,于是他大胆地接过老板的香烟,点燃后开始"吞云吐雾"。老板没有出什么古怪的题目,只是让小 D 谈谈工作设想。小 D 有条不紊地讲完后,老板作了肯定并指出了不足:"想知道前两个应聘的人为什么没被录用吗?我这辈子最烦别人说谎话,你们在会议厅都抽烟了,而他们两个人却说从来不抽烟,这样的人我怎么敢录用呀?诚实好说却难做,尤其关系到自身利益时!"

从上面的例子可以发现,诚实对于每个人来说是多么的重要,尤其是在关系到自己的利益时,一定要拿出勇气,做一个诚实的人。其实,不仅在是在求职的过程中,在我们的一生中,任何用来粉饰自己的不诚实行为或言语都会在时间的冲刷下荡然无存,而等到那个时候,或许用"尴尬"这个词来形容自己,已经无济于事了。林肯曾经说过:"我们可以在一个时间段欺骗所有的人,我们可以在所有的时间段欺骗一个人,可我们却不能在所有的时间段欺骗所有的人"。

## (二) 谦虚

Jay 在面试的时候,考官的第一个问题是,他应聘的职位是 Sales(销售)还是 Sales Assistant(销售助理),Jay 回答"Sales Assistant"。考官对他的问题十分不解:"别人来应聘都是应聘销售,没人愿意做销售助理,你为什么要应聘助理?"Jay 很坦率地告诉对方,现在工作很难找,所以"我把自己放得很低"。他认为就自己在学校学的东西,根本无法应付工作中真正的问题,他愿意从助理这样的职位做起,不断学习,积累经验。Jay 的回答让面试官很满意,并最终凭借自己全面的表现赢得了这份工作。

谦虚不仅仅是我们叩开工作大门的敲门砖,也是我们工作中不可缺少的润滑剂———一声谦虚的称呼往往会换来同事们热情的帮助,甚至是客户的青睐。谦虚往往还会和自大、自信、自卑等词发生关联。真正的谦虚是建立在自信上的,是发自内心的,是能够认真分析和接受别人的意见的;而建立在自卑上的谦虚,则是从内心中排斥和拒绝别人的,表面的恭顺却没有任何的实际行动。

### (三)执著

微软亚洲研究院高校教育与合作总监华宏伟曾经谈到过这样一个例子:"曾有位原来学生物的同学来面试,初次面试失败后,他缠上了,主管没办法,就丢给他一大本四五百页的《WINDOWS2000 NT SERVER》,让他一礼拜后再来。说实话,哪怕对计算机专业毕业生来说,一周内消化这本书都是不太容易的事。一周后,这孩子来了,可他的确还是有点生疏。又过了一周,这孩子带着他妈来了,家长的述说把微软人感动了,原来这位同学几周来每天在家苦读手册 20 小时!"这位同学最后终于进入了微软。

执著的精神其实不仅彰显在求职的过程中,在求学的过程中也可能处处体现,只是当我们面临人生的转折时,在体现挫折的时候,忽略了它而已。当前教育的"术业有专攻"与社会人才需求的"复合型"之间的矛盾就需要每个人在执著的感召下,坚持学习,坚持积累,只有这样才能铁杵磨成针,到达自己事业的巅峰。

## 三、培养择业能力从市场需求出发

我国大学毕业生就业已从过去国家统包统分过渡到现在个人自主择业。这种就业制度的变化,一方面为毕业生提供了更多的可供选择的就业途径和机遇。另一方面,越来越激烈的人才竞争也对大学生就业提出了严峻的挑战。2006年全国普通高校毕业生就业工作会议对2005届我国大学毕业生就业情况进行了统计,结果发现就业率只有72.6%,也就是说将近三成的毕业生没有及时就业。这种情况的形成有一个重要的原因就是职业环境的高度市场化与大学教育的非市场行为之间存在着矛盾。为了缓解这个矛盾,大环境也在积极朝着扩大就业的方向努力,2006年上海就业市场的主题就是"积极就业"。

相对于大环境而言,增加大学生在就业问题上的主动适应市场经济变化的自救意识更是必不可缺的,这也是当前大学生在择业能力培养过程中相对薄弱的意识。

自救意识强调大学生要清楚认识就业形势和自我价值。在就业形势方面,要充分认清当前中国经济转向持续快速协调健康发展的难得历史机遇,对于个体的发展有许多难得的机遇,比如鼓励自主创业、户籍观念淡化等等,只要坚持不断摸索和积累团队创新的经验以及坚持终身学习的方式,就一定会在其中找到自己的位置。在自我价值方面,要明白作为大学毕业生具有自身在年龄、精力、知识、信息、观念、受重视等诸方面的独特优势,要相信自我价值的实现是一个动态的逐渐实现的过程,不要把自己当作就业队伍中的弱势群体,不要斤斤计较于短期的报酬、岗位、职务、地区等可能给自己带来一定艰苦的因素,应当有更加广阔的就业视野——自营就业、中小企业就业、艰苦地区就业、大公司就业、国际企业就业和政府部门就业等等。

这种自救意识的一个重要表现就是要主动投入到市场中,自觉将自己的就业目标与市场的需求挂钩,在市场的引导下完善自己的目标,用自己的目标来指导能力的培养。还是以陈海为例来分析,在大学的前三年,他陶醉于自己的文学青年之梦,并小有名气,似乎作家之路宛如通衢。升入大四后,严峻的就业压力让陈海开始觉察到危险的讯号。因为当时文学期刊不景气,一心想当作家的他逐渐认识到,很少有文学期刊的编辑部愿意接收应届大学毕业生。于是他转移了目标,开始写一些更加"现实"的文章向记者转变。到了毕业择业的时候,为了能够进入北京工作,陈海暂时抛弃了自己的媒体梦,开始了自己的执教生涯,还当起了班主任。"那段日子是我这辈子最美好的回忆,忙碌、充实、稳定。"从做文人到做孩子王的经历使他在为人处世方面的能力提高很多。而当传媒行业高速成长的时期,陈海又凭借自身积累的能力转入媒体行业。在媒体行业的转战,又使他练就了较强的人际交往能力和整合各种资源的能力。所以有专家预测他未来在传媒、影视、文化、公关、营销等方向都会有很多发展机会。由此可见,只有将择业能力的培养放在市场经济的不断浣洗之中,才会得到真正的发展和完善。

## 四、择业能力与技巧

在讨论能力的时候,我们知道了能力分为"一般能力和特殊能力",在择业能力方面同样存在着一般与特殊之分。一般能力,简单来说就是共性的、基本的能力。特殊能力则是指要从事某行业岗位的某些专业能力。这里主要介绍一些基本的择业技能。

### (一) 决策能力

所谓决策能力,就是对未来实现目标的决断和选择的能力。决策是人类社会活动的一个重要环节,决策涉及各个领域,涉及到社会的所有人,大到国家的政治、经济、军事、文化等,小到家庭、个人的打算。良好的决策能力可以对实现目标和手段作出最佳选择。人们的决策过程,是一种活动的思维过程,其中心环节是选择,要对各种方案作出优劣判断、进行取舍。因此,在平时的学习生活中训练和培养自己的决策能力是十分重要的,培养决策能力要从小事做起,不要事事让他人拿主意,要养成多谋善断的习惯,才能不断地提高自己的决策能力。只有注重不断培养自己这方面的能力,四年后,当你结束大学学习生活时,当你面对人生的一个转折点,当你选择从事何种职业走向社会时,你才会削减何去何从的困惑和迷茫。

### （二）创造能力

创造能力是指人们在改造自然和改造社会的活动中所具有的发明创造能力。培养创造能力必须做到：一要有远大的奋斗目标，有理想，有抱负，有强烈的创造欲望，有胜不骄、败不馁的精神，正所谓"伟大的理想产生伟大的动力"。二要有敏锐的创新精神。思想是行动的指针，没有思想上的先行是不会有行动的落实的。三要有批判继承和开拓创新精神。任何发明创造都是继承和创新相结合的产物，人们要有效地创新，就要继承和吸取前人的经验和教训。批判继承性和思维独立性的统一，是创造能力必备的思维方法。四要有坚定的意志和顽强的毅力。

### （三）社会交际能力

所谓社会交际能力，就是人通过语言和非语言符号与他人传递思想感情与信息的能力。在现代社会，培养良好的社交能力是一个人事业成功的重要条件。古人曾把个人与众人的关系比作"船和水"，这个比喻是恰当的，不论在何种社会里，你能力强，就得人心。在社会上从事各项工作都要有一定的交际能力，许多事业成功者都是借助于良好的人际关系，促使自己的事业成功的。通过交往，可以使自己的设想和创造得到实践的检验和认可。积极参加社会活动，是提高交际能力的基本途径。同时还要提高自己的交往技巧，以使别人能准确、完整地了解你的思想。社会交际能力是你进入职场的"敲门砖"，从你将你的简历递出的一瞬间，你的能力强弱就已经开始表现出来了。因此在你的大学生活中，一定要积极地走出自我的小圈子，投入到集体——班级、社团……在与同学、师长、朋友以及家人的接触中锻炼自己的交际能力。

### （四）实际操作能力

实际操作能力，是专业工作者必须具备的一种实践能力。在一切社会活动中，尤其是教学、科研和生产第一线，没有熟练的操作能力，都是很难胜任的。操作能力包括四个方面：一是迅速性，是提高效率的重要条件；二是准确性；三是协调性；四是灵活性。实际操作能力对于理工科学生来说,其重要性不言而喻;对人文类专业的学生来说,同样是不可或缺的。还是以引子中的主人公为例来说,正是由于他在大学里秉承记者"铁肩担道义,妙笔著文章"的职业操守,不断地历练自己的文字功底,才有了后来"媒体可以换,但事业不会换。我所做的事其实从始至终没有改变,那就是做财经人物专访,变的只是发表文章的媒体而已。我要从我为媒体服务,转换到媒体为我服务"的豪气。因此,在充分利用大学校园这个同样丰富多彩的环境的同时,还要有勇气迈出大学校门进入到社会,利用兼职、志愿服务等机会,多看、多练。看得多、接触得多,才有可能提高自己动手操作的技巧和能力。

### (五) 组织管理能力

组织管理能力是指成功地运用管理者的知识和能力影响机构的活动,并达到最佳的工作目标。现代社会的科学技术高度发展,每一项工作完全依靠一个人去完成是不可能的,任何工作都有一个相互协调、相互配合的问题,这就有一个组织协调问题。因此,组织管理能力已经不再仅仅是领导干部、管理人员所必需的技能,它同样成为其他专业技术人员的必备。应该说,组织管理能力的重要性已经得到了广大同学的充分重视。但是对于在校学习的大学生来说,提高自己的组织管理能力首先要明确组织管理的核心——构建一个和谐的团队。所以,从这个角度来看,我们对组织管理能力的培养,第一步应当是如何将自己融入到一个团队中,在此基础上不断成为这个团队的核心,而不是用简单的发号施令来体现自己的组织管理能力。

在这种种的能力之外,还有一种看似无形却无所不在的综合能力,或者可以称之为"软性能力"——人文素质。不仅对于文科的学生显得很重要,对于理科的学生也同样地重要,不仅对于个人很重要,对于社会同样地重要。它是指尊重自己、尊重他人、诚实守信、充满爱心、富于时代的责任与使命感。具体表现在我们生活行动的方方面面,表现在我们面试过程的前前后后。从一份简历到服饰,到进门出门、见面告别的礼仪,到一通电话、一次会谈、一段实习……在这些大的、小的、细节的、整体的部分中都能时时处处体现你的人文素质。林肯曾经说过：一个人 30 岁前的相貌是父母给的，30 岁以后的相貌是自己给的，如果一个人过了 30 岁以后还让人觉得不美丽的话，那一定是他自己造成的。同样地，一个大学毕业生在 N 年的校园生活洗礼之后走向社会，应当散发他独有的"美丽"——人文之美。

**思考与练习**

1. 留心观察近年来你周围的毕业生，对从事你感兴趣的职业的两三位学长做一个专访，对比一下他们个人在工作前后对社会、人生、学校、工作的认识，把他们的认识变化梳理一下。然后与自己目前的认识比照，看看有哪些异同。

2. 请在下表适当的空格内打上"√"，以表达你的意见，填好后作分组讨论。（题目参考：香港中文大学梁湘明教授的讲座"帮助大学生规划事业和生涯——基础理论和实践方法"）

| | 同 意 | 不同意 | 不知道 |
|---|---|---|---|
| 学业成绩决定了我将来能否找到适合自己的工作。 | | | |
| 要先读好书，才考虑职业或就业问题。因此，事业计划在毕业时才需要安排。 | | | |
| 考上了大学，并不表示就有前途。 | | | |
| 大学学习对人构成最重要的影响，是在分数方面的回报。 | | | |
| 工作对人构成最重要的影响，是在金钱方面的回报。 | | | |
| 选择终身职业，愈早愈好。 | | | |
| 根据我的能力或兴趣，只有一种或一份"适合我的工作"。 | | | |

|  | 同　意 | 不同意 | 不知道 |
|---|---|---|---|
| 工作是满足自我和贡献社会的惟一途径。 |  |  |  |
| 追求事业梦想并不实际。 |  |  |  |

　　填好后请作分组讨论，你是否具备强烈的动机计划未来，如果是，原因在哪里？如果不是，原因又在哪里？

　　3. 从因特网、报纸等媒体收集有关就业方面的信息，制作一份有关当前就业形势的分析报告，并谈谈在制作报告过程中，有哪些信息对你将来的择业能力培养有帮助。

　　4. 与三四名有着较为接近的职业选择的同学组成一组，收集该种职业面试过程中的问题，进行分析讨论，看这种职业需要哪些择业能力，并结合自己的实际情况，和大家一起讨论自己哪些能力已经具备，哪些方面还存在不足。

第十章

激
发
创
新
潜
能

*Dishizhang*

*Jifa chuangxin qianneng*

21世纪是创新的世纪,世界各国的专家学者、企业家乃至国家首脑,无不高度重视创新实践活动。江泽民同志在"十六大"报告中指出:"创新是一个民族进步的灵魂,是一个国家兴旺发达的不竭动力,也是一个民族永葆生机的源泉。"发展经济要创新,改革政治要创新,理论要创新,文化要创新,教育也要创新。一个没有创新能力的民族,难以屹立于世界先进民族之林。

21世纪是知识经济时代,国际竞争将主要体现为创新人才的竞争。时代呼唤创新人才,高等教育的任务是培养具有创新精神和实践能力的高级专门人才。我们正处于一个创新的春天,党中央、国务院在2006年1月9日召开的全国科学技术大会上发出了伟大号召:"建设创新型国家"和"用15年时间使我国进入创新型国家行列"。

作为一名新时代的大学生,我们要抓住机遇,树立创新意识,锻炼创新思维,提高创新能力,奠定创业基础。为四年后踏入社会,大胆自主创业,开创美好前程做好准备!

# 第一节　创新意识培养

在哥白尼之后不久，曾经有过这样两位天文学家：一位是出生于丹麦贵族之家的弟谷·布拉赫，一位是弟谷·布拉赫的助手——德国天文学家开普勒。

弟谷·布拉赫一生观察了三十多年的星空，进行了大量的天体方位测量，精确度较高，还发现了许多新的现象。但由于他缺乏创新意识，始终没能从中发现行星运动的规律。相反，因囿于旧势力的束缚，弟谷·布拉赫居然提出了一个极其荒谬的宇宙体系：行星绕着太阳转，太阳带着行星一起绕着地球转，重新坠入了"地心说"的窠臼。

然而，开普勒摒弃了弟谷·布拉赫的错误理念，坚持以哥白尼创立的"日心说"为核心，以弟谷·布拉赫毕生搜集的原始材料为依据，一点一滴、一步一个脚印，进行了长期的探索与实践。经过无数次的反复，开普勒终于发现了行星围绕太阳沿椭圆形轨道运行的轨迹，提出了著名的行星运动三大规律，为人类的天文事业作出了卓越的贡献，同时为牛顿发现万有引力定律打下了基础。

两个同时代的天文学家，都为探索宇宙的奥秘耗费了毕生的精力，而结果却是大相径庭。这其中的一个重要原因就是有没有创新意识，有无强烈的创新意识是能否产生创造能力的前提。弟谷·布拉赫之所以只能成为一名兢兢业业的观察家和计算家，无法取得开创性的成果，就是因为他一生的宏愿只是想完成1 000颗星星的准确星表，而没有想到要在辛辛苦苦觅得的资料的基础上去创新、去突破。而开普勒在前人研究的基础上，不断大胆创新，发现新现象，提出新理论，从而取得了巨大成功。由此可见，身为探索者，如果缺乏一种创新的冲动和渴望,那么无论他怎样刻苦和勤奋,无论怎样谦虚和好学,最终也只能在前人划定的圈子里徘徊。

## 一、培养创新意识的意义

创新,词典里的解释是:"抛开旧的,创造新的。"简单地说,创新就是首创前所未有的事物,而所谓创新意识就是创新的激情、革新的渴望、探索新领域的思想和勇气。

创新意识以其对人、对社会环境、对创新活动的巨大影响力,带动了整个社会的文明和进步。从宏观和微观两个角度来看,创新意识的意义和价值,具体表现为以下几个方面:

### (一) 创新意识是决定一个国家创新能力和经济繁荣的精神力量

创新意识对于国家、民族的重要意义主要表现在它对提高民族创新能力的巨大作用上。在今天,创新能力实际上就是国家、民族发展能力的代名词,是一个国家综合国力的同义语。

虽然我们不能说创新意识就是创新能力本身,但我们却能肯定地说,创新意识薄弱的民族绝不会有很强的创新能力。如果一个民族认识不到创新在社会发展中的重要性,意识不到树立创新性合法地位的必要性,就会在世界范围的竞争中错失良机。

发达国家的发展经验已经证明:一个国家的经济繁荣和社会发展必须要创新,要创新就必须有自觉的创新意识作引导。美国是一个后起的工业化国家,一百多年来,美国能够保持世界霸主地位,成为世界上惟一的超级大国,主要受益于社会创新意识的兴盛。不仅科学技术在不断创新,而且社会制度、组织形式等方面都在不断创新,正是这些创新使美国成为了世界第一经济大国。可见,创新对于一个国家或民族是多么重要。

作为新时代的大学生,我们理应胸怀祖国,心系民族,因为只有民族和国家强大了,我们才能更好地实现自己的全面发展。我们的创新就是民族的创新,民族的强大就是我们的光荣。周恩来可以"为中华崛起而读书",我们就可以"为民族腾飞而创新"!

## （二）创新意识促成上层建筑的变化，推动社会的全面进步

创新意识在促成经济基础进步的同时，自然也会在某种程度上促成上层建筑的进步。

首先，创新意识会进一步推动人的思想解放，有利于人们形成开拓意识、领先意识等先进观念。与此同时，创新意识还能促进社会政治向更加民主、宽容的方向发展，这恰恰是创新发展需要的基本社会条件。

其次，表现在政策层面上，政府为了确保创新活动的顺利进行，需要制定一系列的相关政策，如财政激励政策、金融政策、政府采购政策、知识产权保护政策、人才政策、产业政策、鼓励创新主体之间合作及国际合作政策等。这些政策的目的就是对创新行为提供人、财、物的支持，对创新者的利益提供明确保障。表面看，这是政府职能的转变，实质上这本身就是政治的进步和观念的更新，它对社会进步的影响将是全面的。

我们每个人的发展都是以社会的进步为前提的，而今天的大学生又将是明天社会进步的主要推动力。历史的重任落在我们肩上，这是一种任务，也是一个机遇，是我们实现自我价值的机遇。一个没有创新的民族必将没落，一个没有创新的大学生也必将被淘汰。

## （三）创新意识能促成人才素质结构的变化

创新意识作为社会对新型人才的呼唤和需求，实质上是确定了一种新的人才标准。这种人才需要具备这样一些特质：好奇心、独立性、自信心、良好的意志品质、进取精神、怀疑精神、科学批判精神、探索创造精神和创新信念等。这些特质是衡量一个人是不是具有人才素质，能不能成为人才的重要尺度和根据。

这种对人才的复合型要求就决定我们大学生必须不断培养创新意识、创新理念，否则就会被社会拒绝，就会被边缘化。从自我发展的角度来看，具备创新意识越来越成为一种基础竞争力了。创新，势在必行！

## （四）创新意识能提升人的本质力量，有助于个体实现自我

创新意识作为新的观念和思想，会强化人们推动社会进步的责任感，产生把创新作为实现自己人生价值的强烈激情和冲动。创新

是人类自我实现的最高表现形式,是人类本质力量的确证,它增进了人的智能,最大限度地唤醒、激活了人类的潜能,对人的综合素质的全面开发意义重大。

创新意识的培养,创造力的有效开发,可以使凡人变成不同凡响的社会成功人士或精英人物,如比尔·盖茨,他从一个"毛头小伙"成为世界首富,靠的是什么? 靠的就是一种创新的冲动和尝试。

我们常常找不到自己的人生价值所在,其实,人生的意义就在于自我个性、自我品质的不断提高,在于自我潜力的不断发掘。创新的喜悦足以让你信心百倍,足以让你感觉到自我的价值和意义,因为这是一个不断发掘自身潜力、完善自我品质的过程。创新,可以带给你无限的快乐!

## 二、创新意识的培养方法

人生来就有大脑,但不一定有意识,或者说意识不明确、不系统。意识是大脑对物质的反映,它可以随着个人阅历的增加而不断变化。意识是可以培养和训练的,我们只要通过一些经验性场景的刺激,就可以在一定程度上改变或形成某种意识。

同样,创新意识也是可以培养的,那么如何培养呢?

### (一)营造自主探究的氛围,激发创新热情

创造心理学研究表明,一个开放的、民主的、充分尊重个性的环境和心理氛围,可以使人的创造性思维达到最佳状态,可以充分发挥人的创造潜能。只有当一个人的心理处于积极状态时,才会把创造的门扉打开。

这种氛围的形成一方面需要老师来提供,一方面要自己来营造。试着提出一个问题,然后动手搜集材料,与老师同学探讨,最后形成自己的想法;或者组织一个小组,大家共同研究和探讨一个问题,让这种探讨在开放、民主的气氛中走向深入、走向创新。

### (二)通过群体激励,奠定创新的基础

合作学习、群体激励可以创造一种思维的相互撞击,借助集体力

量产生"共振效应"。在这种相互启发、相互激励、相互感染的氛围中,能有效地打破个人固有观念束缚,摆脱思维的僵化、迟钝状态,焕发禁锢的想像力。研究表明,这种团体式的自由想像力比独自一人时增加65%～93%。

在学习过程中,我们除了配合老师积极建立这样一种群体激励的氛围,还应该在同学间营造这样一种环境。比如,我们可以组织或参与一些非正式性的宿舍讨论,讨论一些称得上问题的问题;我们也可以针对一个问题,召集和组织一些对这个问题感兴趣的同学,大家一起探讨,共同解决。另外,我们应该积极参与一些论坛性的讲座,并尽量积极地发表自己的看法,有的创新的灵感可能就来自一句话。

### (三) 大胆质疑,激起创新的火花

古人云"学贵质疑",巴甫洛夫也曾经说过:"怀疑,是发现的设想,是探索的动力,是创新的前提。"牛顿就是提出"苹果熟了,为什么会从树上掉下来,不向天上飞"的问题,才发现了万有引力定律。

没有质疑就没有进步。长期以来,我们接受的大多是一种"填鸭式"教育,我们习惯了遵从和沿袭,我们缺乏一种问题意识,这种意识将是创造力的天敌。随着年龄的增长,我们如果还是停留在过去的认识水平,那是不会有进步的。人类前行的历史就是问题不断解决的历史,可以说,没有提出问题的洞察力,没有解决问题的勇气,就没有今天的人类文明。孟子说:"尽信书,不如无书。"我们背得滚瓜烂熟的一句话,为什么就是不能理解呢?

没有野心的士兵不是好士兵,没有问题的学生也不是好学生。

### (四) 加强社会实践和科技活动,开辟创新的园地

大学生社会能力的发展,受多种因素的影响。只靠课本是远远不够的,我们还必须形成与实践、与社会的沟通,利用一切可以利用的渠道和一切可以利用的机会,积极参与社会实践活动、课外科技活动和教师的科研活动,只有这样,才能开辟创新的园地。

孙博是东北师范大学计算机学院2002级软件工程专业学生,因为挑战微软系统的安全性,他成为2005大学生年度创意人物。他现

在是东北师范大学大学生创业中心主任、微软全球学生在线中国区东北师范大学微软俱乐部主席。他曾获得"挑战杯"全国大学生课外学术科技作品竞赛国家三等奖、"挑战杯"吉林省大学生课外学术科技作品竞赛二等奖、"挑战杯"全国大学生创业计划竞赛国家铜奖……所有的这些成绩和荣誉都是与他的开拓创新意识分不开的，也是他积极参加社会实践和课外科技活动的成果。

也许你认为成功的只是极少数，但只要你能够抓住机会，多锻炼，成功就会离你更近一步。机会在哪里？机会就在你身边：丰富多彩的校园文化活动、各种类型的社团活动、大学生暑期社会实践、社会调查、挂职锻炼、大学生创业计划大赛、志愿者活动、大学生科技活动，等等，都是很好的机会。教育家陶行知先生说得好："处处是创造之地，人人是创造之人，天天是创造之时。"珍惜机会，做创造的有心人，你一定可以拥有自己的一片创新园地。

冰冻三尺，非一日之寒。创新意识的培养，绝对不是一天两天的事情，这是一个长期的过程，所以，任何急于求成的想法都是不切实际的。只有通过不断地实践、不断地刺激、不断地思考，才可能进入创新的自由王国。

**思考与练习**

1. 司马光救人不砸缸的方法

《司马光砸缸》讲述的是：古代名人司马光小时候，一天与孩子们在院子里玩，突然，一个小孩掉进了一口装满水的大缸里，在场的孩子们都慌乱惊恐，有的孩子跑回家叫大人，就在这紧急关头，只见司马光捡起地上的一块石头，砸向大水缸，水缸被砸了一个大洞，水流了出来，孩子得救了。

问题：考考你的创新意识和创新思维，请你思考现代司马光救人不砸缸的方法，你能想出几种不砸缸的救人方法？

提示：如引入救生服可以救人；几个人同时跳入水缸，水就会溢出来，从而脱离危险。

2. 等边三角形

问题：请大家来做个小实验,用 6 根同等长度的火柴或小棒试试能否摆出彼此相连的四个等边三角形?

提示：也许你会感到困难,因为你一直试图在平面上用 6 根火柴摆出 4 个等边三角形。但是"平面"这个基本认知结构于此问题情境不一致,除非你思维活跃,否则不能解决这个问题。

3. 头脑奥林匹克模仿竞赛

头脑奥林匹克竞赛(简称"OM")是一种创造力的竞赛,通过动脑、动手和动口相结合,培养人突破常规思维、开创新的思维方式。OM 竞赛是由两部分组成的：长期题和即兴题。在你班级中成立一个组委会,参赛队员分成 3～5 组,每组 4～8 人,进行一次 OM 竞赛。

题目：① 确定的长期题为"音响",即：要求学生创造出 10 种声音效果,其中 6 种声音效果由两个发声装置完成,其余声音效果可以由任何方式产生。② 即兴题是队员在没有任何外部协助情况下,现场解答组委会提出的问题,根据解答问题创意评分。

提示：以"音响"为例,各种音响效果都可以采用,而且还要有相互的联系,这就包含许多问题：发声原理可以是振动、摩擦、水流风动、电子音响等;装置结构设计为机械传动、导轨球运动、骨牌推叠等方法,可以创造出各种合理的方案;从动脑设计、动手制作到动口表演,每个环节都面对新的问题,从而探求新的方法和答案。

## 第二节　创新思维锻炼

一天,儿子从幼儿园回到家中,神秘地对父亲说:"我今天在苹果里发现了星星。"苹果里会有星星? 父亲大惑不解,心想自己一生不知吃过多少苹果,可从来没有发现儿子所说的什么星星。儿子硬要父亲切开一个苹果看看。父亲好奇地从冰箱中拿出一个大苹果,熟练地用小刀将它一分为二,然后看了看说:"哪里有星星? 你这个骗人的小鬼!"

"来,还是让我切给你看吧!"儿子迅速地拿起另一只苹果横刀一切,然后把切开的苹果放到父亲面前说:"看,里面有没有星星?"

天呐,从横切面看,苹果核处果然有一个清晰漂亮的五角星图案。父亲顿时感慨万分,几十年习惯了竖切苹果的方法,怎能发现其中隐藏着的星星呢? 孩子换了一种切法,居然发现了鲜为人知的东西,这真是奇迹!

人们常常在习惯了一种思维和行为方式以后,就不愿意去改变,结果就是年复一年、日复一日,从来不会有新发现。其实,稍微换个角度之后,你就会发现,原来别有洞天。这就是创新的力量。

### 一、创新就在身边

20世纪心理学最伟大的发现,莫过于发现创造力是智力正常人普遍具有的心理潜能。"人人是创造之人",揭示出创造力不是极少数天才所具有的特殊天赋,而是人人都具有的创造潜力。同学们大可不必担心自己没有创造力,仔细想想,你是否发明过某个以前未曾存在过的东西? 你是否发现过一个存在于其他某处,但别人没有意识到的东西? 你是否为做某事发明过一个新过程? 你是否把一个现存过程或产品重新应用于一个新的或不同的市场? 你是否开发了一个看问题的新方法或产生过一个新观点？你是否曾经改变了他人看问题的方式……这些都是创新。

事实上，我们每天都在创新，因为我们在不断改变着我们所持有的对世界的看法。思维是行动的先导，要想有创新行动，就必须具备创新思维。

什么是创新思维？创新思维就是打破旧有的陈旧的思维模式和思维习惯，用一种不寻常的，甚至可能是近乎"荒谬"的方式来思考问题。说白了，就是"想人所不想"。创新思维要求我们必须摒弃"大家都这么干，我也这样照办就行了"的懒惰思想，树立一种"特立独行"的思维理念，将创新进行到底！

同创新意识一样，创新思维也是可以培养锻炼的。下面，我们就介绍几种创新思维方式和创新思维技法。

## 二、创新思维方式

创新思维使人能突破思维定势思考问题，从新的思路去寻找解决问题的方法。通常使用的有逆向思维、侧向思维、求异思维、类比思维、综合（集中）思维、发散（扩散）思维、顿悟（灵感）思维等方式，这里介绍三种最贴近大学生的创新思维方式。

### （一）逆向思维

19 世纪 30 年代，圆珠笔发明后，漏油一直是难以解决的问题。人们认为是由于钢珠的磨损造成的，因此，许多科学家、工程师、发明家都在考虑如何强化钢珠硬度和耐磨性，但在当时的条件下，材料上很难取得突破。

难道除了提高钢珠硬度、耐磨性之外就别无他法了吗？日本一位发明家中田藤三郎想了一条与常人不同的思路——圆珠笔都是在钢珠磨损一定程度后才开始漏油的，那么，如果在漏油以前笔管中就没油可漏了，这个问题不就解决了吗？于是，他买来大量圆珠笔，反复使用，并统计出了圆珠笔一般在写了多少字、用了多少油时开始漏油的规律，最终，他采用在管中定量灌油的方式解决了圆珠笔的漏油问题。

这种突破常人的思考方式,反其道而行之的思维方式就是逆向思维。通俗地讲,就是倒过来想问题。这种思维能力的培养和锻炼,可以刻意地经常从一个事物的方面去思考,以寻找创新的火花。

生活中,我们常常会碰到各种用常规方法解决不了的问题,这时,我们就应该试着转换思考角度,运用逆向思维的方法,来求得新的解决办法和途径。

### (二) 侧向思维

有位心理学家做过这样一个实验:把狗和鸡关在两堵短墙之间,在狗和鸡的前面用铁丝网隔开并放了一盆饲料,鸡一看到饲料就马上直冲过去,结果左冲右突就是吃不到食。而狗先是蹲在那儿直盯盯地看着食物和铁丝网,又看看周围的墙,然后转身往后跑去,绕过墙来到铁丝网的另一边,结果吃到了食物。

我们人类在考虑某个问题时也有类似现象,有人总是死抱正面进攻的方法一味蛮干,问题却丝毫不能解决;而有人则采用迂回战术,用意想不到的方法,轻而易举地获得成功。这就是侧向思维。侧向思维也被人称为"从其他离得很远的领域取得启示的思维方法"。

### (三) 发散思维

面对"一支铅笔有多少种用途"的问题,有人作出了这样的回答:

(1) 必要时能用来做尺子画线;

(2) 能作为礼品送人表示友爱;

(3) 能当商品出售获得利润;

(4) 铅笔的芯磨成粉后可作润滑粉;

(5) 演出时可临时用于化妆;

(6) 削下的木屑可以做成装饰画;

(7) 一支铅笔按相等的比例锯成若干份,可以做成一副象棋,可以当作玩具的轮子;

(8) 在野外有险情时,铅笔抽掉芯后还能被当作吸管吸食石缝中的水;

（9）在遇到坏人时，削尖的铅笔还能作为自卫的武器……

这就是一种发散思维的思考方式。发散思维又叫辐散思维、求异思维，它是一种推测、想像和创造的思维过程。美国心理学家吉尔福认为，发散思维是指"从给定的信息中产生信息，其着重点是从同一的来源中产生各种各样的为数众多的输出"。

### 三、创新思维技法

创新技法，就是人们通过长期研究与总结得出的创造发明活动的规律，经过提炼而成的程序化的创造技巧和科学方法。最常用的有十多种，如智力激励法、列举法、联想法、组合法、设问法、类比法、形态分析法等，下面介绍其中最重要的五种创新技法。

#### （一）智力激励法（头脑风暴法）

智力激励法，也叫头脑风暴法，它由创造基金会的创始人 A. 奥斯本于 1938 年创立，是指在一定时间内，通过大脑的迅速联想，产生尽可能多的想法和建议。它是一种从心理上激励群体创新活动的最通用的方法。

头脑风暴法的实施步骤主要有以下几步：

（1）准备阶段——准备阶段包括产生问题，组建头脑风暴法小组，培训主持人和组员及通知会议的内容、时间和地点。

（2）热身活动——为了使头脑风暴法会议能形成热烈和轻松的气氛，使与会者的思维活跃起来，可以先做一些智力游戏，或猜谜语，或讲幽默小故事，或者出一些简单的练习题。

（3）明确问题——由主持人向大家介绍所要解决的问题。问题要提得简单、明了、具体。要把一般性的问题分成几个具体的问题。

（4）自由畅谈——由与会者自由地提出设想。主持人要坚持原则，尤其要坚持严禁评判的原则。

（5）会后收集设想——在会议的第二天再向组员收集设想，这时得到的设想往往更富有创见。

头脑风暴法会议的主要原则有：自由畅想原则、严禁评判原则、谋求数量原则和借题发挥原则。

## （二）列举法

列举法是一种借助于某一具体事物的特定对象（如特点、优缺点等），从逻辑上进行分析，并将其本质内容一一罗列出来，经过批评、比较、选优等手段，挖掘创造主题新意的创造技法。列举法最常用的有缺点列举法、希望点列举法和特征点列举法。

### 1. 缺点列举法

缺点列举法就是找出事物所有的缺点，将其一一列举出来，然后再从中选出最容易下手、最有经济价值的对象作为创新主题。缺点列举法是一种简便有效、很容易理解和掌握的发明创造方法，采用这一方法发明创造，获得成功的例子不胜枚举。例如，江苏宏图高科技股份有限公司，针对视盘机更新快、易落伍的缺点，与美国、日本等国专家共同成功开发了 DVD 视盘机智能化技术，使 DVD 像电脑一样用软件自动升级，给我国 DVD 市场带来革命性的变化；上海市和田路小学的一位女同学针对通常的电源插座不安全、易引起小孩触电的缺点，发明了安全插座，获日本国际青少年发明比赛大奖。

### 2. 希望点列举法

希望点列举法就是发明创造者从个人愿望和广泛收集的他人愿望出发，通过列举希望和需求来形成创造课题的创造技法。

古今中外，世界上的许多东西都是根据人们的希望和需求创造出来的：人们希望像鸟一样飞上天，于是就发明了气球、飞机；希望冬暖夏凉，就发明了空调设备；希望成为"顺风耳""千里眼"，就发明了收音机和电视机；希望夜如白昼，就发明了电灯；希望快速计算，就发明了电子计算机……

### 3. 特征点列举法

特征点列举法是由美国创造学家克拉福德教授研究总结出的创造技法。它采用的主要手段是通过对发明对象的特征进行分析，并一一列出，然后探讨能否改革以及怎样实现改革的方法，所以也被称作分析创造技法。

### （三）组合法

组合法是指从两种或两种以上事物或产品中抽取合适的要素重新组织，构成新的事物或新的产品的创造技法。组合法常用的有主体附加、异类组合、同物自组、重组组合、信息交合法等。

1. 主体附加

以某事物为主体，再添加另一附属事物，以实现组合创造的技法。如橡皮头铅笔、带电子表的圆珠笔、带计数器的跳绳、碘盐等。

2. 异类组合

将两种或两种以上的不同种类的事物组合，产生新事物的技法。参与组合的对象从意义、原理、构造、成分、功能等方面可以互补和相互渗透，产生 $1+1>2$ 的价值。如狮身人面像、收录机、电吹风熨斗等。

3. 同物自组

将若干相同的事物进行组合，以图创新的一种创造技法。如对笔、情侣伞、套餐等。

4. 重组组合

有目的地改变事物内部结构要素的次序，并按照新的方式进行重新组合，以促使事物的功能和性能发生变革的技法。如对电冰箱结构进行重组，开发出冷藏室在上、冷冻室在下的新型电冰箱，给用户带来了方便。战国时期田忌赛马、现在的国有企业资产重组改革，都运用了重组组合的原理。

5. 信息交合法

人们在掌握一定信息基础上通过交合与联系可获得新的信息，实现新的创造的一种组合创新技法。为了从信息交合中产生新产品，可以采用平面交合、立体交合的方法。

### （四）联想法

联想法是依据人的心理联想而发明的一种创造方法。心理学认为联想是从一事物、概念、方法、形象想到另一事物、概念、方法和形象的心理活动。联想能力通过训练可以提高，它可以训练思维的灵活性和独创性。

### 1. 接近联想

对空间和时间上接近的事物产生的联想。如桌子—上面有书本,下面有椅子;闪电—雷鸣—下雨—滴答声。

### 2. 相似联想

对性质接近或相似事物产生的联想。如语文书到数学书、钢笔到铅笔。

### 3. 对比联想

对某一事物具有相反特点所产生的联想。如黑—白、写—擦。

### 4. 关系联想

由事物间的各种关系所形成的联想。如,铅笔到铅、橡皮到擦除。如果事物间是因果关系,则为因果联想。由因到果,如酒后驾车联想到车祸发生;由果到因,如感冒联想到病毒在身体内活动。

### (五) 设问法

设问法是以提问的形式来启发思路的创新技法。下面主要介绍检核表法和5W2H法。

### 1. 检核表法

检核表法是奥斯本在其著作《发挥创造力》一书中创设的,它根据需要解决的目标(或需要设计的对象),从多方面列出一系列的有关问题,然后一个一个地加以分析、讨论,从而确定出最好的设计方案。

一般情况下,检核表法是从以下九个方面来进行检核的:能否他用? 能否借用? 能否改变? 能否扩大? 能否缩小? 能否代用? 能否调整? 能否颠倒? 能否组合?

### 2. 5W2H 法

5W2H法是用五个以 W 开头的英语单词和两个以 H 开头的英语单词进行设问,发现解决问题的线索,寻找发明思路,进行设计构思的创新技法。它是在美国陆军首创的 5W1H 的基础上,增加了一个 H,即 How much。5W2H 法提出以下七个问题:为什么(Why)、做什么(What)、何人(Who)、何时(When)、何地(Where)、如何(How)、多少(How much)。

创新不是天才的专利,创新不是高不可攀,创新就在我们的身边。只要我们愿意开动脑筋,做个有心人,就一定能够品尝到创新的果实。创新,其实触手可及,就看我们愿不愿意把自己的手伸出来了。

## 自测与练习

1. 试列举生活、学习、工作中寻找利用逆向思维方式解决问题的一两个例子。

2. 在纸上画一个圆圈,用发散思维想像它是什么?

(提示:如幼儿园的儿童把它想像成常吃的饼干;小学生想像成画册上的红太阳;中学生想像成平面几何学中的圆;大学生想像成曲率相等的封闭曲线)

3. 尽可能多地列出日常用品,像皮鞋、钢笔、雨衣、日光灯、茶杯等物品的缺点,进而提出改进的新设想。

4. 尽可能多地列出你所希望的黑板、课桌、床、汽车的新功能,构思出新的产品。

5. 试运用特征列举法对圆规、电扇进行创新。

6. 运用两种设问法(检核表法、5W2H 法)探讨饮水机的革新方案。

7. 以"杯"为信息原点,选用功能、材质、形态结构、关联学科(电、热、磁知识等)为信息标线,画出信息交合场,进而提出若干新型杯子的构思。

8. 利用联想法,从铅笔开始进行联想训练。

9. 假如你是一家餐饮企业的经理,在国庆、春节期间,如何运用组合技法扩大销售。

10. 在你的班级里,运用头脑风暴法设计一种新式的鞋子。

11. 创新思维训练的游戏:做一个过河设想游戏比赛。

游戏方法与规则：可以分成若干个小组进行对抗赛，每组6～8人。比赛时，每一个小组站好队按顺序进行发言。必须具体说出过河的方法，熟知的只报方法名称，创新的要稍微加以解释。按顺序轮流发言，要流畅，不许停顿。若停顿或说不出来，比赛终止，哪一小组说出的过河方法最多，即为优胜。

　　提示：充分利用各种创新思维方法，提出多种过河的方案。如利用接近联想，把树放倒搭独木桥走过去；利用逆向思维往相反方向走，绕地球一周过河；从地上到天上，乘坐飞机、热气球过河；潜水过河，从河底爬过去；从河床下，挖一条地下隧道过河。还可以利用侧向思维架桥、筑坝、抽水、挖隧道等。还有撑杆跳、踩高跷等。

# 第三节　创新创业准备

顾澄勇是 2002 年复旦大学计算机专业毕业的本科生,他是"阿强"鸡蛋的年轻负责人之一。

毕业那年,面试了几家软件公司的顾澄勇越来越发现,自己对在计算机行业里的发展欠缺某种热情,而对于生活了二十多年的农村,却有着深厚的感情,他决定回乡卖鸡蛋。面对亲友和同学的不解和反对,顾澄勇也曾犹豫过,但也许正是听反对意见听得多了,年轻的顾澄勇反倒坚定了决心,带着一股"一定要争一口气"的念头,他告诉母亲,自己和父亲虽然同样是卖鸡蛋,但他不仅仅靠母鸡,更靠科技,会走出不一样的路来。

凭着初生牛犊不怕虎的勇气,顾澄勇一走出象牙塔,就钻进了臭烘烘的鸡棚。他学饲养、学包装、跑市场,聪明的小顾在实践中发现农产品的质量问题最受消费者关注,于是,他研制开发出了"阿强"鸡蛋的"网上身份查询系统",给每个鸡蛋都贴上了"身份证",这个举措让"阿强"鸡蛋的销量就比上年同期增长了 2.5 倍。

小顾的追求才刚刚开始。品牌意识和创新理念促使他重新设计了时尚方便的"阿强"鸡蛋的包装,又开辟了"头窝鸡蛋"的市场,这都无疑给他带来了巨大的市场利润。

仅仅是自家厂里的经济效益有了提高,这样的成绩对于小顾来说,还是远远不够的。他所考虑的,是希望能够带动整个大农业的进步。于是一鼓作气,他又开发了茄子、青菜、黄瓜等蔬菜的身份证查询系统,然后向闵行、金山等郊区的龙头企业介绍推荐,希望能够以自己的微薄之力,为整个大农业的信息化发展作一点贡献。

摘自:2005 年 4 月 21 日《青年报》

创业,是一个诱人的字眼。很多人成功了,但也有很多人失败了。面对大学生创业的热潮,你作好准备了么?

## 一、创业的概念

前面我们已经了解了创新的含义,总的说来,创业活动必然地要涉及到某些创新活动,但创新活动并不一定是创业活动,二者不能等同混淆。那么创业的概念又是什么呢?

"创业"在《辞海》里表述为"开创基业"。从狭义的角度说来,创业是创建一个新企业的过程;从广义的角度说来,创业就是创造新的事业的过程,也就是一个发现和捕捉机会并由此创造出新颖的产品或服务和实现其潜在价值的过程。

大学生创业是指大学生中的创业者发现机会、整合资源最终实现自己的创业目的一系列创业活动。

## 二、创业的准备

### (一) 创业意识准备

创业不是心血来潮,不是跟风模仿,创业是一种对市场和自身情况理性思考后的果断行动。无数的光环照耀着创业的胜利者,但我们不能忘记他们成功背后的艰辛。我们不能打无准备之仗,在创业之前,我们是否作好了充分的准备呢? 这个准备恐怕要从创业意识的准备开始。

那么,你知道培养创业意识的途径吗? 下面,我们向大家介绍培养创业意识的"五要":

一要刻意去钻研有关知识,即用心把注意力集中到所要追求的方向上,意识的形成才会更快、更深。

二要钻研"市场"这本书。只有搞清楚市场运行的基本规律,才能在经营中有创意和创新,才能"游刃有余"。而研读"市场"当然要在实践中进行。

三要善于观察分析。客观事物是不断发展变化的,而事物的本质又是通过现象表现的,只有善于观察分析,善于识别真相和假象,才能真正把握事物的本质。

四要善于收集和利用信息。重要的商业信息,是经营者决策的重要依据,它隐含了大量的商业机遇,是经营者取胜的重要武器。

五要积极主动地寻找和创造商业机会。守株待兔只能坐失良机,只有积极主动的经营者,才能在实践中不断丰富思想,深化商业意识。

### (二)创业知识准备

大学生要成为创业的积极实践者和创业成功者,需要哪些知识准备呢?

据美国一项对75位成功企业家发迹史进行的调查表明,虽然这些企业家的出身、地位、行业等都不同,但具有广博的知识却是他们共同的特征。总体上包括专业知识、商业知识、市场分析知识、管理知识、法律知识等方面,这是他们创业成功的重要因素。因此,大学生创业首先必须具备扎实的知识基础和综合运用这些知识的过硬本领。

1. 专业知识

专业知识指的是与创业目标和创业领域有着直接关联和影响的知识,是人们在该专业领域经过长时间的实践和摸索所取得的智慧果实。它对于创业成功与否具有直接而重要的影响作用。如果对于该领域毫不知情,仅仅凭一时的热情和一知半解,茫茫然闯进一个新领域里面,其结果必然是一败涂地、血本无归。

2. 商业知识

有调查显示,在历年的大学毕业生中,大约有1‰的人选择创业,其中大部分人所学专业与经济和管理并不相关,不具备最基本的商业知识和管理技能,其结果大多是碰得头破血流,成功者寥寥无几。这些调查数据表明,掌握一定的商业知识是创业成功的必要条件。

大学生在创业之初,首先想到的往往是缺乏资金,而不是缺乏知识。其实,对于大学生来说,最重要的是,作为创业人要有生产产品和提供某项劳务的专业知识,要有投资理财的资本运作知识,此外还要具备经商的经验和技巧,这是创业所必备的商业知识。

### 3. 市场分析知识

在现代市场经济条件下,如何充分掌握市场、把握市场的最新发展动态,及时调整经营的方向和策略,对于创业活动有着至关重要的影响。这要求创业者必须具备相应的市场分析知识。为保证市场分析的准确性,创业者应尽量采用多条专业的市场分析渠道,委托不同专业的市场分析公司分别作出严密科学的权威性的调查报告,并综合尽可能多的数据,做出最终的论证方案,最大限度地规避风险。一般应考虑并论证产品、竞争、市场、销售、生产、供应、人员、财务等方面的问题。

### 4. 管理知识

企业管理对于成功创业也是一个重要的因素,可以说没有好的管理就不可能取得创业成功。企业管理的最终目标是实现组织机构的科学化,以整体提高企业效益,取得利润的最大化。主要包括人力资源管理和财务管理。人力资源管理是企业管理的核心部分,人力资源管理关心的是"人的问题",强调"以人为本"。企业财务管理贯穿于企业的整个发展过程。

### 5. 法律知识

创业者在创业过程中经常遇到一些法律问题,需要创业者运用法律知识予以解决。在现实生活里,由于缺乏相关的法律知识而导致创业失败的例子还是很多的。因此,创业者必须了解一些基本的法律知识,尤其是与创业密切相关的基本法律常识。如创业者必须明白工商注册登记的手续、条件、主要内容等;创业者在经济活动中一定要按照《合同法》进行经济活动;创业者必须了解税务相关知识。另外,创业者还需要了解《个人独资企业法》、国家大幅度放宽私营企业投资条件、降低投资门槛等等鼓励创业政策,否则无疑预示着一系列的创业风险。

### 6. 大学生创业优惠政策

(1)"挑战杯"中国大学生创业计划竞赛

创业计划竞赛起源于美国，又称商业计划竞赛，自1983年德州大学奥斯丁分校举办首届商业计划竞赛以来，近十几年大学生创业计划竞赛已经风靡全球高校。商业计划竞赛大大推动了高科技产业的发展，Netscape、Yahoo！等公司就是因此而诞生的。

它借用风险投资的运作模式，要求参赛者组成优势互补的竞赛小组，提出一项具有市场前景的技术产品或者服务，并围绕这一产品或服务，以获得风险投资为目的，完成一份完整、具体、深入的创业计划。

1989年，清华大学举办了中国最早的创业计划竞赛，1999年以后连续四届是由共青团中央、中国科协和全国学联主办创业计划竞赛。从2002年起，教育部也成为主办单位之一。

目前，创业计划竞赛已与课外学术科技作品竞赛一道，成为"挑战杯"旗帜下的重要赛事，并形成两赛隔年举办的格局。作为学生科技活动的新载体，创业计划竞赛必将在培养复合型、创造性人才，促进高校学研结合，推动国内风险投资体系建立等方面发挥越来越积极的作用。

（2）国家创业优惠政策

教育部公布了一项大学生、研究生（包括硕士、博士研究生）可以休学保留学籍创办高新技术企业的新政策，这项政策规定：各高校要支持科技人员兼职从事成果转化活动，允许科技人员离岗创办高新技术企业、中介机构，并可在规定时间内原则上为两年内回原高校竞争上岗。

（3）上海市大学生科技创业基金

为了鼓励大学生依托科技自主创新、自主创业，上海市政府设立上海市大学生科技创业基金。自2005～2007年间，市政府每年投入5 000万元，用于扶植大学生科技创业。其申请点设在上海复旦大学、上海交通大学、上海大学、上海理工大学四所高校，上海市高校应届毕业生、在读硕士和博士生，可通过以上四个申请点提出基金申请。目前，已有117个大学生创业项目通过专家评选论证，获得创业基金。

创业基金分"种子基金"和"创业基金"两类。"种子资金"主要以投入少量无偿资金的方式(一般项目不超过 10 万元),对大学生科技创业进行短期孵化;"创业基金"则以无偿或投资资助方式,支持大学生依托自主技术成果创办企业(一般项目支持经费不超过 30 万元)。

### (三) 创业品质准备

典型的企业家应该是什么样的人? 典型的企业家——

(1) 有理念。他们都有自己的经营理念,这些理念对说服那些可能提供资助的人,是很有必要的。

(2) 有前瞻意识。要使自己的企业先人一步,或在变动的时代能够生存下去,就必须能够看到诸如整个行业的情况这样一些大的方面,又要能够洞察细微之处,并把握机遇。

(3) 能自律。企业家要有很强的自律性,使他们及他们的企业不脱离计划的轨道。

(4) 自信。企业家普遍拥有自信,这让他们能克服重重困难。

(5) 具备灵活性。个人的灵活性和适应性可以帮助企业转移工作重心。

(6) 会处理压力。处理好压力,保护健康,做到运用自如,对企业帮助极大。

(7) 注重细节。最细微的事情可能会事关小企业的成败,失去一位顾客可能会损害企业。

(8) 态度积极。创业初期,困难重重,最重要而最难做到的大概是保持积极的态度,不论遇到什么艰难险阻,都能始终百折不挠,坚信对自己和企业的信念,才能赢得客户、供货商的信任。

(9) 目标高远。需要制定高目标,并通过努力工作来实现这些目标,让周围的人觉察出你是一个成功者,这对雇员有积极影响。

(10) 果断。一个果断的人,能善于观察事物的发展变化,能去伪存真,明辨是非,迅速而坚定地作出决定。

(11) 勇敢。有勇气,敢于迎接危险和困难的到来,这是坚强意志的体现。

有时，缺少一个因素都是致命的。优秀的品质是成功的基础，创业前问问自己：这些品质我都具备了么？

**（四）创业能力准备**

一个优秀的、成功的创业者应该具备的几个能力：

（1）学习能力。了解更多的相关行业，提升自己的销售、管理技能以及研究环境的变化都十分重要。随时向同行、雇员、供货商以及顾客学习，这种能力会对他们产生吸引力，并让自己从中受益。

（2）决策能力。对处境作出快速和细致的权衡，可以提高作决定并将决定坚持下去的能力。决策者应该是积极向上的，优柔寡断可能会让你错失良机。

（3）管理能力。成功创业者的一个关键，就是对资金、设备、人员以最佳的方式进行组织，尤其在创业初期资源有限的情况下，更是如此。

（4）理财能力。身为商人，你就要有何时该节省、何时该花钱以及应该把钱花在何处这样一种意识。

（5）沟通交流能力。通过语言或书面形式与周围的人交流，会使自己成功的机会大增，因为人们需要了解你的企业。

（6）领导能力。"领导力就是榜样"。领导才能不是表现在告诉别人如何完成工作，而是使别人有能力完成它。以自己的言行树立一个期望其他人学习的榜样。

（7）团队协作能力。创业如同拔河比赛，人心齐，泰山移，才能独占鳌头。建立优势互补的团队，是人力资源管理的关键。

（8）创新能力。创新是创业的关键，是创业的生命之源，是企业兴旺发达的必备之路。一个企业惟有不断地创新变革，才能获得更大发展，才能增强企业的核心竞争力。

这些能力的获得来自哪里？来自我们大学里的各种实践，来自我们平日里的学习。只有在坚持不懈的学习和实践中，才能够不断地提升自我，完善自我，最终实现自己的创业梦想。

## 三、创业项目的选择

### (一) 项目选择遵循的方法

(1) 要选择适合自己的项目。俗话说："隔行如隔山。"应尽量选择与自己的专业、经验、兴趣、特长相关的项目。

(2) 要分析项目或产品的市场前景。所选项目要有直观的利润。有些产品需求很大，但成本高、利润低，就要果断放弃。

(3) 要从实际出发，不贪大求全。当你瞄准某个项目时，不要嫌投入太少而利润少，"船小好调头"，即使出现失误，也有挽回的机会。

(4) 选择的项目要有特色。可以表示成四句话：别人没有的，先人发现的，与人不同的，强人之处的。

(5) 要周密考察和科学取舍。要善于分析和考察，没有经过实地考察和对现有用户经营情况进行了解的，千万不要轻易投资，最好向当地工商管理等部门了解其产品和信誉等方面情况；二要看项目成熟度、设备及服务等情况如何；三要看目前此项目的实际实施者在全国有多少、经营情况如何等。

### (二) 大学生创业产业领域的选择

(1) IT 领域。创业热点：综合网站、电子商务、网络游戏等；创业优势：前期投入少，收益相对较高，而且较能获得风险投资商的青睐；适用对象：拥有自主知识产权的大学生、IT 从业者和海外归国人员。

(2) 高科技领域。创业热点：信息技术产业、生物制药等方面；创业优势：科技含量高，容易吸引风险投资，而且有国家政策的大力扶持；适用对象：高等院校师生、科研院所的科技人员以及海外归国人员。

(3) 特许加盟领域。创业热点：教育培训、图书经营、旅游服务等连锁加盟项目；创业优势：利用知名品牌创业，风险较小，成功率较高；适合对象：大学毕业生、在职人员。

(4) 咨询领域。创业热点：科技咨询、法律咨询、心理咨询等；创业优势：属于高智力创业模式,创业投资较低且创业方式灵活;适合对象：具有某一行业丰富的专业知识和从业经验的人士,特别是海外归国人员。

（5）培训领域。创业热点：考研培训、IT 培训、外语培训等;创业优势：属于"短平快"的创业项目,只要有一定的教师资源,且培训产品适销对路就可创业;适合对象：在培训领域有一定从业经验和关系资源的人士。

（6）设计领域。创业热点：室内设计、在通信、消费类电子、电器及玩具等等方面的 IC 设计、纺织品设计等;创业优势：属于智力密集型创业模式,有技术、有项目即可进入,对资金的要求相对较小,创业风险也低;适合对象：具有艺术天赋和设计能力的大学教师和学生,且要有一定的客户群。

## 四、创业计划书的撰写

### （一）什么是创业计划书

创业计划书是指对与创业项目有关的所有事项进行总体安排的文件,包括商业前景展望,人员、资金、物质等各种作用的整合,是为创业项目制定的一份完整、具体、深入的行动指南;有理有据地说明企业的发展目标,实现目标的时间、方式及所需资源;基本目标是分析商机、创业机遇、创业成败的关键因素、筹集资金的办法;将创业者的理想和希望具体化,考虑 3～5 年的发展情况,并在运营中进行调整。

### （二）创业计划书的种类和内容

一般来讲,创业计划书有两类：

一类是略式创业计划书(概括式)。这是一种比较简明、短小的计划,它包括企业的重要信息、发展方向以及少部分重要的辅助性材料。略式计划内容通常有 10～15 页。一般来讲,略式创业计划主要适用于以下情况：申请银行贷款、创业者享有盛名、试探投资商的兴趣、竞争激烈、时间紧迫。

另一类是详式创业计划书。这种计划内容一般有 30～40 页,并附有 10～20 页的辅助文件。在计划中,创业者能够对整个创业思想作比较全面的阐述,尤其对计划中的关键部分更是如此。详式创业计划有下列几种用途:详细探索和解释企业的关键问题、寻求大额的风险投资。

在计划书的封面页上,应包括准备成立的企业名称、项目名称、创业者姓名、联系人、联系方式(包括固定电话、传真、手机、E - mail 地址)、通信地址(国家、城市、邮编等)、创业计划书撰写日期等内容。

一般来说,创业计划书分为摘要、产品的服务、市场分析、经营计划、财务计划、生产计划、组织计划、风险评估、附录等几大部分。

### (三) 创业计划书撰写的注意事项及常见错误与疏漏

一份好的创业计划书应该做到:语言文字简练,能说明问题即可,不要长篇大论,不要过于专业化;结构清晰,一目了然,使投资人能随时查到所关注的事项。

除此以外,还要避免一些常见错误与疏漏,比如:低估了竞争,高估了市场与回报;不陈述预测报表的建立依据;混淆了利润和现金流;不陈述最好、最坏和最可能发生的情况;没有量化产品或服务对客户带来的影响;仅分析了整体市场,忽略了细分市场;不讨论战略伙伴,等等。

大学生创业是一个综合要求非常高的活动,如果没有长期的积累和充分的准备,就会加大创业的风险,使自己蒙受损失。我们做事情,不做便罢,做就要好好做。创业可能是一朵带刺的玫瑰,有扎手的刺,但更有美丽的花瓣和清幽的芬芳。

大学是学习的黄金时间,浪费大学的时光,就是对生命的不负责任。为了美好的明天,我们没有理由逃避今天的奋斗。上帝从来都是偏爱有准备的头脑!

**思考与练习**

1. 尝试做个自我诊断书

大学生行为指导与训练

怎样才能了解自己的优点,更好地发挥才能? 不妨试着填写下面的评估量表,以找寻答案。

## 小企业经营者自我素质评估表

说明:本量表由两部分组成,第一部分是帮助你诊断自己在人格方面的情况,第二部分是帮助你诊断在能力方面的情况。回答量表的方法是,针对每一项"特征"给自己打分,每项特征最低分为"1",最高分为"5"。你认为自己在每项特征上是多少分,就在相应的分值上画个"圈"。最后将各项分数累计,并根据评分标准进行自我评估。注意:本量表只是一个初步的诊断,更主要的目的是帮助你练习用更科学的方法了解自我,所得成绩,仅供参考!

### 测评一 小企业经营者需要具备的十项人格

| 特 征 | 程 度 | | | | | | |
|---|---|---|---|---|---|---|---|
| | 高 | 低 | 1 | 2 | 3 | 4 | 5 |
| 自信与独立 | | | | | | | |
| 坚持不懈 | | | | | | | |
| 冒 险 | | | | | | | |
| 交流与沟通 | | | | | | | |
| 积极态度 | | | | | | | |
| 灵 活 性 | | | | | | | |
| 承 诺 | | | | | | | |
| 创 造 性 | | | | | | | |
| 处理压力 | | | | | | | |
| 注意细节 | | | | | | | |
| 累 计 | | | | | | | |

## 测评二　小企业经营者需要具备的十项能力

| 特　征 | 程　　度 | | | | | | |
|---|---|---|---|---|---|---|---|
| | 高 | 低 | 1 | 2 | 3 | 4 | 5 |
| 决策能力 | | | | | | | |
| 计划与组织能力 | | | | | | | |
| 经　验 | | | | | | | |
| 对市场反应的能力 | | | | | | | |
| 人际交往能力 | | | | | | | |
| 从错误中学习的能力 | | | | | | | |
| 自我控制能力 | | | | | | | |
| 销售能力 | | | | | | | |
| 谈判能力 | | | | | | | |
| 理财能力 | | | | | | | |
| 累　计 | | | | | | | |

评分标准：

| 评定内容 | 评　分　标　准 | | |
|---|---|---|---|
| | 优　秀 | 一　般 | 较　差 |
| 人　格 | 35 分以上 | 34～13 分 | 12 分以下 |
| 能　力 | 35 分以上 | 34～13 分 | 12 分以下 |

2. 依据课本所述内容,尝试撰写你的第一份创业计划书。

**附：上海市大学生科技创业基金创业计划书(参考格式)**

## 一、项目概况

项目名称：

启动时间：

准备注册资本：

项目进展：(说明自项目启动以来至目前的进展情况)

主要股东：(列表说明目前股东的名称、出资额、出资形式、单位和联系电话)

组织机构：(用图来表示)

主要业务：(准备经营的主要业务)

盈利模式：(详细说明本项目的商业盈利模式)

未来三年的发展战略和经营目标：(行业地位、销售收入、市场占有率、产品品牌等)

## 二、管理层

成立公司的董事会：(董事成员、姓名、职务、工作单位和联系电话)

高管层简介：董事长、总经理、主要技术负责人、主要营销负责人、主要财务负责人(姓名、性别、年龄、学历、专业、职称、毕业院校、联系电话、主要经历和业绩、主要说明在本行业内的管理经验和成功案例)

激励和约束机制：(公司对管理层及关键人员将采取怎样的激励机制和奖励措施)

## 三、研究与开发

项目的研发成果及客观评价：(产品是否经国际、国内各级行业权威部门和机构鉴定)

主要技术竞争对手：(国内外情况，项目在技术与产品开发方面的国内外竞争对手，项目为提高竞争力所采取的措施)

研发计划：(说明为保证产品性能、产品升级换代和保持技术先

进水平,项目的研发重点、正在或未来三年内拟研发的新产品)

研发投入：(截止到现在,项目在技术开发方面的资金总投入,计划再投入多少开发资金,列表说明每年购置开发设备、员工费用以及与开发有关的其他费用)

技术资源和合作：(项目现有技术资源以及技术储备情况,是否寻求技术开发依托和合作,如大专院校、科研院所等,若有请说明合作方式)

技术保密和激励措施：(说明项目采取哪些技术保密措施、怎样的激励机制,以确保项目技术文件的安全性和关键技术人员和技术队伍的稳定性)

## 四、行业及市场

行业状况：(发展历史及现状,哪些变化对产品利润、利润率影响较大,进入该行业的技术壁垒、贸易壁垒、政策导向和限制等)

市场前景与预测：(全行业销售发展预测并注明资料来源或依据)

目标市场：(对产品/服务所面向的主要用户种类进行详细说明)

主要竞争对手：(说明行业内主要竞争对手的情况,主要描述在主要销售市场中的竞争对手,他们所占市场份额,竞争优势和竞争劣势)

市场壁垒：(说明市场销售有无行业管制,公司产品进入市场的难度及对策)

SWOT 分析：(产品/服务与竞争者相比的优势与劣势,面临的机会与威胁)

销售预测：(预测公司未来三年的销售收入和市场份额)

## 五、营销策略

价格策略：(销售成本的构成、销售价格制订依据和折扣政策)

行销策略：(说明在建立销售网络、销售渠道、广告促销、设立代理商、分销商和售后服务方面的策略与实施办法)

激励机制：（说明建立一支素质良好的销售队伍的策略与办法，对销售人员采取什么样的激励和约束机制）

## 六、产品生产

产品生产：（说明产品的生产方式是自己生产还是委托加工，生产规模，生产场地，工艺流程，生产设备，质量管理，原材料采购及库存管理等）

生产人员配备及管理

## 七、财务计划

股权融资数量和权益：（希望大学生科技创业基金参股本项目的数量，其他资金来源和额度，以及各投资参与者在公司中所占权益）

资金用途和使用计划：（列表说明融资后项目实施计划，包括资金投入进度、效果和起止时间等）

投资回报：（说明融资后未来3～5年内平均年投资回报率及有关依据）

财务预测：（提供融资后未来三年项目预测的资产负债表、损益表、现金流量表，并说明财务预测数据编制的依据）

## 八、风险及对策

主要风险：（详细说明本项目实施过程中可能遇到的政策风险、研发风险、经营管理风险、市场风险、生产风险、财务风险、汇率风险、对项目关键人员依赖的风险等）

风险对策：（以上风险如存在，说明控制和防范对策）

（以下附件根据实际情况提供）

附件一：创业人的投资资金额及相关证明

附件二：毕业证书、学位证书(复印件)

附件三：身份证(复印件)

附件四：在沪居住证明(复印件)

附件五：创业培训证明(复印件)

附件六：专利证书、科技创新报告、技术鉴定材料等

附件七：其他材料

大学生行为指导与训练

# 后　记

上海大学在本科生中开设大学生思想品德行为指导课，已经有六个年头了。在实践过程中我们深刻认识到，课程的过程只是为学生全面提高思想品德素养提供一点启发引导，日常持之以恒的自我修身实践才能促使一些行为习惯的养成，而最终目标的实现更有待于日后不断的自我完善。

为此，本书不仅是专门为课程教学编著的教材，还是大学生在四年学习生涯中温故知新的案头读物，也可以作为青年朋友进行个人修身的辅助材料。

本教材的撰写人员为——绪论：李坚；第一章：魏宏，秦凯丰；第二章：汤琳夏，朱宏涛；第三章：王资峰；第四章：宋小霞，魏宏；第五章：马骏骥；第六章：滕云，尹春艳；第七章：梁亮，张洁；第八章：王艳丽，黄艳麟；第九章：高川，袁蓉；第十章：卫静芬，李红霞。

本书由上海大学党委副书记俞涛教授任主编，赵猛、竺剑、陈民骅任副主编。李坚、余洋、胡大伟参与了本书的策划、大纲的修改。马骏骥、张洁、魏宏参与全书的统稿和润色工作。

由于时间和作者的水平所限，本书难免有疏漏和不当之处，期望批评指正。

编　者

2006 年 5 月